Freja Nicole Woolf

Méfiez-vous des Gémeaux

Traduit de l'anglais
par Mathilde Tamae-Bouhon

Nathan

La saison de la Balance

Conversations avec Taylor Swift

Je n'arrête pas de rêver d'Alison Bridgewater. Sans doute parce que c'est la saison de la Balance… L'amour est dans tous les esprits, à en croire ma *Bible des étoiles* (ou mon *Bréviaire des idiots finis*, comme dirait mon père). À moins que ce ne soit parce que ma fixette sur Alison atteint des sommets étourdissants et périlleux – ce qui n'est pas bon signe, vu que je risque vraiment de m'écraser au sol, cette fois !

Attention, ces rêves sont tout ce qu'il y a de plus innocent : Alison et moi traversant le Tower Bridge, à Londres, main dans la main… Alison et moi jouant à chat sur une plage de sable fin… Alison et moi, étendues sur un lit, peut-être juste assez proches pour être à portée de lèvres, et peut-être que nos doigts s'effleurent, et que je lui souffle un « je t'aime », et que le visage parfait d'Alison s'illumine d'un sourire aussi pur qu'un rayon de soleil rencontrant un arc-en-ciel…

Et peut-être qu'elle ouvre alors la bouche pour me répondre « je t'aime aussi »…

Sauf que je me réveille toujours avant.

Retour à Lambley Common, dans le Kent, un mardi matin. C'est bientôt l'heure d'aller au collège, où je vais devoir faire face à Alison dans la vraie vie, et ce sans me ridiculiser. Pas facile quand on est une clown comme moi ! Je traîne une éternité dans mon lit, à ruminer mes soucis. Et plus précisément le fait que je viens de rêver que j'embrassais Alison. Encore ! Ma mère m'appelle en chantonnant :

– Cat, chaton, tu descends ? J'ai fait du porridge !

Autant rester couchée jusqu'à la fin de mes jours… Ma mère est tout sauf un cordon-bleu. Son porridge, c'est de la pâtée pour chats. Mais quand je lui dis ça, elle répond juste « Parfait pour un chaton comme toi, alors ! », et elle et mon père se mettent à rire comme des baleines.

Hélas, je dois me préparer (tâche chronophage quand on a des copines aussi exigeantes que les miennes). Je cours au miroir pour inspecter mes boucles blondes. Un vrai nid d'oiseau. Je me peigne vite fait avec les doigts avant d'appliquer du mascara (sur mes cils, bien sûr, pas sur mes cheveux).

Tous les matins, c'est le même cirque…

Mon rituel est des plus simples : je me lève, m'habille, prie la toute-puissante Aphrodite (déesse de l'Amour, et c'est tout ce qui compte), et je me fais la plus belle possible pour mon amie et objet de ma fixette : Alison Bridgewater.

Mais cette fois, avant même que j'aie pu appliquer mon déodorant porte-bonheur (à la lavande), mon téléphone se met à vibrer et mes yeux manquent d'exploser. Ce qui serait drôlement gore, on ne va pas se mentir. J'ai un texto d'Alison !

Salut bb ! on peut se parler après les cours, rien que nous deux ? xxx **08:09**

– Saperlipopette ! m'exclamé-je (mon nouveau juron préféré).

Alison Bridgewater veut me parler EN TÊTE À TÊTE ? Après les cours ? Un mardi ? Mais de quoi ?! C'est là que la porte s'ouvre à la volée et que je jette mon portable façon frisbee en hurlant :

– J'ÉTAIS PAS SUR MON TÉLÉPHONE MAMAN PROMIS JE DESCENDS TOUT DE SUITE !

Le projectile renverse ma collection de vernis à ongles sur la commode puis va percuter la lampe à lave rose-violet qui vacille dangereusement. Je la rattrape de justesse et atterris le nez dans la pile de sous-vêtements sales qui traînent par terre. Trop culottée, la cascade.

Quand je me retourne, ce n'est pas ma mère que je découvre, mais la terreur écolo qui me sert de petite sœur, Luna. QUELLE PESTE ! Ce texto d'Alison pourrait lancer la conversation la plus importante de ma courte vie, un cran au-dessus de mes échanges avec Taylor Swift elle-même (même si Luna prétend que « ce n'est pas une conversation » vu que Taylor ne me répond jamais, mais je ne partage pas cet avis).

Luna, elle, se fiche bien de mes problèmes. Elle agite son téléphone.

– Tu as vu l'horoscope ? C'est votre jour, à vous les Verseau. La mycose sur ta jambe va peut-être enfin s'en aller !

– C'est juste un bleu, rétorqué-je en lui chipant son portable. Combien de fois je dois te le dire ?

D'ordinaire, je serais terriblement agacée de l'entendre parler astrologie. La *Bible des étoiles*, c'est mon truc ! Luna, elle, s'est déjà proclamée pacifiste, anticonsumériste, féministe intersectionnelle et végane radicale ! Elle ne pourrait pas m'en laisser un peu ?

Mais un coup d'œil à l'écran me dit que je pourrais bientôt être libérée, délivrée, à l'instar d'Elsa dans *La Reine des neiges*. Car ma sœur, pourtant assez bizarre pour cultiver des champignons dans une boîte à chaussures (pour le fun !), semble avoir raison. D'après l'horoscope, ma vie s'apprête à changer du tout au tout, et tout ça un mardi matin.

Mon téléphone, bien caché sous les culottes, se remet à vibrer. Je l'attrape et lâche un petit cri de surprise.

Vraiment besoin de toi !!! xxx **08:10**

La tête baignée de paroles de Taylor Swift, je sens les astres qui s'alignent – à moins que ce ne soit mon estomac ? Est-ce enfin le jour où Alison va tomber follement amoureuse de moi ?! Ça fait beaucoup à digérer.

C'est la tête dans un nuage en forme d'Alison que j'affronte l'affreux petit déjeuner de maman et le trajet jusqu'au collège. Au moins ça m'évite d'écouter Luna qui critique les habitudes de consommation « spécistes » de notre mère. Le rêve de cette nuit me colle à la peau, comme du pollen sur une abeille…

Mince alors, quelle pensée poétique ! Peut-être devrais-je dédier à Alison un de ces poèmes dont j'ai le secret… Alors, elle tombera éperdument amoureuse de moi, c'est sûr ! J'essaie de trouver l'inspiration, mais Luna refuse de la boucler. Comment voulez-vous que j'arrive à quoi que ce soit ?

– … juste parce qu'il y a écrit « fermier » sur la boîte… Fermier ?! On sait tous ce que ça veut dire : ces pauvres bêtes sont élevées en batterie !

Il n'est pas rare de l'entendre critiquer nos parents – « ces pantins de la dystopie capitaliste ». J'ai beau n'avoir que quatorze ans, à côté d'elle, j'ai l'impression d'être une boomeuse. Ce qui n'est pas si loin de la vérité, puisque mon quinzième anniversaire approche.

– Maman s'est laissé avoir par la photo, poursuit Luna. Comme si ce poulet avait déjà vu un champ ! Puis elle a racheté les saucisses de l'autre fois, là…

Du haut de ses douze ans, ma sœur (une Scorpion, qu'Aphrodite me protège) est un être passionné. Pour Noël dernier, Lauren Anna Phillips nous a déclaré vouloir se faire appeler « Luna Anaïs Céleste Phillips ». Elle avait même imprimé le formulaire de changement d'état civil !

« Au moins, elle garde son nom de famille », a grommelé notre père sans même reposer son journal.

Maman lui a conseillé de tester le nom en vrai avant de légaliser la chose. Puis, quand Luna a quitté la pièce, elle s'est tournée vers son autre fille choquée (moi).

« Ne t'inquiète pas, ma chérie. C'est normal, à son âge, d'expérimenter avec son identité. Laissons-la faire, et elle redeviendra notre Lauren en un rien de temps. »

Neuf mois plus tard, Luna est plus Luna que jamais ! Plus personne ne l'appelle Lauren, alors je vais devoir m'y faire, moi aussi… Sauf qu'avec cet énorme badge la proclamant VÉGANE JUSQU'AU BOUT DES POIS CHICHES, elle n'a l'air ni d'une Lauren, ni d'une Luna. Elle a juste l'air ridicule.

Mais vous savez qui n'est pas ridicule ?

Alison Bridgewater. La perfection incarnée. Elle est métisse du Ghana, avec de magnifiques cheveux noirs et bouclés et une peau d'un brun mordoré qui illumine les jours les plus sombres de l'hiver… Mince alors. Je lui en voudrais presque d'être d'une beauté aussi poétique.

– La perfection… soupiré-je avant de me ressaisir.

Oups. Luna interrompt son refrain sur les crimes de l'industrie agroalimentaire.

– Pardon ? « La perfection » ? C'est ce que t'inspire le génocide animal ?!

– Non ! Je suis fatiguée. J'avais la tête ailleurs…

Luna lève les yeux au ciel.

– Tu sais, si tu m'écoutais un peu, tu pourrais apprendre quelques trucs ! Et pourquoi tu es fatiguée, d'abord ? Tu as encore passé la nuit à écrire des fanfictions de *La Reine des neiges* ?

– Oui… Enfin, NON ! J'ai jamais fait ça !

Saperlipopette… Comment est-elle au courant ?

– Peu importe. (Luna adopte son air le plus zen.) Tout le monde devient fou pendant la saison de la Balance. C'est la peur de rester seul une année de plus. Maisy McGregor en a fait un malaise, hier…

Voilà qui retient mon attention. Je laisse tomber la composition de mon sonnet.

– Comment ça, une année de plus ? Qu'est-ce que tu veux dire ?

Elle m'adresse un sourire suffisant. Très agaçant, aussi, mais ça, c'est juste sa tête en toutes circonstances.

– Tu n'as pas lu ta *Bible des étoiles* ? Certains pensent que si tu ne t'unis pas à la saison de la Balance, il faudra attendre l'année suivante pour trouver l'amour. Et un an, c'est long ! Pendant ce temps, huit millions de tonnes de plastique auront rejoint l'océan. Ça en fait, des déchets…

On ne l'arrête plus. Moi, je dérive au niveau de la couche d'ozone.

Une année entière ? Mais alors, j'atteindrai presque mes seize ans sans avoir reçu mon premier baiser ! Soudain, ma conversation avec Alison revêt une importance capitale. Je mériterais un prix d'arriver à rester aussi zen ! Je pourrais être Mère Teresa, si elle avait été une blondinette de quatorze ans avec un crush sur sa meilleure amie. Bon, d'accord, en fait, Mère Teresa et moi n'avons rien en commun, mais je n'en suis pas moins sainte et vertueuse. Ce jour pourrait s'avérer encore plus grave que le silence de Disney concernant l'orientation romantique d'Elsa !

Car il est hors de question que j'attende un an de plus pour trouver l'amour, Taylor Swift m'en garde.

Pour l'amour d'Alison

La première chose que je vois en arrivant au collège, c'est Alison. Elle met des fleurs à sécher dans son album comme une demi-déesse pleine de créativité. C'est vraiment la plus jolie des princesses Poissons à avoir jamais foulé cette Terre si cruelle…

En quatrième, on était assises côte à côte en sciences, et comme les sciences, c'est vraiment l'autoroute de l'ennui, je m'étais mise à dessiner des fleurs dans mon agenda.

Ce qu'elle n'avait pas manqué de remarquer.

« C'est trop joli ! Tu dessines souvent ? »

« Euh… ça m'arrive », avais-je répondu en songeant à mon portfolio bourré à craquer de princesses qui s'embrassent.

Mieux valait ne pas le montrer à Alison.

« Et toi ? »

« Moi, je fais du scrapbooking ! »

Et elle avait sorti un album de son sac. Il y avait là des coupures de journaux, des photos de magazines, des cartes postales, des échantillons de tissu, le tout agencé de façon magnifique, comme si tout le chaos du monde s'était mis en ordre par magie.

« C'est… trop cool », avais-je murmuré, lui arrachant un sourire radieux.

Elle avait les dents si parfaites et les cheveux si somptueusement bouclés que mon estomac s'était ratatiné comme un raisin sec – comment avais-je pu ne pas voir plus tôt qu'elle était d'une beauté époustouflante ?

Mais le raisin avait viré au vinaigre quand, lors d'une soirée pyjama, Siobhan (la Reine des abeilles) m'avait ordonné de ramener ma *Bible* assortie de ma science infuse afin d'étudier ensemble nos profils astraux en quête de l'âme sœur. (Depuis, elle ne cesse de bêler après un Capricorne.) Nous avions complété le profil d'Alison sur un site spécialisé, et c'est MON profil qui était apparu en face. J'avais d'abord cru à une erreur, mais tout était parfaitement aligné. Jusqu'à la moindre petite planète. L'âme sœur d'Alison Bridgewater, c'était MOI, et inversement.

« En voilà, une coïncidence », avait dit Siobhan, ébahie.

C'était à peine si je pouvais respirer. Alison, elle, avait juste agité ses sourcils parfaits.

« Je ne sais pas, Cat… Et si c'était écrit ? J'ai toujours craqué pour ton adorable petit nez… »

Tout le monde s'était mis à hurler de rire et moi à lâcher des « hahaha » aussi convaincants que possible pendant qu'Aphrodite étranglait mon petit cœur à l'aide d'une guirlande de roses pailletées. Depuis, me voilà stupidement, pathétiquement, intergalactiquement amoureuse d'Alison Bridgewater.

Personne n'est au courant à l'exception de ma soi-disant meilleure amie, Zanna, qui est justement en train de m'observer, un sourcil implacablement arqué. Je m'oblige à arrêter de rêvasser, mais j'ai l'impression d'avoir été jetée dans une piscine (expérience vécue : c'est la méthode préférée de mon père pour me réveiller pendant les vacances). Je suis en retard, prise en flagrant délit de zieutage d'Alison, et je n'ai toujours pas la moindre idée de ce dont cette dernière veut me parler après les cours.

Pour le dire vulgairement, je suis tendue comme un string.

Je prends une profonde inspiration et fonce vers mon siège le plus discrètement possible.

– Cathleen Phillips ? Eh bien, eh bien.

Saperlipopette ! Je me fige, étouffant un grognement. Puis je me retourne, non sans afficher le sourire le plus obséquieux dont je suis capable.

– Bonjour, madame Warren !

– Bonjour, Cathleen.

On dit toujours des accents irlandais qu'ils sont exquis, mais pour ma part, celui de Mme Warren me laisse surtout un goût amer de méfiance. Elle martèle son bureau de la pointe de son stylo.

– Approchez donc, et expliquez-moi pourquoi vous arrivez cinq minutes après l'appel ?

Je glisse jusqu'à son bureau.

– Veuillez excuser mon retard, madame, récité-je. Ma sœur a eu une panne de réveil.

Je ne vais quand même pas avouer que c'est ma faute ? Mme Warren et moi nous haïssons cordialement depuis, genre, la nuit des temps. Bon, au moins depuis qu'elle m'a surprise en train de lui dessiner des oreilles de Shrek sur un trombinoscope.

Après avoir admis que non, je n'étais pas ma sœur, et que, oui, je méritais bien cet avertissement, je m'affale à côté de Zanna et fais tout ce qui est en mon pouvoir pour ne pas fixer Alison avec des yeux de merlan frit. Malheureusement, mon pouvoir est aussi étendu que la capacité d'un Capricorne à aimer (autrement dit : pas beaucoup), si bien que je finis par la fixer avec lesdits yeux.

Elle me décoche un sourire radieux, avec son lot habituel de soleil estival et d'arcs-en-ciel, et je manque de tomber de ma chaise. Pour l'amour de la saison de la Balance, c'est trop dur ! De quoi veut-elle me parler ? Ô Aphrodite, adresse-moi un signe…

Zanna se racle la gorge.

– Bonjour, miss Irrécupérable.

Je grimace, interrompue dans ma prière.

– Et qu'est-ce qui me vaut un tel jugement, cette fois ?

– Je ne sais pas. Cette façon bien gênante que tu as eue de fixer Alison pendant cinq minutes avant d'entrer, peut-être ?

Zanna tapote ses lunettes qui lui font des yeux de hibou – c'est sa façon de montrer sa désapprobation.

– La subtilité, Cat, tu en as déjà entendu parler ?

Zanna Szczechowska est une amie épouvantablement infecte qui passe son temps à se moquer de moi pour tout et n'importe quoi. Mais je traîne avec elle depuis la primaire, et elle sait presque tout de mes secrets les plus honteux, alors je ne vais pas prendre le risque de me fâcher avec elle. Et puis, contrairement à moi, Zanna connaît mon emploi du temps par cœur, raison de plus pour ne pas la perdre. Mais la foudroyer du regard, ça, je peux.

– Une amie, c'est là pour dire la vérité, déclare Zanna dans un haussement d'épaules. Oublie cette fille, ça vaut mieux !

– C'est une option, admets-je pendant que Mme Warren récite une litanie d'annonces. Mais j'en ai une autre : et si Alison flashait sur moi ?

Zanna fronce les sourcils.

– Tu n'as pas peur qu'elle voie ta mycose avec le flash ?

– C'EST JUSTE UN BLEU ! m'époumoné-je.

J'ai vraiment eu tort de poster ça sur Instagram. Je me rappelle soudain qu'on est en classe. Oups. Tout le monde me dévisage d'un air choqué – y compris Alison.

– Et c'est caché sous mes vêtements, de toute façon ! chuchoté-je à Zanna après que Mme Warren a inscrit mon deuxième avertissement pour la journée. Et puis c'était une image… même si j'espère qu'elle craquera, avec ou sans flash. C'est là qu'intervient la poésie.

Zanna me dévisage, horrifiée.

– La « poésie » ? Comment ça ?

– C'est maintenant ou jamais. Aujourd'hui est le jour où je dois déclarer mes sentiments à Alison, alors je vais lui écrire un poème et le lui donner après les cours. J'ouvre un nouveau chapitre, pardon, une nouvelle *strophe* de ma vie, et Alison va forcément tomber amoureuse de moi, car la poésie est le langage de l'âme.

– C'est la pire idée que j'aie jamais entendue, rétorque Zanna. Par pitié, ne fais pas ça. Tu vas pulvériser notre groupe d'amies et tout gâcher pour tout le monde.

– Trop tard, Zanna. Ce n'est plus au stade de l'idée. L'opération est déjà lancée.

– Bon sang, murmure Zanna. C'est pire que ce que je pensais.

Cette Zanna est encore plus embêtante que cette fichue mycose, à la fin. Supersaperlipopette.

*

Arrivée à l'heure du déjeuner, je n'ai toujours pas l'ombre d'un haïku à offrir à Alison. À peine me suis-je posée dans un coin tranquille que Jamie Owusu apparaît, armé de sa lunchbox Tortues Ninja, en se plaignant de sa vie désespérément difficile.

Le souci, c'est que je suis obligée d'être pote avec lui. Nos mères sont meilleures amies et tiennent un « cercle de couture » déprimant chez moi tous les week-ends. Jamie vient aussi, parce qu'il a peur de rester seul à la maison, et on traîne ensemble dans ma chambre, où il ne fait que se plaindre. En général, ça ne me dérange pas trop parce que je ne lui prête pas attention, mais aujourd'hui, c'est au-dessus de mes forces. Comment voulez-vous que j'écrive des poèmes alors que je suis importunée par des mecs aussi pathétiques ?

Le problème du jour pour Jamie est qu'aucune fille de Lambley Common n'accepte de sortir avec lui.

– Pourquoi les gentils garçons finissent toujours derniers ? gémit-il en grignotant un biscuit au chocolat.

Je ne l'écoute que d'une oreille, trop occupée à griffonner un dessin d'Elsa qui se marie avec Merida de *Rebelle*. Et à composer des vers… évidemment.

– Les filles veulent toutes sortir avec des Blancs, pas vrai ? se lamente Jamie. Genre Chris Hemsworth ou Tom Holland.

– Les murs des toilettes sont couverts de graffitis à la gloire de Chidi Unigwe, remarqué-je en esquissant les boucles de Merida, avant de lâcher un soupir mélancolique parce qu'elles me rappellent tellement celles d'Alison. Tout le monde craque pour Chidi.

– C'est parce qu'il est célèbre sur TikTok ! proteste Jamie. Stormzy lui-même l'a qualifié de légende !

– Tu n'as qu'à te mettre à la musique, alors, lui suggéré-je. Comme ça, tu seras aussi cool que Chidi ! Et alors tu te trouveras une copine, c'est obligé.

Jamie me donne un petit coup de coude, si bien que je manque de ruiner le bouquet d'Elsa ! Avec une grimace, je suis son doigt pointé vers l'autre bout de la cour, où Siobhan discute avec l'objet de sa dernière fixette, Kieran Wakely-Brown. Elle s'esclaffe comme un gibbon et sautille comme une puce sous amphétamines tandis que Kieran lui détaille par le menu sa collection de balles de tennis dédicacées.

– Voilà le genre de mec qui vous fait craquer, décrète Jamie.

Je ne sais pas trop qui il inclut dans le « vous », mais ça me titille les tentacules pour une raison qui m'échappe, alors je referme violemment mon carnet.

– Peut-être que si tu arrêtais de te plaindre tout le temps, une fille finirait par remarquer ta beauté cachée ou je ne sais quoi et accepterait de sortir avec toi !

Jamie me fixe, choqué. Oups. Ai-je été trop dure ?

– Alors comme ça, tu me trouves beau ? dit-il finalement.

Sérieux ?! C'est tout ce qu'il en retient ?! J'agite la mâchoire comme un saumon, tentant d'articuler que, non, ce n'est pas ce que je voulais dire, parce que je ne voudrais pas que Jamie s'imagine qu'il me plaît alors que c'est non à au moins un million de milliards de pour cent !

– Ce n'est pas… oui, d'accord, t'es beau, mais… enfin…

Je décide de garder pour moi la partie où il ne peut malheureusement pas rivaliser avec Alison Bridgewater. Mais je suppose que

Jamie n'est pas affreux, dans son genre qui n'est pas le mien, alors j'ajoute :

– … t'es pas mal, quoi.

Lui continue de sourire comme si je venais d'illuminer sa journée, sa semaine, que dis-je son année zodiacale tout entière.

– Voilà qui est précieux, radote-t-il. Un compliment en bonne et due forme de la part d'une fille comme toi.

Je crains qu'il ne se fasse des films. Ravalant le carrousel de panique qui tourbillonne dans ma poitrine, je regarde Jamie mordre lentement dans un nouveau biscuit sans me quitter des yeux. Quoi encore ?! C'est là qu'une paire de mains s'abat sur mes épaules et que j'en sursaute jusqu'au ciel.

– OH. MON. DIEU. Tu as vu ÇA, Cat ?!

Et Siobhan Collingdale de bondir sur la table, envoyant valser la lunchbox de Jamie.

– Un moment ultra-spécial avec Kieran… Tu regardais, au moins ?!

Elle jette sa chevelure en arrière. Jamie se la prend en plein dans l'œil.

Siobhan est célèbre pour sa crinière : elle utilise cinq après-shampooings différents, qu'elle mélange. Même si dans le fond je suis persuadée qu'ils sont juste bruns, elle insiste pour dire qu'elle a les cheveux « terre d'ombre brûlée ». Je crois qu'elle vient d'éborgner Jamie, mais elle ne lui accorde même pas un regard, trop occupée à déblatérer sur Kieran. Elle va jusqu'à lui chiper un biscuit pendant qu'il grommelle de douleur.

C'est la goutte d'eau qui fait déborder le vase clos. Jamais je ne vais réussir à composer mon chef-d'œuvre poétique ! Et puis,

Siobhan a passé la journée à parler de Kieran Wakely-Brown, j'en ai ma claque. Chacun ses crushs, d'accord, mais, pour l'amour d'Alison, elle prend le sien beaucoup trop au sérieux !

– Il n'est pas comme les autres garçons, poursuit-elle avec extase. C'est un Capricorne, et il sait ce que c'est que le mascara, car sa mère est maquilleuse professionnelle, et il a même rencontré Cara Delevingne ! Ce qui est parfait car tout le monde dit que j'ai les mêmes sourcils qu'elle. Chidi, c'est fini ! (Jamie s'étouffe sur son biscuit.) Un nouveau copain, c'est ce qu'il y a de mieux pour tourner la page. Je ne pense plus du tout à Chidi ! Voilà pourquoi ma peau est si nette ces temps-ci…

Jamie pose sur moi des yeux de merlan frit pendant que Siobhan poursuit son résumé sur Kieran, mais je fais mine de rien. La saison de la Balance bat clairement son plein, et j'ai mes propres soucis ! Alors que Siobhan est à l'aube d'une nouvelle relation pétillante, je n'ai toujours rien à offrir à Alison. Que la poétesse Sappho me vienne en aide !

QU'EST-CE QUI RIME AVEC ALISON ???

13 h 45 - Madison ? Atkinson ?

Smalison... ? Et pourquoi pas... ALISON ! Oh.

Badminton ? Mouais... Il y a eu cette fois, en cinquième, où il se *pourrait* que j'aie cassé une des dents de devant si parfaites de Habiba la Sportive quand ma raquette de badminton m'a malencontreusement échappé en plein coup droit... Mieux vaut éviter de rappeler cet incident à Alison.

Polissonne ? Pas sûre que ce qualificatif soit le plus adéquat pour évoquer le grand amour. Je pourrais demander à Mme Warren pour en avoir le coeur net...

Sally sonne ? Pour ma grande frustration, la seule Sally que j'aie jamais connue était une camarade de maternelle, surnommée Sallyveuse. Elle a tellement mâchouillé mon stylo à encre gel préféré qu'il n'en restait plus que la cartouche toute tordue... Pas super romantique.

13 h 55 - « Salishenne » ! Merci Internet !

Définition : « Famille de langues amérindiennes parlées dans le nord-ouest des États-Unis et au Canada. »... À vos disserts !

14 h 35 - Je sais maintenant me présenter en halq'eméylem, mais toujours pas de poème à l'horizon...

Sappho à la rescousse

Hélas, Sappho (dont les plus poétiques d'entre nous savent qu'elle était une poétesse lesbienne extrêmement célèbre dans l'Antiquité et qu'elle a même eu SON ÎLE à elle) reste sourde à mes appels, et à la fin de la journée, je n'ai que ce qu'il convient de décrire comme une «jolie tentative» sous la main. Je la relis en attendant devant le portail, sous la bruine. C'est probablement Sappho qui est en train de pleurer.

Je peux vraiment donner ça à Alison?! J'aurais dû l'illustrer, comme ça mes talents d'artiste auraient détourné son attention du texte lui-même. Trop tard. Je glisse mon poème dans la poche de mon blazer. Mon cœur bat déjà la cha-cha-poum-tchakammade.

– Tout va bien? dit une voix.

C'est une fille trop stylée qui s'est arrêtée et me lance un regard narquois de derrière ses lunettes vertes.

– Tu as l'air stressée, ajoute-t-elle avec un accent plutôt classe que je lui envie.

– Hein? Non, pas du tout…

Elle hoche lentement la tête.

– J'ai pris l'habitude de compter jusqu'à cent en coréen. Une fois au bout, j'ai quasiment oublié ce qui me rendait si nerveuse. Si ça peut t'aider.

Puis elle s'éloigne avec un sourire trop chill. Je la regarde bêtement. Du coréen ? C'est censé m'aider ? Je ne suis pas le hibou de Duolingo ! Certains ont vraiment une existence trop cool, ils ne reconnaîtraient même pas le stress s'il les percutait comme un bus !

Pour me distraire de mon tsunami d'anxiété, je sors mon téléphone et ouvre Instagram. Le dernier selfie de Siobhan a déjà récolté plus de deux mille *likes* de la part de ses *followers* terrifiés. (Elle prétend en avoir « presque trois mille », même si deux mille quatre cents est plus près des deux mille pour moi, mais bon, je ne dis rien.) J'appuie sur le petit cœur… et entends un rire familier.

Je lève le nez en sursaut. Alison discute avec un garçon sur le trottoir d'en face ! Elle devait m'attendre – comment ai-je pu la manquer ?! Entre les bus et les parents qui conduisent comme aux autos tamponneuses, elle ne m'a pas vue. Je lève la main pour lui faire signe. Je ne reconnais pas son interlocuteur, mais soyons honnête, tous les garçons se ressemblent pour moi. Son blazer d'un pourpre prétentieux fait tache au milieu du bleu fadasse des uniformes de Queen's, notre collège. Il vient donc du privé, de la Lambley Common Academy. On appelle les gars comme lui les « brigadiers betterave ».

Mais ce n'est pas le moment de me laisser distraire par des blazers snobs ! J'inspire un grand coup. On y est : la conversation la plus importante de ma courte vie ! (Désolée, Taylor.) Ravalant la boule que j'ai dans la gorge, je quitte le trottoir, ouvre la bouche pour interpeller mon amie… et c'est là que le petit mec du privé se penche pour embrasser Alison. MON Alison Bridgewater à moi. En plein sur sa joue brune et parfaite.

QUOI ?! Je m'arrête net, au beau milieu de la chaussée.

J'ai l'esprit en vrac. Il a embrassé Alison ! Bon, c'était pas un roulage de pelle en bonne et due forme, mais un baiser est un baiser ! Dois-je en éprouver de la joie, parce que Alison est mon amie ? Suis-je ravie ? La réponse est clairement non. Je pourrais lui coller une beigne, à ce mec ! À moins que je ne me mette à pleurer ? Je ne sais vraiment pas quoi penser, à part que j'ai l'impression d'avoir été projetée en l'air.

Ce n'est pas qu'une impression – quelque chose m'a heurtée sur le côté et me voilà qui plane dans les airs au ralenti. C'est alors que je comprends : SUPERSAPERLIPOPETTE, J'AI ÉTÉ PERCUTÉE PAR UN BUS !

Je retombe en roulé-boulé sur le macadam. Avant de finir aplatie sur le dos, les yeux perdus dans la vaste étendue poétique du ciel – qui est en train de prendre une teinte sépia des plus spirituelles –, et tout ça serait très shakespearien si ce n'était pas la vraie vie. Ou la vraie mort ?! L'ombre du minibus de l'équipe de basket se profile, menaçante ; des cris de surprise et d'effroi emplissent l'air tandis que les passants se rassemblent autour de moi.

Puis je vois le magnifique visage horrifié d'Alison penché sur moi telle Aphrodite m'accueillant dans la splendeur glorieuse de l'au-delà.

– Cat ?! souffle-t-elle. Oh mon Dieu ! Tu vas bien ?!

Même dans ce moment de pure tragédie, Alison reste éblouissante. Je croise juste les doigts pour ne pas me faire dessus devant elle – Siobhan m'a raconté qu'au moment de mourir, son chat avait uriné, et jamais je ne survivrais à une humiliation pareille. Trop tard : tout devient noir. Peut-être est-ce une fin poétique et romantique, après tout.

*

– Bien, dit une voix. Écartez-vous, les enfants !

Serait-ce Aphrodite ? D'après Luna, ça n'a aucun sens de croire à la fois à l'astrologie ET aux déesses grecques, mais qu'est-ce qu'elle en sait ? Si vous voulez mon avis, deux précautions valent mieux qu'une. Cela dit, je doute que ce soit Aphrodite. Je reprends vaguement conscience de l'air frais et d'une foule qui m'entoure avec plein de murmures et de soupirs choqués. Je suis toujours étendue sur la chaussée humide et glacée au contact de mes paumes.

J'en déduis que je ne suis pas morte. Je suis peut-être en train de me vider de mon sang, flottant entre éveil et coma ? J'essaie d'adresser un ultime message à Alison avant qu'il ne soit trop tard…

– Si je meurs… je veux que tu saches que tu es magnifique…

C'est là que j'ouvre les yeux et me trouve nez à nez avec mon prof d'histoire, M. Derry, tout surpris derrière ses petites lunettes bizarres…

– Oh, murmuré-je.

Les gens autour gloussent et jacassent. Est-ce qu'ils m'ont tous entendue louer la beauté de M. Derry ? Qu'est-ce que je vais faire ?

– Euh…

– Ce n'est rien, Cat, répond M. Derry, les joues teintées de rose. Vous devez vous sentir quelque peu perdue. Les secours sont en route… Vous avez eu un accident.

Un accident ?! J'espère qu'il parle juste de cette histoire de bus. Si je me suis vraiment fait dessus, je vais devoir demander audit bus de revenir m'écraser.

Alison apparaît alors. Je pourrais lui donner un coup de boule pour tous les tourments qu'elle me fait subir chaque jour sans le savoir ! Enfin, je n'irais peut-être pas jusque-là. Mais je lui décocherais un regard très sévère et tout aussi brutal.

– Cat ! Tu vas bien ?

– Reculez, Alison, lui ordonne M. Derry. (Ce boulet !) Je gère la situation.

Mais je tends une main qu'Alison s'empresse de serrer dans la sienne, agenouillée à mon chevet. Elle a la peau fraîche comme l'air d'octobre, mais elle frotte son pouce sur ma paume, et soudain je ne me sens plus si étourdie. À moins que je ne le sois encore plus ? Dans tous les cas : BINGO !

– Espèce d'idiote, dit-elle en secouant la tête.

Pas le meilleur des compliments, mais je prends.

– Désolée, coassé-je. J'ai perdu conscience ?

Alison grimace.

– Pas longtemps…

– Nous n'en sommes pas sûrs, l'interrompt M. Derry.

Il ne pourrait pas me laisser me pâmer dans les bras d'Alison en paix, celui-là ? Une telle occasion ne se présente pas tous les jours. Ça pourrait même être la seule de ma vie !

Sauf qu'un type armé d'un sac de premiers secours vient me priver de ladite occasion avec son crâne dégarni, poussant Alison à s'écarter. Un docteur, sans doute, mais je ne suis pas très fan, qu'il me sauve la vie ou non, vu qu'il a surtout interrompu mon moment avec Alison.

*

On me fait attendre longtemps aux urgences, encore plus une fois qu'il est devenu clair que je ne suis pas mourante, ni même véritablement blessée. Je dois quand même passer une espèce de scanner bizarre de la tête.

– Alors, vous avez trouvé quelque chose dedans ? demande mon père à l'infirmière, sous les rires de ma mère.

Mes parents se prennent pour des pros de la vanne, alors qu'en réalité, ils sont banquiers. Mais allez dire ça à papa avec ses cravates à motif viennoiserie, qu'il collectionne rien que pour se vanter de « mettre la main à la pâte ». On se tape des barres…

Les yeux plissés sur sa cravate du jour, ornée de croissants, l'infirmière explique à mes clowns de parents que je souffre d'une légère commotion et que (comme si je n'avais pas encore été assez punie) je vais devoir rester à la maison quelque temps, même s'il n'y a pas de quoi s'inquiéter. Facile à dire pour elle ! Ma mère ne va pas arrêter de me bassiner avec la sécurité routière pour le restant de mes jours, alors, pardon, mais j'ai des raisons de m'inquiéter.

– Ton père a dû quitter son travail plus tôt à cause toi, marmonne-t-elle sur le chemin du retour.

Je l'aurais cru soulagé, vu la nature dudit travail… Il devrait me remercier ! Mais avant que j'aie pu avancer cet argument hautement valide, ma mère change de sujet. Luna avait invité Niamh (sa meilleure amie et la petite sœur de Siobhan), avec qui elle partage son capharnaüm de croyances bizarres. Il semblerait que mon accident n'ait pas remis en cause ces plans très agaçants. Incroyable.

– Je vois qu'elle s'inquiète drôlement, grommelé-je.

– Oh, inutile d'en faire un plat, Kit-Kat, ricane mon père. Tu vas très bien.

– J'ai failli mourir, protesté-je. Percutée par un bus !

– Qui sait, ça te mettra peut-être du plomb dans la tête.

Là, ma mère rit aux éclats, et mon père lui tapote le genou par-dessus le levier de vitesse. Puis elle allume la radio, où passe *Walking on Sunshine*, un tube des années 1980. Elle monte le son et se met à chanter en chœur avec papa tout en tapant joyeusement dans ses mains.

Je pousse un soupir désespéré. Si un accident de la route ne suffit pas à me valoir un peu de compassion, Aphrodite seule sait ce qui pourrait le faire. Peut-être devrais-je me faire percuter par un avion, la prochaine fois ? Je repense à Alison. Et à ce poème toujours caché dans ma poche. Maintenant que je le relis, il fait de moins en moins Shakespeare et de plus en plus Shakes-pire-en-pire. Saperlipopette. Où avais-je la tête ?

Il fallait bien que ça arrive, je suppose. La saison de la Balance venue, Alison se trouverait un copain sous mon regard impuissant. Ça fait un mal de chien, d'être amoureuse d'une amie. Ça n'arrive sans doute pas à la plupart des gens. Je ferais mieux d'en pincer pour un mec que je ne connais pas vraiment, genre Kieran Wakely-Brown. Mais j'en suis juste… incapable.

Super, maintenant j'ai les yeux qui piquent ! Et pas seulement parce que je m'y suis collé du gel hydroalcoolique à l'hôpital. Je pleure vraiment de vraies larmes. Zanna a bien raison de me traiter de « clown mal dégourdi ». Elle avait aussi raison sur un autre point…

Il faut vraiment, vraiment, VRAIMENT que j'oublie Alison Bridgewater.

Ça pourrait être tellement parfait… Je la connais, Alison ! Tellement mieux que ce petit mec du privé, là. Je sais qu'elle est gauchère, qu'elle aime le jus d'ananas et les comédies romantiques… Qu'elle veut un dalmatien depuis qu'elle a sept ans. Et je n'allume jamais les plafonniers quand je suis avec elle, car elle m'a dit un jour que la lumière des lampes de chevet était plus douce. On a la même couleur préférée : l'orange. Et à en croire les VRAIES étoiles dans le ciel, on est âmes sœurs ! Mais rien de tout ça n'a d'importance, car elle ne me voit pas comme ça, tout simplement.

Je suis peut-être trop égoïste. Je devrais me réjouir d'avoir une amie aussi merveilleuse qu'Alison, même si je vais officiellement finir cette année zodiacale en solo. Mais quand on a été percutée par un bus le jour même où on a vu la fille qu'on aime se faire embrasser par un pauvre con sorti de nulle part avec son blazer prétentieux, je crois qu'on a le droit de se sentir un peu triste et pathétique.

Je me demande s'il est trop tard pour retourner à l'hôpital et y faire don de mon cœur. Après tout, je n'en aurai plus besoin.

POÈME POUR LA PRINCESSE POISSONS
Par Cat Phillips

Par les dieux, qu'Alison rayonne !
Et, telle l'abeille, bourdonne !
Sait-elle seulement, madone,
Le bourdon que sa vue me donne ?

Certes, le soleil est de feu,
Alison, de chair et de sang.
Leur point commun à tous les deux :
Ils sont vraiment éblouissants,

Émotionnellement parlant.
Chosifier l'autre, c'est pas poli.
Mais Alison est plus jolie
Que le plus séduisant des chants !

Elle est comme un rai de lumière :
Exceptionnellement brillante
Dans les créatives matières.
Même si en science elle est... lente ?

Voilà, le poème est fini,
Encore un mot si tu permets :
Secrètement, oui, tu me plais,
Pas juste comme amie... Youpi ?

Commotion, trauma et tutti quanti

À peine le mot s'est-il répandu que j'avais été percutée par un bus que Siobhan passe en mode Reine des abeilles, obligeant tout le monde à me signer une carte de bon rétablissement format A2, avant d'adresser une « lettre très sérieuse de doléances » à la compagnie de bus, et d'ouvrir une cagnotte en mon nom.

Le collège met vite un terme à la collecte – d'autant plus que j'ai dû admettre que : a) je n'avais pas été gravement blessée, et b) j'étais la principale responsable de l'accident, puisque je « dansais au milieu de la chaussée comme une idiote » (dixit mon père).

Siobhan insiste tout de même pour organiser une fête de convalescence, chez moi, le vendredi. Je la soupçonne de juste vouloir faire une soirée, mais c'est gentil quand même, d'autant que mes parents, eux, ne prennent pas du tout mon trauma au sérieux.

Toute la bande rapplique : Siobhan, Alison, Kenna, Habiba, Zanna. Même Lizzie du Gloss fait une apparition spéciale. Lizzie Leeson-Westbrooke est parfois de la partie, parce qu'elle porte le gloss comme personne, qu'elle est populaire et qu'elle a tout plein d'amis. Il paraît même qu'elle doit numéroter les discussions de groupe sur son téléphone, tellement elle en a.

– La vache, s'exclame Kenna, qui n'était encore jamais venue chez moi. Cette maison est incroyable !

– Bon sang de bonsoir, Kenna ! aboie Siobhan. Il n'en faut pas beaucoup pour t'impressionner. C'est pas comme s'il y avait un majordome ou je ne sais quoi. Et puis, fais attention : Cat a eu un TERRIBLE accident ! La dernière chose dont elle ait besoin, c'est de te voir faire des histoires…

Siobhan entreprend de dicter sa loi à Kenna et à Habiba, qui doivent étendre un plaid au milieu du parquet pour y déployer des centaines de gâteaux, biscuits, dips et autres friandises. Lizzie du Gloss poste une photo de moi sur Instagram « pour montrer à tout le monde que Cat n'est pas morte finalement », et on me réserve la place d'honneur, dans le fauteuil en cuir paternel.

Siobhan m'ordonne de ne surtout pas lever le petit doigt.

– Je m'occupe absolument de tout, Cat, m'assure-t-elle. Tu n'as pas à t'inquiéter. KENNA ! NE MÉLANGE PAS LES HOUMOUS ! T'ES STUPIDE OU QUOI ?!

Je lance à Kenna un sourire discret façon bouée de sauvetage tandis qu'elle plonge soigneusement une cuiller dans chaque dip. Mais elle est trop hypnotisée par la « cheminée numérique » pour me voir.

Notre maison est si moderne que je vis quasiment dans le futur. Luna et moi l'avons cérémonieusement baptisée « La Boîte d'iPhone » quand nous y avons emménagé l'an dernier, parce que la façade est entièrement vitrée et chaque niveau complètement ouvert, un cauchemar niveau intimité. Mais comme, d'après notre père, on ne pouvait pas mettre « La Boîte d'iPhone » sur la plaque, elle s'appelle plus simplement 11 Beech View Lane.

Personnellement, j'aurais préféré quelque chose de plus excentrique, dans le style Tudor, avec poutres apparentes et murs asymétriques. N'importe quel mur ferait l'affaire, à vrai dire. Mon rêve, ce serait ce cottage qu'on louait tout le temps en Cornouailles, avec vue sur la plage. J'ai même suggéré qu'on l'achète un été, mais papa s'est contenté de s'esclaffer : « Oh ben oui, ce serait sympa, tiens ! »

Évidemment, que ce serait sympa. Pourquoi je l'aurais suggéré, sinon ?

Notre cuisine tourne autour de deux thèmes : « meubles coulissants qui se referment automatiquement si bien qu'on ne peut jamais rien laisser ouvert » et « est-ce un pan de mur ou un placard ? À vous de deviner. » Habiba met vingt bonnes minutes à trouver des verres. Finalement, quand tout est en place, tout le monde s'assied pour écouter mon histoire dans ses moindres détails…

– J'ai été percutée par un bus, dis-je.

– Tu es si forte, remarque Lizzie du Gloss en serrant la main de Kenna.

– Tu es incroyable, ajoute Zanna.

– On est tellement soulagées de te voir tirée d'affaire ! s'exclame Alison, la main sur le cœur.

Je fonds comme une tablette de chocolat. Alison est particulièrement belle et rayonnante aujourd'hui, avec son vernis à ongles rose pâle et son pull jaune soleil. Elle a les yeux humides et plissés par l'inquiétude, ses longs cils caressés par le mascara, je la regarde, et… mince, tout le monde me fixe, dans l'attente d'une réponse. Saperlipopette !

– Tu es sûre que tu te sens bien ? insiste Alison.

Le rouge me monte aux joues. Zanna, elle, ricane. Elle sait parfaitement ce que je cache.

– Oh, elle ne s'est jamais sentie mieux, raille-t-elle.

Je lui jette un regard noir, en mode *tais-toi si tu ne veux pas que je demande à Siobhan de te jeter dehors.*

– Elle est clairement commotionnée, annonce Siobhan d'un air savant avant de claquer des doigts. Kenna, sers un jus de pomme à Cat ! Et à moi aussi, tiens.

Kenna et Siobhan sont amies depuis leurs quatre ans. Kenna est à la fois son binôme et son assistante, un peu comme l'esclave qui conduit le char de la Sorcière blanche dans *Le Monde de Narnia*. On soupçonne toutes Kenna d'être malentendante, vu son peu de réaction quand on lance un « OHÉ, KENNA » dans la cour (ce que Siobhan fait souvent). Sa grande sœur Marta est sourde, si bien qu'elle connaît la langue des signes – et comme Siobhan déteste ne pas savoir les trucs, elle en a appris les rudiments, elle aussi. Plus ou moins. Une fois, elle a échangé avec un élève de l'école des sourds où va Marta, et les profs l'ont beaucoup complimentée pour sa façon « unique et inventive » de signer… c'est donc qu'elle sait s'y prendre !

Kenna s'applique à nous servir quand Siobhan sort de nulle part :

– Habiba, aurais-tu une nouvelle à nous annoncer, puisque nous sommes toutes là ?

Kenna se fige en plein geste. Même Zanna lève le nez de son téléphone.

Habiba est du genre intrépide : capitaine à la fois de l'équipe de basket ET de celle de trampoline, elle est également pom-pom girl en chef et championne locale de tennis. Une vraie princesse de Fitstagram. Elle a même apporté un de ses trophées aujourd'hui, rien que pour boire son jus de fruits dedans. (Je crois qu'elle tient à s'assurer que personne n'oublie l'étendue de son pouvoir.) Là, pourtant, elle a l'air plutôt nerveuse.

– Une nouvelle… à annoncer ? répète-t-elle.

– Ne te fais pas plus bête que tu ne l'es déjà ! rétorque Siobhan, furieuse. J'ai vu tes tentatives pathétiques de flirt avec Nico Benneston après le basket mercredi ! Tu croyais vraiment que ça nous échapperait ? Vide ton sac. Tout de suite.

– Et c'est parti… murmure Zanna en se rapprochant de moi.

Habiba nous rapporte avec hésitation comment elle et Nico ont « pratiqué ensemble leurs techniques de contrôle de la balle » (Zanna recrache sa boisson) et je me surprends à contempler Alison. Soudain, je remarque que son pull a glissé, révélant un pan d'épaule nue.

Mince alors, je crois bien que je souffre d'une addiction à Alison ! J'ai déjà vu des épaules, mais celle d'Alison est une époustouflante création ! Si lisse… Son visage s'illumine dans un sourire glorieux, et mon cœur enfle comme un ballon. Elle rajuste son pull, effleurant son épaule au passage, et je soupire. Si seulement j'étais cette main en lévitation au-dessus de son…

– Et toi, Cat, pour qui tu craques ? demande Lizzie du Gloss, m'arrachant à ma rêverie.

Habiba a fini de parler et tout le monde me regarde à présent.

– P-pour qui-qui je qu-quoi ?

– Lizzie, un peu de tact ! s'offusque Siobhan, qui bouscule Zanna pour agripper ma main avec ses griffes manucurées. Cat est bien trop occupée à traverser un trauma irréversible pour penser aux garçons ! (Puis elle desserre un peu les doigts.) Certains sont quand même irrésistibles. Comme Kieran…

Je lance un regard excédé à Zanna, qui parcourt son Tumblr secret en prenant bien soin de ne pas s'en mêler. La dernière chose dont j'aie envie pour fêter ma convalescence, c'est d'écouter Siobhan radoter sur Kieran Wakely-Brown ! Mais la bande ne semble pas de cet avis.

– C'est vrai qu'il est charmant, acquiesce Habiba tandis que Kenna signe « magnifique » derrière elle. Il est si grand, si blond, et vous avez vu ses avant-bras ? Kieran, c'est le type de tout le monde. Tu es hashtag-vernie, Siobhan.

– Sans vouloir vous vexer, dis-je, Kieran n'est pas du tout mon type.

C'est sorti tout seul. Silence choqué. Zanna murmure un « oh oh ».

– PAS TON TYPE ?! explose Siobhan. Ce bus t'a liquéfié le cerveau, ma parole ! (Elle fait les cent pas sur le plaid en agitant les bras comme si elle avait pris feu.) Kieran est un miracle de la génétique ! Tu vas me faire croire qu'une ŒUVRE D'ART VIVANTE n'est « pas ton type » ?! Si Kieran Wakely-Brown n'est pas assez bien pour toi, Cat, prépare-toi à FINIR SEULE !

– C'est parce qu'elle aime quelqu'un d'autre, lâche Zanna, toujours collée à son téléphone.

Avant de se figer, les yeux écarquillés. Je la fixe, bouche bée, comme un poisson-chat. Non mais c'est quoi, ce bazar ?!

– Enfin, simple hypothèse, ajoute-t-elle d'une voix minuscule, les yeux voguant entre Siobhan et moi. Peut-être qu'elle aime quelqu'un d'autre.

Sagittaire, Zanna ? Sagitta-RIEN, plutôt ! Je pourrais l'étrangler… Tous les regards sont sur moi. Siobhan me toise comme une mouette. Kenna serre son verre dans un suspense tremblant. Même Lizzie du Gloss a arrêté d'appliquer son gloss. Quant à Habiba, visiblement soulagée de ne plus être au centre de toutes les attentions, elle m'asticote :

– Qui c'est, dis, Cat ?

Et moi, je fixe Alison qui regarde droit dans mon âme, même si je prie Aphrodite pour qu'elle ne soit pas vraiment en train de le faire, autrement c'en est fini de moi. Alors, j'ouvre la bouche, cherchant un nom, un visage, n'importe quoi pourvu que ce ne soit pas Alison Bridgewater…

– JAMIE ! laissé-je échapper avant de plaquer ma main sur ma bouche.

Trop tard. Dans le salon, c'est l'explosion. Maman apparaît en haut de l'escalier, l'air alarmé et très maternel dans son cardigan.

– Tout va bien, les filles ?

– Non, absolument pas ! rétorque Siobhan en gesticulant.

Mais ma mère doit avoir peur d'elle, car elle répond : « Tant mieux, alors ! » avant de disparaître dans son bureau.

– Tu craques pour Jamie Owusu ?! s'indigne Siobhan. Et tu me l'as pas dit ? Je le crois pas !

– Ça m'étonne, remarque Alison.

– Pourquoi ? couiné-je, sur la défensive.

Elle hausse ses sublimes épaules.

– Il est très discret alors que tu es plutôt… difficile à ignorer, tu vois ce que je veux dire ?

Elle sourit puis se penche pour presser ma main. Saperlipopette, je suis à deux doigts de la combustion !

– Dans le bon sens, bien sûr, ajoute-t-elle.

Pardon ?! Je déglutis. Comment je dois le prendre ? Alison me trouve « difficile à ignorer » ?!

– Moi je suis assise à côté de Jamie en sciences ! glapit Kenna, et je sens mon âme déserter mon corps sous le coup de l'humiliation. Il m'a demandé trois fois si tu allais bien, aujourd'hui.

– Ça veut rien dire, protesté-je, mais Siobhan n'est pas du même avis.

– Voilà qui confirme tout ! proclame-t-elle. Il est fou amoureux de toi, ça crève les yeux. Ne t'en fais pas, Cat ! On va concrétiser tout ça.

Je crois bien que c'est la pire menace que j'aie jamais entendue. De désespoir, je me tourne vers Zanna, qui se montre aussi serviable que… Zanna, justement, qui se trouve être la personne la moins serviable que je connaisse. Ma panique doit se voir, car Alison presse de nouveau ma main.

– Personne ne m'a demandé pour qui je craquais, moi, dit-elle.

Ce qui provoque chez Siobhan son troisième arrêt cardiaque en cinq minutes.

Pensant probablement me sauver les miches, Alison met tout le monde au jus concernant le petit mec du privé, et je préférerais encore être sur une scène de théâtre à Londres, à danser la salsa piquante avec Mme Warren, qu'ici et maintenant, à l'écouter.

– C'est de ça que je voulais te parler, Cat. J'aimerais que tu vérifies son profil dans ta bible… Et puis le bus t'a percutée ! Enfin bref, il s'appelle Oscar, et il est Gémeaux.

Elle sourit tandis que je me racle la gorge. Alison en pince pour un GÉMEAUX ?! C'en est trop. Ma cousine Lilas, reine du Mal éternel, est Gémeaux, et une fois, elle m'a coupé les cheveux dans mon sommeil. Faire confiance à un Gémeaux ? Et puis quoi encore !

Mais avant que j'aie pu l'avertir, Alison ajoute :

– On doit se voir au parc ce week-end ! Voilà, vous savez tout.

Elle m'adresse un clin d'œil complice. J'esquisse mon plus beau sourire pour dissimuler la tornade d'horreur qui souffle dans mon estomac.

Alison Bridgewater a un rencard. Et là, comme ça, mon cœur est officiellement brisé, me condamnant à la solitude éternelle.

Titre de mes Mémoires : *Verseau solo.*

22:20

Zanna Szczechowska

J'avais pas l'intention de le dire tout haut, hein. Désolée lol. Ça va ? **22:11**

AU POIL !!! JE ME PORTE COMME UN CHARME HAHAHAHAHAHAAAA !!! **22:13**

Je rêve ou tu ris comme une hyène par texto ? Tu sais que c'est pas le seul poisson de l'océan, au moins ? **22:13**

Tu pouvais pas choisir une métaphore moins poissonnière ? :(
Et puis, t'imagines si je suis nulle à la pêche ?! **22:14**

Te connaissant, c'est probablement le cas, t'es nulle en tout **22:17**

??? T'es pas censée me consoler ??? **22:17**

Ah si lol. C'est pas le seul poisson de l'océan ! **22:17**

ÇA, TU L'AS DÉJÀ DIT !!! **22:18**

Le fond de ta tarte aux pommes

Comme il pleut ce week-end, Alison et Oscar vont au centre commercial au lieu du parc. Le centre commercial. Apparemment, c'était son idée, à lui. C'est bien une idée de Gémeaux à la con, ça ! Mais je réponds quand même au texto d'Alison pour lui dire que je suis contente qu'il n'ait pas annulé.

Sauf que je suis tout sauf contente. Je suis triste et effondrée. Je traîne au lit toute la matinée à me goinfrer de céréales directement depuis la boîte et à broyer du noir (y a pas mieux comme terme pour de telles activités). La saison de la Balance se termine dans deux jours et je n'ai toujours pas trouvé l'amour.

Malheureusement, on est samedi, le jour où ma mère et Fran, la maman de Jamie, rassemblent leur cercle de couture, si bien que je n'aurai pas le loisir de chercher la romance. Tu parles d'un cercle : elles ne sont que toutes les deux et il y est plus question de prendre le thé avec des petits gâteaux que de coudre quoi que ce soit. « C'est une forme d'évasion ! » insiste ma mère, ce que je peux comprendre. Moi aussi, je chercherais à m'évader, si j'étais banquière. « Mon travail est parfois usant. Et c'est le seul pour lequel on me paie. »

Puis elle s'esclaffe d'un rire exaspérant, comme si j'étais trop jeune et trop stupide pour saisir qu'elle fait allusion à son deuxième emploi : mère de famille.

Après avoir broyé encore un peu de noir, je me lève pour me poster devant mon miroir recouvert de stickers de princesses Disney, avec juste une petite ouverture par laquelle je peux voir mon visage. Que je devrais peut-être boucher avec plus de stickers, en fait, parce que j'ai une mine affreuse. Comme dans le tableau, là, *Le Cri*.

Ironiquement, ce n'est pas un cri qui va arranger les choses. Alison a un rencard avec Oscar et moi je vais passer la matinée avec Jamie, que ça me plaise ou non.

SPOILER : c'est non.

*

Quand la sonnerie retentit, je suis déjà en bas, en train de ranger les céréales discrétos. Alors je vais ouvrir, lançant même un « J'arrive ! » histoire de cimenter mon humeur faussement joviale.

Maman apparaît derrière moi, accueillant Fran avec un rire joyeux (trop joyeux), pendant que Jamie saute hors de leur petite voiture rouge comme un lapin d'un chapeau.

– Te voilà bien pressée de jouer les majordomes ! Ça fait plaisir… Tu devrais la voir le dimanche, Fran. Elle ne se lève pas avant 14 heures ! Je me demande ce qui peut bien la motiver aujourd'hui…

Jamie, lui aussi, sourit jusqu'aux oreilles. Qu'est-ce qui le rend si heureux ? Sûrement un truc horrible. Nos mères vont dans le salon, et j'entends Fran murmurer pas si discrètement : « Elle serait parfaite pour lui, Heather ! » Pardon ?! Parfaite pour lui ?! À croire qu'elles se préparent à me marier comme une princesse Tudor !

– Salut Cat, dit Jamie en sautillant bizarrement avec un sourire bizarrement sautillant. On va à l'étage, ou autre ?

Je ne vois pas trop ce que ce « ou autre » pourrait être, vu qu'il y a juste le rez-de-chaussée et un étage, alors je prends la direction de ma chambre, dotée de quatre murs à part entière – un luxe dans la Boîte d'iPhone. D'habitude, je m'allonge sur mon lit et Jamie s'assied par terre pour rouspéter. De façon assez classique pour un Cancer, il en a souvent gros sur la patate, comme avec son loser de pote Lucas qui ne le laisse jamais gagner aux jeux vidéo, ou encore sa mère qui oublie de laver ses chaussettes de nuit, si bien qu'il a les pieds froids quand il dort.

Mais aujourd'hui, Jamie semble vouloir parler de mes amies plutôt que de ses chaussettes de lit.

– Siobhan… c'est une copine à toi, non ? Elle sort pas avec Kieran Wakely-Brown ?

– Elle craque pour lui, c'est tout, marmonné-je en roulant les yeux. Comme tout le monde, apparemment.

– Et toi ?

– Surtout pas ! éructé-je, offensée. Je ne sortirais jamais avec lui, même sous la menace de crocodiles !

– Oh, cool, répond Jamie avec un sourire étrange. Et pour Alison…

Je me fige.

– Qu'est-ce qu'elle a, Alison ?

– Sa mère fréquente notre église, et connaît ma mère.

À l'entendre, il s'agirait d'un exploit. Il fait même craquer ses doigts, avant de se les frotter avec une grimace.

– Elles viennent toutes les deux de Koumassi, la ville-jardin du Ghana, ajoute-t-il sur un ton fier. Alors, elles sont amies.

Le Ghana a l'air magnifique, à entendre Alison. Elle m'a expliqué que son deuxième prénom vient de là-bas et veut dire « mardi », en référence à son jour de naissance. C'est une coutume ghanaise, apparemment. À moins qu'on ne dise ghanéenne ? J'y réfléchis une seconde, puis mes pensées vont vers le sourire d'Alison… (Soupir.)

– Alison a dit que tu avais parlé de moi à ta fête de convalescence, poursuit Jamie. Et que tu avais dit à tes amies que tu aimerais sortir avec moi.

Je me redresse d'un bond.

– Elle a dit QUOI ?!

Dans les yeux de Jamie luit une étincelle qui me file la chair de poule.

– Elle a dit que tu avais dit à tes amies que tu aimerais sortir avec moi.

Je suis à deux doigts de me désintégrer. Fichue Alison !

– Enfin, j'ai parlé de toi, quoi ! T'es mon ami, non ? Je me suis dit que ça te gênerait pas, et comme tout le monde s'attendait à ce que je cite un nom…

– Ça ne me dérange pas du tout, répond Jamie avant de bondir sur le lit à une vitesse remarquable. J'ai trouvé ça… oh, tu sais. (Petit rire.) Mignon.

Gloups.

– Bon ben tant mieux ! Tu m'en vois soulagée, merci pour ta compréhension, Jamie. Et j'espère que tu sais que, eh bien, si jamais tu as besoin de prétendre que tu as embrassé une fille, par exemple, je serai RAVIE de te servir d'alibi en retour. Non qu'on soit OBLIGÉS de s'embrasser, hein…

Purée, le malaise. Comment me sortir de ce malentendu ? Peut-être devrais-je lui dire que mes parents ont déjà arrangé mon mariage avec un prince allemand ? Mais Jamie voudra savoir comment il s'appelle, or je n'y connais rien en noms allemands. Je me creuse la cervelle. Strubert Humbervink ? Rudolph Strudolph ? Alors que je commence à me demander si un prince italien serait plus crédible, Jamie déclare :

– J'accepte ton offre avec grand plaisir, mon ange.

Puis il se penche et il M'EMBRASSE.

NOM D'UN RUDOLPH STRUDOLPH ?!

C'est mon tout premier baiser. Que faire ? Et si je lui bave dans la bouche ? Je n'ai même pas pensé à fermer les yeux ! Ma position – accoudée sur mon lit – n'est pas d'une stabilité idéale, et avec Jamie qui pèse contre moi, j'ai le plus grand mal à garder la tête droite.

– Mmfmmphmhrmph !

Jamie s'écarte.

– Argh, je vais tomber !

– Raide dingue de moi, j'espère, dit-il en me faisant un clin d'œil.

Oh, saperlipopette.

– Oh, euh, quel séducteur, haha ! Écoute, en fait…

– J'ai suivi ton conseil et commencé à écrire des chansons, comme Chidi Unigwe, m'informe Jamie en agitant les sourcils. J'en ai écrit une pour toi.

Supposant qu'il plaisante, je m'esclaffe, mais lui ne rit pas.

– Attends… t'es sérieux ? C'est… comment dire… trop mignon.

Par la guitare de Taylor Swift, je n'ai jamais conseillé à Jamie d'écrire des chansons… à moins que ? Oh, peut-être bien que si. Mais je ne le pensais pas ! Je dois être très mauvaise actrice, en plus d'être nulle pour embrasser et conseiller, car Jamie prend un air tout gêné.

– Tu trouves ça cringe, avoue…

Il a l'air à deux doigts de pleurer. Je jette un coup d'œil à la porte, priant, une fois n'est pas coutume, pour que Luna fasse irruption et nous bassine avec son véganisme. La poisse. Jamie renifle. Saperlipopette ! Que faire ? Les lèvres collées-serrées, je dépose un baiser-éclair sur sa joue.

– C'est pas cringe ! glapis-je. Ne sois pas triste !

Jamie tourne vers moi un regard bordé d'espoir.

– Je pourrais te la jouer, si tu veux, dit-il, frétillant comme un chiot. Je connais les paroles par cœur.

– Me la jouer ? répété-je. Genre, ici ? Maintenant ?

Avant que j'aie pu dire ouf, il pose sur moi des yeux intenses et commence par taper dans ses mains. Puis il se met à chanter ! Je reconnais vite la mélodie : c'est *Jolene*, de Dolly Parton.

« *Elle a le sourire de Marilyn Monroe,*

Sa peau blanche est douce comme neige,

Elle a le plus joli des nez, Cathleen… »

Quelle horreur. Ça ne colle même pas avec la musique ! Si Dolly Parton entendait ça, je suis sûre qu'elle en crèverait de honte. Mais qu'est-ce que j'y peux ? Alors je garde le sourire, comme si ma vie en dépendait, pendant que Jamie poursuit sa ballade.

« *Cathleen, Cathleen, Cathleen, Cathleen…*

Je t'en supplie, laisse-moi être ton homme.

Cathleen, Cathleen, Cathleen, Cathleen…

Laisse-moi être le fond de ta tarte aux pommes. »

Sa version compte beaucoup plus de strophes que *Jolene* dans mon souvenir… Il finit quand même par arrêter de se taper le genou et ménage une pause théâtrale, les yeux fermés sous le coup d'une intense émotion. Puis il esquisse un sourire.

– T'en penses quoi ?

J'applaudis lentement.

– C'était… très bien, Jamie ! Merci beaucoup.

Il se penche pour m'embrasser de nouveau. Je le laisse faire. Au moins, ça l'empêche de chanter. Mais lorsque mon téléphone s'illumine et que s'affiche le nom d'Alison, je m'écarte.

CAT ! Ce rencard est DINGUE. Il est trop chou !!!
Détails à suivre !!! xxxx **12:29**

Alison a raison sur un point : ses mises à jour constantes me rendent DINGUE. Je m'apprête à la bombarder de mon soutien comme une amie décente, mais je ne sais pas quoi lui dire. Alison est en rencard avec un mec « chou ». Assise en silence, je contemple l'écran tandis que Jamie attend, l'air gêné.

Il finit par se racler la gorge.

– Qui c'est ?

Je verrouille aussitôt mon portable.

– Personne !

– Pas un mec, j'espère ?

J'évite son regard, les larmes aux yeux. Je me force à sourire, mais je crois que je préférerais encore m'arracher la figure. (Ce serait toujours moins douloureux.)

– Pourquoi ? T'es jaloux ?

Il hausse les épaules, feignant la nonchalance, mais à en juger par sa moue boudeuse, il est jaloux comme un tigre. Il a l'air presque aussi malheureux que moi ! Les étoiles avaient-elles tout prévu – le bus qui me percute, Jamie qui m'embrasse, en plein milieu de la saison de la Balance… Peut-être que l'univers essaie de me faire passer un message ? Peut-être que je ne pourrai pas sauver Alison des griffes de son Gémeaux, mais que je peux m'épargner l'obligation à moi de rester un *Verseau solo* ? Siobhan flotte dangereusement dans mon esprit… *Un nouveau copain, c'est ce qu'il y a de mieux pour tourner la page… Je ne pense plus du tout* à *Chidi !*

Je pousse Jamie du bout du pied.

– T'inquiète, c'était juste une copine.

Mon téléphone vibre de nouveau, mais cette fois je l'ignore. Humectant mes lèvres d'un air déterminé, j'attrape Jamie par le col et l'attire à moi pour l'embrasser de plus belle. Je ne sais pas trop quoi penser de ces baisers : c'est plus une corvée qu'un feu d'artifice. Peut-être ai-je trop regardé de Disney ? Je m'efforce de ne pas penser à Alison Bridgewater. Avant de prendre conscience d'un problème.

Il n'y a jamais un instant où je ne suis pas en train de penser à Alison Bridgewater.

CE QUE J'AIME CHEZ JAMIE OWUSU

- Il est… présent. Voilà. C'est un bon début !
- Il a toujours des biscuits sur lui.
- Dans ses affaires, je veux dire, pas sur lui… Enfin, si, dans ses poches aussi.
- Il a vraiment de très, TRÈS bonnes… intentions ?
- Il est nul pour les textos, au moins on n'est pas obligés de discuter tout le temps.
- Il est Cancer, c'est le signe le plus facile à manipuler.
- Il vient déjà à la maison tous les samedis, du coup pas besoin de planifier nos date.
- Ce n'est pas Alison Bridgewater !
- Même si j'aimerais bien qu'il le soit, parfois.

Les neuf règles du roulage de pelles

Le lundi, Alison accorde la note maximale à son rencard, mais je reste circonspecte. Le centre commercial, franchement ? Les garçons peuvent décidément tout se permettre ! Je jette un regard noir à l'autre bout de la cour.

On commence à se les cailler en ce mois d'octobre, mais comme Siobhan juge que « le CDI c'est pour les geeks et les losers », on reste plantées là comme des pingouins dans nos blazers. On occupe toujours la même table de pique-nique, près des salles d'arts plastiques, depuis le jour, au début du collège, où Siobhan a décrété qu'elle nous était réservée. Elle a même gravé ses initiales sur la table, si bien que personne n'ose s'y asseoir. Pas même les profs.

– Et là, il m'a prêté un billet de cinq ! se remémore Alison. Au café, pour acheter une glace.

– Pardon, intervient Zanna. Comment ça, prêté ?

– Son père travaille dans la finance, explique Alison sans ciller. Du coup, Oscar fait très attention à ses sous. Je dois le rembourser la semaine prochaine.

– Et vous vous êtes roulé des pelles ? veut savoir Siobhan.

Le sourire d'Alison se crispe.

– Pas au premier rencard, voyons !

Siobhan la dévisage, éberluée.

– Enfin, Alison, on n'est pas au Moyen Âge ! T'es stupide ou quoi ? Comment ça pourrait être un rencard s'il n'y a pas de roulage de pelles ? Les mecs ne sont bons qu'à ça...

– Je sais pas, ils peuvent aussi parler, non ? j'interviens.

Ma suggestion n'impressionne guère Siobhan.

– Si un garçon m'invitait à sortir et n'essayait pas de m'embrasser, je le prendrais pour un pervers frigide. De quoi veux-tu parler avec eux, de toute façon ? C'est pas très naturel, tout ça, je trouve.

Sur ce dernier point, on est d'accord. Mais Alison m'envoie un sourire de ralliement, alors tout ça en vaut la peine, bien sûr, même si je me retrouve dans la position ridicule de devoir défendre Oscar du Privé.

– Merci, Cat, murmure-t-elle tandis que Siobhan poursuit son monologue. Je t'aime plus que tout.

Rougissant comme une clown, je m'empresse de détourner les yeux et croise le regard précis comme un laser d'une fille à l'autre bout de la pelouse. Minute. Je la connais ! C'est la fille avec les lunettes vertes qui compte en coréen. Elle est adossée à un arbre avec Marcus et Maja, les deux goths teubés du groupe de théâtre, avec les cheveux décolorés.

Elle arbore une crinière noire avec des mèches blondes et un épais eye-liner noir, un choix on ne peut plus risqué, étant donné que les vieux fossiles anti-mode tels que Mme Warren ont tendance à pister le maquillage comme des chiens de chasse. Peut-être que cette petite Avril Lavigne est trop rebelle pour s'en soucier. Elle a la chemise qui sort de la jupe et ses chaussettes remontées jusqu'aux genoux.

En gros, elle est juste ultra-cool. Méga ultra-fraîche, même.

On dirait presque qu'elle me fixait déjà avant que nos regards se croisent. Elle incline la tête d'un air curieux puis retourne à sa conversation avec Marcus et Maja, comme si ce dialogue visuel d'une intensité intergalactique ne s'était jamais produit.

Je donne un coup de coude à Zanna.

– Zanna. Zanna ! Dis, c'est qui cette fille ?

Assise en tailleur sur la table comme une espèce de divinité, Siobhan en est à réciter ses *Neuf règles du roulage de pelles* à Kenna et à Alison. Habiba a réussi à s'échapper, pour une fois – elle donne un cours de taekwondo à des petits de sixième qui ont du mal à contrôler leur colère.

– Quelle fille ?

– Celle-là, là-bas ! (J'essaie de la lui montrer sans pointer du doigt.) Sous l'arbre.

– Qu'est-ce que t'as à gigoter comme ça ? Tu t'es fait taser ou quoi ?

Pour l'amour de Coraline Jones, elle est vraiment irrécupérable.

– Zanna. Il y a une fille, là, debout sous cet arbre. Elle me fixait ! Elle a des mèches blondes et des chaussettes hautes comme ça et…

– Oh, elle ! fait enfin Zanna, qui a peut-être besoin de nouvelles lunettes. C'est Morgan.

– Et ?! C'est qui cette Morgan ?

– Ben, c'est Morgan, répète Zanna.

Par les serpents à sonnette. Je suis à deux doigts de l'étrangler !

– Oui, ça j'ai compris, merci. Mais c'est qui ? Je la connais ?

– Clairement pas, puisque tu me demandes, répond Zanna.

Je ferme les yeux, essayant de devenir la patience incarnée. Elle poursuit :

– Elle est nouvelle. Julia, du club de culture slave, est dans sa classe. D'après elle, Morgan fait partie du gratin, ce qui est cool. (Elle esquisse un sourire narquois.) Alors je ne vois vraiment pas pourquoi elle fixerait quelqu'un d'aussi ringard que toi, Cat.

Avant que j'aie eu le temps de lui mettre une beigne, Siobhan saisit notre conversation au vol.

– Morgan Delaney ? N'importe quoi ! Elle n'est pas du gratin, elle est *persona non grata*. Chez Starbucks. En tout cas c'est ce qu'a dit Habiba.

– Interdite de quel Starbucks ?! demande Kenna en jetant un regard craintif à Morgan.

– De *tous* les Starbucks, précise Siobhan. Elle a vraiment dû faire un truc épouvantable. Ma cousine trop nulle, Samantha la Taxeuse, a déjà travaillé chez Starbucks et elle m'a dit qu'on pouvait y faire à peu près n'importe quoi ! Il paraît qu'elle est irlandaise ou je ne sais plus quelle origine tordue.

J'écarquille les yeux.

– Siobhan ! Ça ne se dit pas ! Et puis, t'es pas irlandaise, toi aussi ?

Siobhan me toise comme si j'étais plus lente qu'un escargot endormi.

– Qu'est-ce qui te fait croire que je suis irlandaise ?! Mes parents viennent tous les deux de Sevenoaks, juste à côté ! Et puis Morgan a refusé de faire équipe avec Lizzie et moi en technologie, alors que je le lui avais proposé – bon, uniquement parce qu'elle est nouvelle et qu'elle a un nez passable. Mais apparemment, elle avait déjà promis à Marcus ! Ce mec, c'est un cirque ambulant… Il joue aux échecs pour *s'amuser*, comme un vieux croulant. Alors on n'est pas amies avec elle.

– C'est vrai qu'elle a des mèches décolorées, remarque Kenna en fronçant le nez.

– On dirait qu'elle les a trempées dans la moutarde, ricane Siobhan.

Les deux commères échangent un regard avant de se mettre à caqueter. J'en suis encore à me demander ce que Morgan Delaney a pu faire pour se retrouver bannie de tous les Starbucks du pays quand Alison pose sa main sur la mienne. Je me fige. Alison sourit comme s'il n'y avait rien d'anormal. Ce qui est le cas, bien sûr. Je maîtrise parfaitement la situation.

– Cat, dit-elle, les yeux plissés de cet air compatissant qui fera ma perte. Tu veux bien faire équipe avec moi en EPS ? Je suis nulle au tennis, et la dernière fois Siobhan m'a crié dessus parce qu'on avait perdu… Forcément, elle s'entraîne toujours avec Habiba ! Mais toi, tu as l'habitude de perdre, non ? Ça t'ennuie ?

– Pas de souci ! couiné-je.

– Génial ! (Alison m'adresse un sourire beau comme une île grecque. Derrière elle, Zanna lève les yeux au ciel.) Tu me couvres pendant que je consulte mes messages ?

Je me tourne de façon à dissimuler Alison aux yeux des profs de passage, tentant d'ignorer la chaleur qui me monte aux joues comme si je me trouvais sur cette fameuse île grecque. Qu'est-ce qui me prend ? On va juste jouer au tennis ! Pourquoi le moindre petit instant avec Alison prend-il toujours des dimensions colossales ?

– Oh mon Dieu, Cat ! laisse échapper Alison.

Quoi encore ?!

Alison montre son téléphone à toute la tablée. Les filles sursautent l'une après l'autre, Zanna lâche un « Oh, mince alors », puis c'est enfin mon tour de voir l'écran. Mes poumons manquent d'exploser par mes narines ! Jamie a posté une photo de moi datant de samedi sur son Instagram (@owusuperman), avec en légende : « Le samedi c'est chat-medi ! Elle est pas à tomber, MA COPINE ? » Taguée : @catlaclownduzodiaque

*

Plus tard, dans le vestiaire d'EPS, c'est le silence et la gêne qui règnent. À croire qu'on est toutes devenues Zanna. D'habitude, personne ne sait quoi dire (ou signer, dans le cas de Kenna). Je n'ai pas parlé aux filles des baisers échangés avec Jamie samedi et, à en juger par leur réaction, elles prennent ça comme une sorte de trahison. Et moi, alors ? J'en suis toute interlocutionnée ! Ou interlopatée ?

Je n'ai jamais dit à Jamie qu'on était ensemble. À quoi il joue ? Et il fallait que ce soit Alison qui découvre le post, en plus… J'aurais été moins gênée si j'avais dû venir en cours en costume de clown.

– Je n'en reviens pas que tu n'aies rien dit, siffle Siobhan.

– Je n'ai pas…

Je ne peux quand même pas dire à tout le monde que Jamie ment. Je ne veux pas qu'il soit la risée du collège. Et puis je dois continuer à le voir tous les samedis, alors c'est un sacré bazar.

– Tu n'as pas pensé que je méritais de savoir, c'est ça ?!

Siobhan déboutonne son chemisier. Elle se déshabille toujours intégralement avant de se changer, rien que pour nous foutre la honte avec sa silhouette parfaite et musclée. Elle fait du jogging avec Habiba deux fois par semaine, cette masochiste. Et elle porte toujours des sous-vêtements assortis. Aujourd'hui, ils sont vert mamba.

– Désolée, marmonné-je.

Alison me donne un petit coup de coude.

– C'est rien, ma belle. Tu nous en aurais sûrement parlé au déjeuner, si je n'avais pas passé toute la pause à vous bassiner avec mon rencard !

Mais Siobhan n'a pas l'air convaincue.

– Ben voyons ! lance-t-elle en enfilant maillot et short. Zanna ? Je fais équipe avec toi aujourd'hui.

– Euh, OK…

Zanna est toujours en train de lacer ses chaussures.

Comme d'habitude, la plus lente à se changer est Millie Butcher. Pâle et maigrichonne, elle est la plus petite de toute notre année, ce qui lui vaut le surnom – attribué par Siobhan – de « Millie la Micronaute ». Elle n'a même pas encore ôté son uniforme que Siobhan pose sur elle des yeux de boa constrictor.

– Qu'est-ce que t'attends, Mills ? lance-t-elle à travers le vestiaire.

– Rien, merci, répond Millie, toute rouge.

Une main en cornet sur l'oreille, Siobhan fait mine de n'avoir pas entendu.

– Qu'est-ce que tu dis ?

– Rien, répète Millie plus fort. Ça va.

– Oh, pas la peine de crier !

Siobhan sursaute, feignant le choc, dans l'hilarité générale. Elle jette un coup d'œil à Millie, espérant une repartie cinglante. Mais

Millie est comme un ninja déprimé : elle ne contre-attaque jamais. Elle ignore Siobhan et commence à se déshabiller.

– Mais c'est qu'elle porte encore une brassière ! ricane Siobhan. C'est trop chou. Bon, moi, je suis prête ! Zanna ?

Elle claque des doigts et quitte le vestiaire d'un pas vif. Zanna se traîne à sa suite, non sans un grognement exaspéré. Moi, je regarde Millie, vaguement gênée. Je devrais lui dire quelque chose de gentil ! Que Siobhan ne fait que plaisanter, même si c'est… comment dire… pas toujours marrant ? C'est là qu'Alison m'effleure le bras. Un frisson dangereux me parcourt la peau.

– Tout va bien ? me demande-t-elle. Faut pas faire attention à Siobhan.

– Oh, j'y fais pas attention. (Tu parles.) Merci quand même.

Sourire d'Alison.

– Allez, viens perdre au tennis avec moi !

Avec un peu de chance, je me prendrai une balle et une nouvelle commotion en pleine tête, et je n'aurai plus à affronter tout ça.

16:45

La bande

Habiba
Cat, ma tante est très heureuse que tu te sois trouvé un #COPAIN !!! xo **16:35**

Cat
Elle vit pas au Maroc ? Comment elle a su ??? **16:37**

Siobhan
ÉVIDEMMENT qu'elle est au courant, BANANE ! T EN COUPLE, faut que ça se sache, sinon à quoi ça sert ??? C pour ça, je l'ai dit à Jasmine McGregor, problème RÉGLÉ **16:39**

Cat
TU L'AS DIT À *JASMINE LA GRANDE GUEULE* ??? SIOBHAN !!! **16:40**

Zanna
Cat devrait peut-être changer son pseudo en @cat.owusu… pour pas que Jamie ait l'impression d'être un secret honteux… Partage ta fierté avec le monde entier ! :) **16:41**

Cat
LA FERME ZANNA !!! POUR TA GOUVERNE Jamie et moi on a eu une discussion très adulte et il est d'accord pour rester DISCRET sur les réseaux afin de laisser notre relation s'épanouir sans interférence du monde extérieur… C'est très romantique et j'en suis TRÈS heureuse !!! **16:42**

Alison
Ohhh… c'est trop chou ! Heureuse que tu sois heureuse, ma belle !! xo **16:42**

Zanna
La même, copine :) TROP heureuse ! **16:42**

La saison du Scorpion

Des Blanche-Neige qui se bécotent

Au moins, je ne suis pas entrée dans la saison du Scorpion en solo. Avoir un copain, ça change tout ! À peine ai-je « mis le grappin » sur Jamie, comme dit Siobhan, que cette dernière m'a annoncé qu'elle et Kieran ont « décidé d'être exclusifs ». Je ne sais pas trop ce qu'elle veut dire par là, puisqu'elle ne voyait déjà personne d'autre. Elle trouve peut-être que ça fait plus adulte ? Elle prend ses relations très au sérieux…

Le souci, comme me l'explique en détail Siobhan par téléphone pendant les vacances de la Toussaint, c'est qu'avoir un copain impose de lui consacrer du temps. En gros, si je passe la pause avec mes amies, je dois déjeuner avec Jamie, et inversement. Tout ça est inutilement compliqué. Au moins, je ne suis pas obligée de le voir pendant ces vacances, car il est parti en cure thermale avec sa mère.

Je le sais parce qu'il m'envoie des selfies avec des rondelles de concombre sur les yeux. La vache.

Quand les cours reprennent, je me dis que je pourrais suggérer à Jamie de venir s'asseoir avec nous au déjeuner ; d'un autre côté, je préfère l'éloigner autant que possible d'Alison. Aucune envie qu'elle me voie avec lui ! Il n'arrête pas de passer son bras autour de mes épaules et de m'embrasser sur la joue… Un vrai cauchemar !

– Je ne sais pas pourquoi tu es si surprise, me dit Zanna à la cantine. C'est ce que font tous les copains. Ils passent leur temps à t'embrasser et à être pénibles.

Je pousse un soupir de frustration.

– Mais c'est normal qu'il m'embrasse l'oreille ?

Zanna me toise de la tête aux pieds avant de ricaner.

– Ma pauvre blondinette, dit-elle. Tu n'as encore rien vu. En parlant du loup…

Jamie fait irruption et s'installe à côté de moi avec sa lunchbox Tortues Ninja. Il nous sourit, à moi, puis à Zanna.

– Zan-Zan ! s'exclame-t-il en levant la main, et je manque de m'étouffer sur mon chocolat chaud. Check !

Je le dévisage. Sérieux ?! C'est vraiment pas le genre de Zanna Szczechowska.

Zanna, elle, plisse les yeux.

– Non merci. Je vais au CDI. On se retrouve en cours, Cat.

Du regard, je l'implore de rester, mais Zanna m'abandonne. Toujours aussi inutile, celle-là. Je me tourne lentement vers Jamie, et lui adresse le meilleur sourire dont je suis capable.

– C'est quoi son problème ? me demande-t-il.

– « Zan-Zan », vraiment ?

Non mais franchement !

– Quoi ? J'essayais d'être sympa ! (Il écarte les bras.) Tes *amigos* sont mes *amigos*, pas vrai ?

Absolument pas, ai-je envie de lui répondre. Et puis, je crois qu'on dit « *amigas* » pour les filles, mais je me contente de sourire d'un air gêné et d'apprécier ses efforts. Même s'ils sont vraiment nuls.

*

Siobhan avait raison quand elle disait que les copains, ça a tendance à vous accaparer : je passe énormément de temps à repousser les avances de Jamie. Mais la saison du Scorpion est synonyme de passion, or s'il y a une perspective qui me passionne, c'est de ne pas mourir seule. Alors, Jamie et moi allons travailler sur notre connexion émotionnelle ce mois de novembre pour ne pas rester une paire de tongs tristounes pour le reste de l'année zodiacale !

Par une après-midi ensoleillée, nous nous rendons ensemble au bord de la rivière qui court de l'autre côté du terrain de sport. Je sors mon carnet de croquis tandis que Jamie reste assis là, comme un boulet, à me tenir la main. Pas facile de dessiner d'une main, si bien que je finis par me dégager. Aujourd'hui, je croque Elsa qui savoure son premier baiser avec Moana. J'en suis à me demander s'il vaut mieux les représenter sous les tropiques ou dans un paysage de neige quand Jamie pousse un grognement.

Je lève les yeux de la chevelure de Moana.

– Qu'est-ce qu'il y a ?

Il renifle.

– Rien.

Je lâche mon crayon avec une grimace, parce qu'il m'a vraiment gâché mon enthousiasme. S'il ne change pas rapidement d'attitude, je risque bien de le tuer avant même de fêter nos trois semaines ensemble !

– Si, il y a clairement un problème, répliqué-je. Alors dis-le.

– Pourquoi tu ne dessines que des filles qui s'embrassent ?

Je serre mon carnet contre ma poitrine, choquée.

– Je ne dessine pas que des filles qui s'embrassent ! Parfois, j'en dessine… qui se marient !

– Mais pourquoi ? (Il triture l'herbe à côté de lui.) Tu ne dessines jamais rien d'autre ?

– Bien sûr que si ! (Aussitôt, je feuillette mon carnet.) Regarde, il y a… Je sais qu'il y en a un, là-dedans. (Je tourne une page. Puis une autre… et encore une autre…) Quelque part.

Gloups. Bon, Jamie n'a pas tout à fait tort. Mon carnet déborde de princesses Disney qui s'embrassent. Mais ce n'est pas ma faute si elles sont si esthétiques ! Elles sont si jolies et fleuries et… jolies.

– Je dessine ce que je veux, d'abord, marmonné-je en évitant son regard.

Jamie tente d'attraper mon carnet, mais je l'en empêche, soudain gênée.

– C'est quoi, le problème ? Laisse-moi voir ! dit-il.

– Non ! (Je secoue la tête.) C'est privé !

– Les amants n'ont pas de secrets l'un pour l'autre, Cat.

Je suis tellement horrifiée de l'entendre utiliser le mot « amants » que mon carnet m'en glisse des mains. Jamie commence à le feuilleter et je hulule, paniquée :

– Jamie ! Rends-moi ça !

Je bondis dans sa direction. Par réflexe, Jamie jette mon carnet loin de lui, comme un frisbee. Le projectile tournoie dans le ciel avant de retomber…

Pile. Dans. La. Rivière.

Nous fixons bêtement la surface de l'eau, où mon carnet s'éloigne.

– Oh, marmonne Jamie. Désolé.

– Tu l'as fait exprès ! beuglé-je, mes yeux de Verseau emplis de larmes.

Tous mes dessins ! Des heures et des heures à croquer des princesses et composer des poèmes tragiques et romantiques, envolés comme ça, et qui barbotent sur l'eau, prêts à servir de rideaux dans le salon d'un canard.

C'est là qu'un *splash* retentit.

Je me retourne, alarmée, et vois de mes yeux totalement-incrédules-et-larmoyants Morgan Delaney qui plonge dans la rivière, de l'eau jusqu'aux genoux, sans même ôter ses chaussures ! Sur la rive, tout le monde l'observe. Elle doit être aussi rebelle qu'on le dit : chacun sait que si on met un pied dans la rivière, on se prend une heure de colle.

Morgan glisse sur les pierres moussues. Je laisse échapper un cri silencieux. Et si elle se fait emporter par le courant ? Et si elle se noie pour une poignée de Blanche-Neige qui se bécotent ? Intrépide, Morgan rejette ses cheveux en arrière et patauge en direction de mon carnet nautique, qu'elle tire hors de danger pour le brandir comme Excalibur afin que tout le monde puisse le voir.

– ELLE L'A ! tonne Jasmine la Grande Gueule sous les hourras de la foule.

À croire que Morgan Delaney vient de marcher sur l'eau ! Enfin, si elle le pouvait, son plongeon n'aurait pas semblé si héroïque. Admirative, je la regarde regagner la rive, trempée jusqu'à la taille, ses chaussures couvertes de gadoue verte.

– Tu as sauvé mon carnet ! m'exclamé-je en me précipitant vers elle.

Morgan reprend son souffle. Puis elle m'adresse un regard étrange, comme si elle n'en revenait pas que je lui adresse la parole.

– On dirait bien, oui, dit-elle en secouant la tête comme pour se réveiller, avant de me tendre son butin, désespérément humide et chiffonné. Mais je crois que je n'ai pas été assez rapide. Tu pourrais peut-être le passer au séchoir ?

Siobhan a raison : Morgan est bien irlandaise, d'après son accent. Mais sa voix est douce, un peu rauque, et son air, pas du tout maléfique, contrairement à Mme Warren, alors peut-être qu'être irlandais n'est pas si terrible, après tout. Elle a aussi les yeux d'un bleu exceptionnellement pâle, qui contraste avec ses cheveux et ses sourcils noirs. Ses lunettes sont parsemées de gouttes d'eau.

C'est alors que je me rends compte que je la fixe, muette comme un abricot. Je me détourne de ses yeux extraordinairement aquatiques pour m'intéresser à ses chaussures embourbées.

– T'es trempée ! Ça va aller ?

– Oh, t'inquiète, répond Morgan. C'est juste de l'eau. Ça valait totalement le coup pour sauver…

Et là, avant que j'aie pu l'en empêcher, elle ouvre le carnet, en plein sur Elsa et Moana. Elle cligne des yeux, visiblement surprise, et pas qu'un peu.

– … un dessin de princesses qui s'embrassent.

Les mots me manquent. Ce n'est pas tous les jours qu'une Irlandaise héroïque se jette à l'eau pour sauver votre carnet de princesses lesbiennes. Je suis en train de chercher un prétexte très malin et parfaitement crédible au fait que je possède un tel carnet quand Maja, l'amie de Morgan, nous rejoint.

– C'était dingue, dit-elle. T'es cool ?

PARDON ?! Morgan est la fille la plus cool de la Terre, oui ! C'est là que Jamie se racle la gorge, le boulet, pour me rappeler qu'il est encore en vie.

– J'allais sauter moi-même, bien sûr, dit-il. Mais, comment dire, tu as été plus rapide, alors j'ai juste… attendu ici.

Je le foudroie du regard, prête à lui dire où exactement il pourrait sauter, là, tout de suite, mais Morgan me coupe l'herbe sous le pied.

– Jamie, c'est ça ? On s'est rencontrés pendant la sortie scolaire… Je t'ai donné un pansement quand tu t'es égratigné le petit doigt sur un chardon.

J'échange un regard avec Jamie.

– Non, dit-il. C'est pas… Tu dois confondre.

– Au fait, moi, c'est Morgan, annonce Morgan Delaney en me tendant mon carnet. Je suis nouvelle, mais je t'ai déjà aperçue. Cat, c'est ça ?

Ça pour une surprise. Elle me connaît ?!

– Oui, je suis Cat ! Miaou !

Mes joues s'enflamment comme des torches. « Miaou » ?!

– Je veux dire, *ni hao*, m'empressé-je de bafouiller. Ça veut dire « bonjour » en japonais. À moins que ce soit du chinois ? Je ne sais pas trop, je ne viens pas vraiment de Chine. Ni du Japon. Euh…

Je crois que je vais devoir me faire hara-kiri.

– Cool, dit finalement Morgan, qui semble un peu perdue, à juste titre.

Mais c'est qu'elle a les joues roses ! Non, je m'imagine des trucs… Elle est probablement en hypothermie.

J'aimerais lui dire quelque chose de sophistiqué et de spirituel, afin qu'elle ne reparte pas avec l'idée que je suis la mascotte de l'académie des clowns, mais j'ai la tête plus vide qu'une âme de Scorpion. Maja pousse un «oh oh», et une ombre s'avance sur nous, masquant le soleil, sombre et menaçante. Je fais volte-face. Mme Warren.

– Eh bien, dit-elle, ses yeux de sorcière étincelants posés sur Morgan. Dites-moi, jeune fille, vous a-t-on appris à lire dans votre ancien établissement ?

En silence, nous suivons tous son doigt pointé vers la pancarte plantée sur la rive. Malheureusement pour Morgan, le message est assez explicite : INTERDICTION D'ENTRER DANS L'EAU.

Tremblant comme des violons nauséeux, nous regardons Morgan. Qui croise les bras crânement.

– Désolée, madame. J'ai dû oublier mes lunettes au même endroit où vous avez égaré vos manières. Je sais parfaitement lire, merci bien.

Je trouve la réplique tordante. Mais pas Mme Warren, à l'évidence. Elle donne deux retenues à Morgan : l'une pour insolence et l'autre pour avoir sauté dans l'eau afin de sauver mon carnet.

– Je vais devoir lui écrire un poème pour la remercier, dis-je à Zanna, de retour en classe.

– Elle regrettera de ne pas s'être noyée, rétorque Zanna.

Voilà qui n'est pas très poli. Je lui réponds qu'elle n'a qu'à se noyer elle-même, mais Mme Warren, qui m'a entendue, me donne un avertissement pour avoir proféré des menaces de mort.

Je lui explique que les menaces en question sont inévitables quand on est rongé par les feux dévorants de la passion caractérisant la saison du Scorpion, mais elle ne trouve pas ça drôle non plus.

Elle a tort.

17:58

Siobhan Collingdale

Yo la bouffeuse de haggis. File-moi l'horoscope des Scorpion !!! Des trucs à éviter ? Bonus si ça me permet de zapper ces devoirs à la noix **17:30**

Oui bien sûr tt de suite Siobhan ! Hmm…

La saison du Scorpion a pour thèmes la PASSION et la CERTITUDE. Évite donc d'écrire ou de lire quoi que ce soit en italiques dubitatifs.
Seuls les losers emploient les italiques de toute façon. LES CAPITALES EN GRAS, y a pas plus sûr ! Envoie tes messages à des heures multiples de 5 (15:00, 15:15, 15:45, tu me suis ?) et ne porte pas de motifs indécis… Rien que des COULEURS PRIMAIRES et FRANCHES !

Oh, et ne traîne SURTOUT PAS avec les Gémeaux… C TOUS DES HYPOCRITES ! **17:43**

MERCI L'IDIOTE JE VAIS DEVOIR BRÛLER MON ÉCHARPE PRÉFÉRÉE MAINTENANT **17:55**

Le meilleur des paillassons

Tout le week-end, je n'arrête pas de penser à Morgan Delaney. Dès que je ferme les yeux, elle est là, telle une vision mythologique : entrant avec panache dans l'eau, souvent au ralenti, rejetant en arrière sa crinière noire… Bon, peut-être que j'exagère un peu le côté dramatique de la chose. C'est ce que me dit Zanna au téléphone, en tout cas.

– Si tu l'avais vue… m'extasié-je, étalée sur le sol de ma chambre.

Zanna pousse un soupir impatient.

« C'est tout comme. Tu me l'as déjà raconté environ cinq cents fois. T'as rien de mieux à faire ? »

– À vrai dire, j'ai deux essais à rédiger, répliqué-je d'un ton hautain.

« Deux ? Cat, tu es à peine capable d'en écrire un. De quoi tu parles ? »

– Eh bien, j'ai le mien à écrire… (J'hésite.) Et il se peut que j'aie plus ou moins accepté de rédiger celui d'Alison, aussi. (Long silence.) Zanna ? T'es toujours là ?

« Malheureusement, oui. (Elle soupire.) T'es sérieuse ? Tu fais les devoirs d'Alison, maintenant ? Dire qu'on passe notre temps à prétendre que c'est Siobhan la plus stupide. »

Je fronce les sourcils.

– Ah bon ?

« Moi, en tout cas. (Une pause.) Cat, je crois bien que tu es le plus grand paillasson que j'aie jamais rencontré en quatorze ans de vie. Elle ne peut pas écrire son essai toute seule, Alison ? »

– Bien sûr que si ! C'est juste qu'elle n'est pas très… académique !

« Parce que toi si, peut-être ? Ou parce que tu sais qui est Mary Oliver ? »

– Oh, ben… (Je rougis un peu.) Écoute, elle n'y peut rien si elle n'a pas lu le bouquin !

« Cat, ma pathétique amie, ne le prends pas mal, mais… Si Alison Bridgewater orthographiait mal son propre nom, tu accuserais le stylo. »

– Jamais Alison ne ferait de faute à son nom !

« Elle se trompe tout le temps sur le mien, maugrée Zanna. Une fois, elle l'a orthographié “Shakiraska”. Non mais genre ! C'est juste “Shakira” avec une terminaison vaguement slave. »

– Zanna, dis-je, calme comme un clam qui clamse. Personne ne sait écrire ton nom. Je suis même étonnée que les Polonais y arrivent, pour être honnête. Tu devrais peut-être te faire rebaptiser Shakiraska.

« Est-ce que je dois demander à Luna de t'expliquer ce qu'est le racisme ordinaire ? » s'impatiente Zanna.

Après avoir raccroché, je lui envoie un texto disant juste « ZANNA SZCZECHOWSKA », histoire de lui prouver que je ne suis pas la pire des amies et que je suis tout à fait capable d'écrire son nom. Elle me renvoie un émoji, celui avec les yeux au ciel.

Puis je m'attelle à l'essai de littérature d'Alison, en m'efforçant de ne surtout pas me laisser distraire par Morgan.

Plif, plaf, plouf.

*

Vu que je lui ai rédigé tout un essai, on s'attendrait à ce qu'Alison soit aussi ravie qu'un rhododendron de me voir. Mais, à la pause, je la trouve avachie comme un brin d'herbe battu par la pluie au fond du CDI.

Elle s'est trouvé une table à l'abri du regard de la documentaliste, Mme Bobards (oui, vraiment), qui me déteste parce qu'en sixième j'ai renversé de l'eau sur un exemplaire tout neuf des *Nouveaux Poèmes choisis* de Mary Oliver. J'ai raconté à Mme Bobards que j'aimais tellement ces poèmes que j'avais pleuré toutes les larmes de mon corps et que ce bouquin détrempé en était la preuve, mais elle ne m'a pas crue.

Alison ne lève même pas le nez à mon approche.

– Ta-dah ! annoncé-je en déposant le devoir soigneusement imprimé sur sa table.

Elle me jette un regard mélancolique. À vrai dire, elle a les yeux humides et poissonneux, comme si elle allait pleurer.

– Salut, Cat. Oh, c'est mon essai ?

Elle m'adresse un sourire aqueux avant de se détourner.

– Tout va bien ? Écoute, si c'est parce que Zanna a laissé entendre que tu étais stupide…

Alison soupire.

– Non, c'est à propos d'Oscar. C'était si parfait, et voilà que tout est parti de travers, et… (Elle fronce les sourcils.) Minute. Zanna a dit quoi ?

– Parlons plutôt de toi, je m'empresse de rectifier en m'asseyant.

Alison soupire. Elle a l'air si terriblement triste que j'en pleurerais moi-même. Alors je fais ce qu'elle ferait à ma place : je pose ma main sur la sienne. Bien sûr, à peine l'ai-je fait que je me demande si j'aurais dû m'essuyer la paume sur ma jupe d'abord, mais c'est trop tard. Je reste assise là, avec ma main pleine de sueur sur la sienne.

– Que s'est-il passé ?

Peut-être est-ce mon jour de chance et Oscar du Privé s'est-il fait percuter par un camion roulant à toute allure !

– Oscar s'est révélé être une ordure. C'est tout. (Elle se force à m'adresser le plus alisonesque des sourires.) Pardon. Ce n'est vraiment pas intéressant ! Et puis, je devrais te remercier ! Tu m'as écrit tout un essai, et tu ne m'as même pas demandé d'argent pour l'impression…

– Évidemment que si, ça m'intéresse ! lui assuré-je, en remballant mentalement mon idée de lui demander de rembourser l'impression. Qu'est-ce qu'il a fait ? Tu veux que je l'assassine ?

Alison s'esclaffe d'un petit rire morveux. Ce qui pourrait être dégueu, mais je parie que sa morve a un goût de miel… (Soupir.)

– Il n'a rien fait de spécial. C'est plutôt un truc qu'il a dit.

Elle hésite, jette un coup d'œil par-dessus la bibliothèque vers le bureau de Mme Bobards, puis sort son téléphone.

– Je n'ai qu'à te montrer. C'est peut-être moi qui suis trop sensible…

Je tente de garder l'air compatissant et inquiet. Après tout, Alison est mon amie, et je n'aimerais pas qu'Oscar ait été méchant avec elle. D'un autre côté…

NON ! Je me donne mentalement une claque. Je jette un coup d'œil à son téléphone, où elle fait défiler une quantité inquiétante de textos. Je ravale ma peine.

– Tiens, dit-elle, avant de lire à voix haute : « Tu es vraiment canon et je dois dire que ça faisait un moment que j'espérais pouvoir inscrire une Noire au menu. » Je lui ai demandé ce qu'il voulait dire, il s'est contenté de répondre « miam ».

Une larme – une vraie larme – roule sur la joue parfaite d'Alison tandis que sa voix se délite.

J'attrape le téléphone pour lire le texto de mes yeux. Incroyable, j'avais bien entendu ! Mon esprit patauge tel un pélican paniqué tandis que j'essaie de digérer cette horreur des plus horrifiques.

– Mais, Alison, c'est… enfin, c'est complètement raciste !

– Ah, merci ! dit-elle.

Puis elle pose une main pile sur mon genou. Oh, Aphrodite…

Elle continue de parler, hoquetant parfois, et je tente d'ignorer son contact sur ma rotule tremblante, car je suis censée garder la tête froide. Pas facile, quand on a le cœur qui n'arrête pas de faire des galipettes !

– Je sais que ce n'est pas si terrible. Certains pensent même que c'est flatteur de comparer mes cheveux à de la barbe à papa ou de dire que j'ai le teint « caramel ». Mais on en revient toujours à la nourriture, comme si j'étais là pour être mangée, tu comprends ?

Elle bat de ses paupières embuées pendant que je me demande s'il est tout aussi problématique de se dire que sa morve a sans doute un goût de miel.

– Pardon. Je dis peut-être n'importe quoi ?

– Pas du tout, lui assuré-je. L'amour sincère n'est généralement pas synonyme de cannibalisme… (Je réfléchis une seconde.) Enfin, je suis désolée que les gens te disent des trucs pareils.

Les Gémeaux sont vraiment des êtres intrinsèquement mauvais. J'aimerais tellement lui donner une analyse zodiacale pleine de sagesse de la situation, mais hélas, je n'arrête pas de penser à sa morve, et ça me file des sueurs froides ! Je tire sur le col de mon chemisier, nauséeuse, et prie Aphrodite que mon visage ne soit pas rouge comme une pivoine.

Alison fronce les sourcils.

– Tout va bien ? Tu es toute rouge !

Saperlipopette !

– Ça va ! C'est juste que… fait chaud, ici, non ? Euh… (Vite, une distraction !) Tu devrais être lesbienne !

On se regarde, éberluées. J'ai vraiment dit ça TOUT HAUT ?!

– Je veux dire, puisque les garçons sont horribles, vaut peut-être mieux sortir avec des filles, tu vois ? m'empêtré-je. Enfin, non, tu vois pas, et moi non plus, mais… !

– Ah, si seulement… (Ma poitrine manque d'exploser.) Bien sûr, il ne faut jamais dire jamais. Si seulement l'attraction marchait comme ça… Ça doit être tellement plus simple d'aimer les filles.

J'écarquille les yeux.

– C'est-à-dire que…

Puis, comme si Aphrodite me faisait signe de fermer ma grande bouche sur-le-champ, une mélodie divine emplit l'air. J'en suis à me demander si le stress causé par cette conversation a fini par me tuer et m'envoyer au ciel quand la musique passe au rap. Les jurons poussés par Nicki Minaj ont réussi à briser l'ambiance.

– Mon téléphone ! siffle Alison.

L'appareil en question vibre bruyamment sur la table.

Nous nous jetons dessus en même temps. Hélas, ma main heurte celle d'Alison, jetant l'appareil par terre, où la sonnerie continue de retentir. Je plonge sous la table, attrape le portable et coupe enfin le son, avant de me relever d'un bond triomphant.

Sauf que je suis encore sous la table, si bien que je ne réussis qu'à me cogner la tête et à renverser le meuble, laissant échapper un « mer…credi ! ». La douleur pulse dans mon crâne. Lorsque ma vision redevient nette, j'aperçois Mme Bobards, la documentaliste (à la tenue tristement beige pour une trentenaire), qui me foudroie du regard, ainsi que la moitié des élèves présents.

Je me racle la gorge.

– Désolée…

– À qui est ce téléphone ? veut savoir Mme Bobards.

Alison ouvre des yeux grands comme des meules de fromage. Nom d'une mimolette, pourquoi elle ne répond pas ?! Je les regarde, le téléphone (toujours serré entre mes doigts), Mme Bobards et elle, avant de lancer :

– Euh, c'est le mien ! Mais madame, voyez-vous, j'étais juste…

Mme Bobards dresse un index chancelant.

– « Juste » en train d'enfreindre les règles ! Cathleen, savez-vous quelle est la punition encourue pour usage de votre mobile au sein de l'établissement ?

– Faute avouée est à moitié pardonnée ? suggéré-je, optimiste.

– Une retenue, Cathleen. Quant à votre téléphone, il sera confisqué pour la journée.

Je lui tends le portable tout en frottant mon crâne douloureux. Zanna avait peut-être raison… je suis le pire des paillassons ! D'un autre côté, je n'ai eu aucun mal à renverser cette table, ce qui n'est pas banal pour un paillasson.

Mieux vaut ne pas en parler à Zanna, cependant.

15:38

Zanna Szczechowska

Je dois récupérer le téléphone d'Alison qui a été confisqué !!
Tu m'accompagnes ?? **15:31**

Pourquoi c toi qui y va s'il est à elle **15:32**

Càd qu'ils croient que c'est le mien... **15:32**

Pourquoi ils croient ça **15:33**

Sans doute parce que je leur ai dit

Au fait... j'ai une heure de colle !!! **15:33**

Ces deux infos sont-elles liées ? **15:35**

Heuuuuuuuuuuuuuuu **15:35**

Je rêve...

L'académie des clowns a appelé...
Ils ont perdu leur mascotte **15:35**

Très drôle Zanna, ha ha ha **15:36**

:o) **15:36**

Kate Bush dans ma cuisine

Maman n'est pas vraiment heureuse de savoir que j'ai pris une heure de colle. En fait, quand elle l'apprend, elle se met à onduler dans toute la cuisine-salon-salle à manger de la Boîte d'iPhone, façon Kate Bush – ce qui, comme en témoignera toute personne ayant vu le clip de *Wuthering Heights*, fait beaucoup.

– Pas la peine d'en faire tout un plat, lui assuré-je tandis qu'elle claque des dents. C'est pas si grave ! C'est, genre, ma vingtième retenue de l'année.

Elle cesse aussitôt son raffut. Je me dis d'abord qu'elle s'est peut-être calmée. Sauf qu'elle se tourne lentement vers moi, les yeux exorbités. Peut-être que je n'aurais pas dû dire ça.

– Vingt retenues depuis le début de l'année ?! Cat Phillips ! On n'est même pas aux vacances de Noël !

Puis elle se met à beugler que si je ne change pas d'attitude, je vais finir par dévaler une pente très glissante, à quoi je réponds sur le même ton que c'est pas ma faute si mes profs dégueu passent leur temps à graisser toutes ces pentes pour que je glisse dessus. Puis je grimpe l'escalier quatre à quatre avec la ferme intention de claquer la porte de ma chambre de toutes mes forces.

Hélas, comme papa vient de cirer le parquet, je glisse sur le palier et me cogne le coude au passage.

Une menace en robe de dentelle

Perdre une après-midi en retenue, c'est déjà aussi déprimant qu'un dîner à la cantine. Mais quand j'apprends que c'est Mme Warren qui sera de garde, je pourrais avaler les chaussettes de nuit de Bouddha de désespoir ! Mme Warren a dû mettre un cierge dans sa cathédrale de vampire pour avoir l'opportunité de m'infliger cette séance de torture. Son visage s'illumine de satisfaction lorsqu'elle me voit entrer d'un pas traînant dans le réfectoire.

Il y a là une dizaine d'élèves assis sur des chaises grincheuses. Je reconnais Brooke Mackenzie, dite Brooke l'Arnaque, la plus célèbre des rouquines du collège de Queen's, qui joue avec une pièce. D'habitude, je ne prête pas attention aux autres camarades de colle, mais cette fois, je remarque Morgan, affalée au fond dans une attitude ultra-cool.

Elle lève le nez et, malgré les circonstances tragiquement minables, m'adresse un sourire. Que je lui rends, non sans lui faire un petit geste de la main. C'est la première fois que je la revois depuis qu'elle s'est héroïquement jetée à l'eau. Tout à coup, je sens des papillons voleter dans mon estomac.

Franchement ! Si je n'étais pas si follement éprise d'Alison, je dirais bien que Morgan me plaît ou quelque chose du genre. Elle est d'une beauté époustouflante avec ses yeux bleu pâle et cette attitude cool et nonchalante... Sans oublier ses lunettes vertes. Et les taches de rousseur qui lui constellent le nez. Ce serait incroyablement facile de tomber amoureuse d'elle. Mais, comparée à Alison Bridgewater, la plus jolie, la plus charmante des princesses Poissons de tout Lambley Common...

– Eh bien, Cathleen Phillips, dit Mme Warren d'une voix débordant d'une menace en robe de dentelle, m'arrachant brutalement à ma rêverie. Comme c'est aimable à vous de nous rejoindre. Naturellement, comme vous avez deux minutes et demie de retard, je n'ai pas encore lancé le chronomètre, si bien que l'heure commence maintenant. Ceux qui espéraient partir plus tôt pourront remercier Cathleen pour son manque de ponctualité.

Concert de grognements. Je fixe mes chaussures, les joues rouges. C'est qu'elle me hait vraiment ! Même Morgan va m'en vouloir, à présent. Je m'assieds et croise les jambes. On ne vous donne pas de table en retenue : on se contente de rester assis jusqu'à ce que mort s'ensuive. Je remue la jambe. Mme Warren, elle, s'installe face à nous. Elle, bien sûr, a droit à une table.

– Cessez vos gesticulations, Cathleen, dit-elle, le nez dans un dossier.

Je me fige et parcours des yeux la pièce avec un soupir. Une femme de ménage nettoie le carrelage avec une serpillière qui éclabousse partout et, derrière Mme Warren, l'horloge nous casse les oreilles avec ses *tic-tac*.

Cinq minutes plus tard, je sens mon goût de la vie s'évaporer. Un garçon pique du nez, est-ce qu'il est mort ? Si Mme Warren s'en est aperçue, elle se garde bien de le réveiller. C'est injuste – si c'était moi, elle aurait déjà sorti les cymbales ! Maussade, je croise les bras et… aïe ! Quelque chose me pique. Je plonge la main dans la poche de mon blazer. Un Bic.

C'est la découverte la plus exaltante au monde en ces temps de Grande Dépression ! Lentement, j'ôte le capuchon, puis je retrousse ma manche. La zone blanche juste au-dessus de mon poignet s'avérant particulièrement tentante, j'y calligraphie mon nom avec style…

Cathleen

Je souris devant tant de sophistication. On dirait l'œuvre d'un moine copiste ! Puis, poussée par une soif d'expérimentation aussi esthétique que fictive, bien sûr, j'y ajoute un patronyme joliment ornementé…

Cathleen Bridgewater

Au cas où j'épouserais Alison un jour, vous voyez ? Enfin bon… Je me mords la lèvre. Comment on choisit quel nom utiliser, quand on est deux filles ? Je ne m'étais jamais posé la question. J'ajoute le mien. Juste pour voir.

Cathleen Bridgewater-Phillips

À moins que Phillips-Bridgewater ne sonne mieux ? Je réfléchis, tapotant mon stylo sur mon genou.

Une ombre s'abat sur moi. Alarmée, je lève les yeux et tombe sur le regard assassin et lunetté de Mme Warren, qui a glissé silencieusement à travers la cantine tel un requin-marteau lancé sur moi. Elle ajuste sa veste en tweed, qui doit bien être le vêtement le plus tragiquement victorien que j'aie jamais vu.

– Qu'avons-nous là, Cathleen ?

Gloups.

– Rien qu'un stylo, madame !

– Voyez-vous ça ! (Elle pousse un gloussement révoltant.) Parce qu'un stylo plume aurait été pire, je suppose ?

– C'est-à-dire que ce n'est pas à moi de juger, mais…

– Silence en retenue, mademoiselle Phillips. (Elle tend la main pour récupérer l'objet du délit.) Sauf si vous tenez à ce que je remette le compteur à zéro, bien sûr.

La remarque provoque des murmures inquiets de la part de mes voisins. Elle n'est pas sérieuse, quand même ?! Même pour la sorcière Warren, c'est trop ! D'autant qu'elle aussi serait coincée plus longtemps avec nous. Enfin, si ça se trouve, c'est ce qu'elle veut. Peut-être se nourrit-elle de notre souffrance. Peut-être est-ce la Grande Prêtresse d'un culte vampirique, où l'on stocke la misère humaine dans des bocaux de verre et…

– Montrez-moi vos bras, mademoiselle Phillips, exige-t-elle.

Mes divagations à propos du culte secret de Mme Warren s'évaporent aussitôt. Je retombe sur ma chaise en plastique, rouge comme une betterave.

– Mes bras… ?

Mme Warren cligne lentement des yeux.

– Vous étiez en train d'écrire dessus, non ?

– C… c'est-à-dire que oui, bafouillé-je. Mais, madame…

– Vos bras, mademoiselle Phillips.

Elle patiente comme si elle n'avait rien de mieux à faire, ce qui est sans doute le cas, vu qu'elle est prof. Je jette un regard vers

Morgan, qui observe mon humiliation en cours avec un intérêt modéré. Même elle ne peut me sauver.

Sans un mot, le plus lentement possible, je retrousse ma manche droite pour exhiber mon poignet vierge. D'un coup de menton, Mme Warren indique mon bras gauche. La pièce commence à tanguer. Elle va savoir. C'est la prof principale d'Alison depuis la cinquième ! Je tremble comme une feuille. Je n'ose même pas regarder. Je retrousse ma manche et tends le bras à Mme Warren. Je sens ses yeux qui scannent la peau telle une antenne de Dalek.

– Intéressant, dit-elle.

Avant de s'éloigner.

QUOI ?! Rigide comme un pot de fleurs, je me sens bouffie et étourdie. J'ai l'impression d'avoir tout à la fois le mal de mer, des transports et d'amour. Mme Warren regagne son bureau et rouvre son dossier sans un mot de plus. *Intéressant*. Qu'est-ce que ça veut dire, nom d'un lion de mer sans nageoires ?!

Je passe le reste de l'heure à jeter des regards furtifs à la prof, avec l'impression qu'elle m'observe, elle aussi. Plutôt déconcertant, même si je suis sans doute parano.

Elle est en train de fomenter ma perte, c'est sûr.

*

Lorsque Mme Warren nous relâche, je fais quasiment la roue jusqu'à la sortie. J'en oublie même de lui réclamer mon stylo ! Je peux donc ajouter « vol » à l'interminable liste de ses crimes contre moi. Lui révéler mes gribouillis fantastico-romantiques pourrait bien être l'expérience la plus traumatisante de ma courte vie. Or, faut-il le rappeler : j'ai déjà été percutée par un BUS !

Je suis presque au portail lorsqu'une voix m'interpelle.

– Hé, Cat ! Attends !

Morgan me rattrape au petit trot, un geste des plus flatteurs. À sa place, je doute que je ferais un tel effort, même si je poursuivais Sa Majesté Cate Blanchett en personne.

– Je ne savais pas que j'allais te retrouver en colle.

Elle me donne un coup de coude, tout sourire, et mon estomac fait un saut périlleux à l'insu de mon torse. Saperlipopette, il faut vraiment que je me reprenne. Ce n'est quand même pas Alison Bridgewater. Je devrais être capable de lui faire la conversation sans vouloir transcender mon enveloppe corporelle.

– Moi non plus… lui dis-je le plus normalement du monde.

– T'étais là pour quoi ?

J'hésite. Je devrais peut-être élaborer un récit aussi audacieux que stylé afin de l'impressionner ! Comme quoi j'aurais affronté un morse à mains nues lors de la dernière excursion de la section arts à Brighton, ou qu'on m'aurait surprise en train de faire de la contrebande de papeterie sur le marché noir de Lambley Common…

Pas sûr que Morgan me croie, cependant, alors je me contente d'articuler :

– Téléphone.

– Oh, la poisse.

Nous marchons ensemble à présent, parcourant la rue en direction de la place centrale de Lambley Common.

– Mais toi, au moins, tu n'as pas à le refaire demain. Grâce à ton carnet, j'ai droit à une double dose.

– Ah, c'est vrai. Désolée. (Je m'arrête sur mes pas.) C'était tellement classe de ta part, Morgan. Tu es mon héroïne ! Enfin, héroïque, je veux dire… je ne prends pas de drogues.

Elle plisse le front.

– Vraiment ? Tu as l'air d'une vraie dure, pourtant.

– Haha ! m'esclaffé-je stupidement. Merci. C'est le mascara, je mets le plus sombre… Oh, mais tu rigolais, c'est ça ?

– En effet.

Mes joues s'enflamment. La gêne ! Je fixe mes chaussures. Noires, banales, avec des boucles. Celles de Morgan sont ornées de minuscules étoiles discrètement gravées dans le cuir, comme si elle les avait dessinées elle-même à la pointe d'un canif. Des étoiles ! Et parce que, en bonne clown, je suis incapable d'avoir la moindre pensée sans la bredouiller à voix haute, je m'exclame :

– J'adore tes chaussures !

Morgan incline la tête.

– Merci. Moi, j'adore tes cheveux. Ils me rappellent Madonna dans *Recherche Susan désespérément*. Enfile un blouson de cuir et tu seras son parfait sosie. (Elle éclate de rire devant mon air ahuri.) Pardon, c'est un film des années 1980. Je suis passionnée de cinéma.

Je déglutis en cherchant une réponse tout aussi cultivée.

– Oh, vraiment ? Trop cool. Moi aussi, je suis fan. Enfin, pas de cinéma, pas vraiment, mais… de quelque chose. Tu saisis ?

Sappho, non… Quel désastre !

Morgan acquiesce avec sérieux, pourtant, avant de partir d'un grand rire. Un rire parfaitement insouciant – presque un caquètement, à vrai dire. Comme si elle était dénuée de tout embarras. Je ne peux même pas imaginer ne pas avoir honte de mon rire. On dirait celui d'un gobelin enrhumé !

– T'es marrante, dit Morgan. Fan de quelque chose, hein ? Ça me plaît. C'est très, comment dire… très inspirant.

Elle m'adresse un sourire, les yeux plissés. Peut-être se moque-t-elle de moi, mais avant que j'aie pu en être sûre, elle s'arrête sur ses pas.

– Bon, j'y suis.

– Et moi aussi !

Perplexe, elle désigne l'impasse derrière elle.

– Je parlais de cette rue… Je tourne là. J'habite à Marylebone Close. C'est la maison, là-bas, avec la porte bleue.

Je crois bien que je suis l'humain le plus stupide qui ait jamais existé !

Avant que j'aie pu me rattraper, Morgan écarte les bras pour me saluer d'une embrassade. Par miracle, j'arrive à lui rendre son salut sans me ridiculiser, même si je me prends sa chevelure dans la figure. Elle a un parfum sombre, fumé, profond… rien à voir avec l'effervescence fruitée d'Alison. J'ai tellement envie de lui demander son signe astrologique ! Mais ce serait trop indiscret. Or je ne suis pas Balance.

– À plus, Cat, dit Morgan avant de s'engager dans Marylebone Close.

Puis elle me jette un dernier regard par-dessus son épaule. Je m'empresse de reprendre ma route, des fois qu'elle pense que je restais plantée là à la regarder comme une clown aux yeux de merlan frit.

Ce qui est exactement ce que je faisais, mais je ne voudrais surtout pas qu'elle le sache !

22:50

Alison Bridgewater

Dis ma belle… j'adorerais avoir mon horoscope ! xxx
Je viens de passer mon devoir à la déchiqueteuse
par erreur, je crois que je suis maudite :(**15:35**

SALUT ALISON ! OMG quelle poisse !!!
Pourquoi il n'y a jamais de bouton d'annulation
sur ces fichues machines ?? Si tu as besoin d'aide
pour refaire ton devoir je suis là !!! xxx

Pour une Poissons comme toi, le but
de la saison du Scorpion est d'élargir ses horizons,
de développer sa conscience et de devenir
un individu plus complet. Alors assure-toi
de manger PLEIN de céréales. Du muesli,
ça devrait le faire ! Ouvre les fenêtres
de ta chambre le plus grand possible, aussi,
et arpente plein de collines – les montagnes,
c'est encore mieux, si tu en as sous la main :)

En espérant que ça t'aide !!! xxx **15:36**

Omg t'es la meilleure ! Je t'adore !!! xxx **15:45**

Divine énergie féminine

Samedi. Jamie est de nouveau chez moi. J'attends toujours de sentir nos âmes se lier sous l'influence torride du Scorpion, mais après avoir entendu son interprétation tortueuse de *Tendre Loterie* (une reprise de *Love Story* de Taylor Swift), je commence à m'inquiéter sérieusement. Comment est-ce censé nous aider à nous rapprocher ? Même mes affreux poèmes ne sont pas assez calamiteux pour établir une connexion spirituelle avec lui.

Ensuite, il se prélasse sur le sol de ma chambre, à se plaindre que sa mère refuse de lui payer un abonnement à la salle de sport et que ce sera sa faute à elle s'il n'a pas d'abdos. Puis il enchaîne sur la longue et tragique histoire de comment il est devenu trop grand pour ses claquettes préférées. Je suis à bout de patience.

– C'est à ça que me sert ma musique, déclare-t-il. À exorciser mes traumas.

J'acquiesce en faisant mine de l'écouter, alors qu'en réalité je suis sur mon téléphone à rattraper la conversation de groupe avec la bande. Siobhan nous a envoyé une capture d'écran du compte Instagram de Millie Butcher :

[a partagé une image] Ah, ça, elle sait s'y prendre pour me CHARCUTER[1] mon fil d'actualité !!! **13:33**

C'est plutôt méchant. Mais Habiba répond qu'elle n'a qu'à SCROLer – terme inventé par Siobhan et Lizzie du Gloss le mois dernier, par contraction de « scratch » et « LOL » parce que certaines publications sont tellement nazes qu'on ne peut qu'en rigoler et passer à la suite, façon DJ. Depuis, on trouve des SCROL dans la moitié des commentaires Insta, ce qui a le don de laisser perplexe quiconque n'habite pas à Lambley Common. C'est très drôle. À SCROLer, même.

– On ne sait jamais quand l'inspiration peut frapper un artiste comme moi, radote Jamie. D'ailleurs, maintenant que j'y pense, je sens comme une vibe…

Je lâche mon téléphone.

– Et si on regardait un film !

Prête à tout pour empêcher Jamie de commettre un nouvel opus, j'attrape mon ordinateur. Lui, tout ce qu'il regarde, c'est *Gilmore Girls*, alors c'est à moi que revient la tâche de trouver de quoi nous divertir. Je repense à ce que Morgan m'a dit au sujet de Madonna et de mes cheveux, et sélectionne *Recherche Susan désespérément*.

– C'est quoi ? demande Jamie quand je lance la lecture du film.

Il boude comme une batavia de ne pas avoir pu écrire ses chansons, alors je me blottis contre lui pour le consoler. Hélas, il en profite pour passer le bras autour de mes épaules, mais je suis prête à me sacrifier pour le bien des oreilles de la communauté. Qui se

---

1. *Butcher* signifie « charcutier », en anglais. (Note de la traductrice.)

compose de moi, d'Aphrodite, et de la sphère céleste du zodiaque dans sa totalité.

– C'est juste un film que m'a conseillé Morgan !

– Morgan ? Je ne savais pas que tu lui parlais… remarque-t-il, maussade.

– Pourquoi tu dis son nom comme ça ? rétorqué-je, agacée. C'est parce qu'elle a sauvé mon carnet de croquis ?

Il hausse les épaules, toujours boudeur.

– Je ne sais pas, mais j'ai l'impression qu'elle est du genre à aimer le *heavy metal* ou ce genre de truc. Elle en fait un peu trop. Elle n'est pas musicalement raffinée comme moi.

Je résiste à la tentation de SCROLer.

– Et alors, si elle aime le *heavy metal* ?

– Ben, c'est pas ton truc, renifle Jamie. C'est tout.

Il a raison : le *heavy metal*, c'est pas mon truc. Mais je ne suis pas sûre d'apprécier qu'il décide à ma place.

– Peut-être que tu ne me connais pas aussi bien que tu le penses. Peut-être que tu es trop occupé à être la réincarnation de Mozart pour remarquer que je kiffe le *heavy metal* et plein de trucs de dingues !

Ça suffit à mettre Jamie d'humeur ronchon. On regarde le film en silence. Madonna apparaît, armée d'un Polaroid et de son fameux blouson de cuir, comme l'a dit Morgan, et elle est si incroyable, d'une perfection si époustouflante, que je laisse échapper un soupir d'admiration.

– C'est qui ? marmonne Jamie.

– Chut !

Parce que c'est Madonna, bien sûr. C'est moi.

*

Le dimanche, je me réjouis d'avoir un peu de temps pour moi afin de me détraumatiser en paix de cette semaine épouvantable. Je songe à envoyer un message à Morgan (vu qu'elle m'a donné accès à son Insta ultra VIP) pour lui dire que j'ai regardé *Recherche Susan désespérément* – puis je me rappelle qu'elle est interdite de Starbucks dans tout le pays et que Siobhan ne l'aime pas, alors je me dis qu'il vaut peut-être mieux ne pas être amie avec elle.

Si seulement je connaissais son signe… Alors, je saurais si elle est digne de confiance !

Soudain, maman débarque dans ma chambre comme si les lieux lui appartenaient. Ce qui est plus ou moins le cas, certes, mais ça reste très agaçant.

– On va faire quelques emplettes à Maidstone ! annonce-t-elle. Allez, mon chou, mets tes chaussures.

Je suis étendue par terre au milieu de la pièce.

– Pourquoi je dois venir ?

– Pour acheter des collants. Les tiens sont tout troués.

– Mais ce n'est pas la peine que je t'accompagne !

Avec un soupir, maman baisse la voix, comme chaque fois qu'elle prétend me traiter en adulte.

– Luna a besoin d'un nouveau manteau, mais elle n'acceptera jamais mes propositions. La semaine dernière, encore, elle a retourné mon armoire pour vérifier à quel point je « contribuais financièrement à l'exploitation des ouvriers du textile ». J'ai besoin de toi, Cat. Faire les courses avec ta sœur, c'est un enfer.

Je grogne. C'est tout elle, ça, de me faire du chantage. Je me relève et attrape mon manteau d'une manière très adulte et organisée. Je suis vraiment une sainte.

Dans la voiture, Luna pérore sur le déficit de représentation des femmes originaires de l'est de l'Asie à la télévision.

– Citez-moi une actrice est-asiatique dans un rôle principal. Rien qu'une !

– Sandra Oh, dans *Killing Eve* ? suggère maman.

Grimace de Luna.

– Une autre, alors.

– Tu as dit une, Luna, pas deux.

– Ce n'est pas avec un seul exemple qu'on va démolir le racisme systémique, maman !

– Le quoi ?

Elles continuent de se chamailler jusqu'à Maidstone. Je mérite un prix de l'endurance rien que pour avoir fait acte de présence. Franchement, la quantité de dingueries que je dois supporter ferait craquer même les plus stables mentalement.

– Et si on lâchait un peu le *Manifeste du parti communiste* et que tu me disais quel genre de manteau tu veux, Luna ? suggère maman en sortant de la voiture. Que dirais-tu d'un modèle bien chaud et bordé de fourrure ? (La panique.) De *fausse* fourrure, bien sûr !

Trop tard. Luna est déjà à bout (ce qui ne veut pas dire grand-chose, vu qu'elle est, de base, assez bizarre pour taper des scandales hystériques dans des parkings et autres lieux publics).

– La fausse fourrure ne vaut pas mieux que la vraie ! aboie-t-elle. Elle promeut l'idée que l'homme peut exploiter le corps des animaux au nom de la mode. C'est de l'appropriation pure et simple !

– Tu veux plutôt dire que c'est inapproprié, non ? demande maman.

Luna manque de s'étouffer.

Maidstone est aussi morne qu'une ville en plein hiver, aujourd'hui. Sans doute parce que c'est une ville en plein hiver. Le grand magasin sans âme est tapi près d'un canal et l'air sent les algues moisies. La première boutique dans laquelle nous traîne maman est un échec total : il n'y a que de la fausse fourrure et des robes de chambre. Arrivée à la quatrième enseigne, Luna a déjà rejeté plus de manteaux que moi d'alternatives véganes au fromage – chaque modèle présentait un petit défaut quelque part. Puis elle repère des « bottes biodégradables ».

– On n'est pas venues pour des chaussures, Luna ! râle maman.

J'en profite pour me glisser dans un autre rayon, car ma tête risque d'imploser si je dois encore écouter l'une de leurs disputes clownesques.

C'est là que je remarque un portant rempli de blousons de cuir. Repensant à Morgan et à *Recherche Susan désespérément*, j'en inspecte le contenu de plus près. Il y a du lie-de-vin et du marron, mais ça c'est pour les femmes de quarante-cinq ans, alors je vise direct le noir. Il n'en reste qu'un, sans doute trop grand. Je l'enfile – au pire, je pourrai toujours envoyer un selfie rigolo dans la discussion de groupe… Mais à peine ai-je glissé les bras dans les manches que je me sens… différente.

Luna parade dans ses bottes pendant que maman, les mains sur les hanches, lui fait des remarques inutiles, du genre : « Tu arrives vraiment à marcher dedans ? » Je glisse devant le miroir. Le blouson est orné d'une rose brodée à l'épaule, petit éclat rouge et vert. Je sursaute. Oh là là, Morgan ne s'était pas trompée ! On dirait totalement Madonna.

Je me sens puissante, me dis-je en rejetant mes boucles en arrière. Pleine d'une divine énergie féminine. Je me précipite vers ma mère.

– Il me faut ce blouson ! annoncé-je. Il me donne une énergie féminine divine.

– Tu ne vas pas t'y mettre aussi, grommelle-t-elle. Un blouson ? Tu en as vraiment besoin ? Tu as déjà un manteau court, non ?

– Celui avec l'imprimé panthère ? me gaussé-je. Bah, je ne voudrais pas offenser Luna...

L'intéressée fait volte-face.

– La ferme, Cat ! Ce blouson, c'est pas du cuir peut-être ?! Ça fait de toi une vraie MEURTRIÈRE !

– Bon, bon, d'accord ! (Maman lève les mains, impuissante.) Cat, tu peux prendre le blouson. Et toi, Luna, tu peux prendre les bottes. Maintenant, est-ce qu'on peut enfin regarder ce qu'on est venues chercher ?!

– Et celui-là ? suggéré-je en décrochant un ravissant manteau émeraude.

Luna plisse le front. Elle doit se demander où est le piège. Sauf qu'il n'y en a pas – je le trouve vraiment joli. Saperlipopette, qu'est-ce qu'ils ont tous à être paranos comme ça ? UNE FOIS, j'ai poussé papa à enfiler un soutien-gorge de sport, et depuis, plus personne ne veut de mes conseils mode !

Dix minutes plus tard, nous passons à la caisse avec le manteau, les bottes, et mon blouson à l'énergie féminine divine, que maman me tend avec un signe de tête reconnaissant. Je l'ai bien mérité. En rejoignant la voiture, je glisse mon manteau dans le sac pour porter mon nouvel achat.

– Tu marches différemment, remarque Luna en longeant le canal.

Je roule les épaules. Très iconique.

– Tu trouves ?

Luna acquiesce et me toise de la tête aux pieds.

– J'espère que tu ne vas pas t'inventer toute une personnalité juste à cause de ce blouson, dit-elle. C'est tellement cliché ! Comme si les femmes étaient uniquement capables de montrer leur individualité à travers des possessions matérielles… Très patriarcal, comme idée.

Mais ses divagations n'atteignent pas la reine que je suis devenue. Je lui adresse un regard hautain.

– C'est juste l'énergie divine que me confère Madonna.

– Pourquoi Madonna irait-elle gaspiller son énergie divine sur toi ? demande Luna.

Bon, ses divagations m'atteignent toujours, après tout. Je lui donne la chasse jusqu'au parking, avec autant de grâce qu'une nonne sur un tracteur.

17:21

La bande

Cat
Dites, les filles, c'est bien vrai que Morgan s'est fait interdire de Starbucks ? **17:09**

Siobhan
TU INSINUES QUE JE ME SERAIS TROMPÉE ? JE TIENS MES INFOS DES SOURCES LES PLUS FIABLES, Y COMPRIS ELIZABETH GREENWOOD ELLE-MÊME !! **17:10**

Zanna
Elizabeth ? C'est pas elle qui s'est inventé une correspondante azérie et qui prétendait être bilingue ? **17:15**

Siobhan
L'AZERBAÏDJAN DEVRAIT ÊTRE HONORÉ QU'ELIZABETH AIT SEULEMENT PENSÉ À LUI POUR SON HISTOIRE À PEINE EXAGÉRÉE. MORGAN DELANEY S'EST TOTALEMENT FAIT BANNIR DU STARBUCKS. FIN DU DÉBAT !! **17:16**

Zanna
J'ai un texto de Maja de la Société slave qui me dit que c'est faux **17:17**

Kenna

Omg, elle porte pas un anneau dans le nez le week-end, Maja ? **17:17**

Siobhan

EXACTEMENT. PAS DU TOUT FIABLE !!! **17:18**

Mort par salopette

Un blouson aussi extraordinaire que le mien mérite des débuts dignes de ce nom. Par chance, l'événement le plus couru de la saison du Scorpion approche à grands pas : la fête d'anniversaire de Siobhan Collingdale. J'avais hâte d'y être, puis je me suis rappelé que je dois y aller avec Jamie.

Avoir un petit copain commence sérieusement à me courir sur le haricot. On sera bientôt à la saison du Sagittaire, et toujours pas d'attachement en vue. Cette soirée nous donnera peut-être un coup de pouce ?

Enfin bref, je suis finalement tirée de mon énervement par Siobhan, qui se pointe le lundi au collège avec une couronne sur la tête (en plastique, mais c'est quand même assez fabuleux) et se pavane comme Catherine de Russie pendant que Kenna distribue à sa place les invitations.

– Qui sera là ? demande Lizzie du Gloss quand on se rassemble à la table de pique-nique.

– Tout le monde. Et le thème, c'est la ROYAUTÉ, pour des raisons évidentes, explique Siobhan. J'attends de vous des tenues époustouflantes. PAS DE VELOURS CÔTELÉ ! Je n'apprécie pas de devoir perdre mon temps à discuter de tes choix pathétiques, Habiba…

Siobhan continue sa tirade tandis que Kenna exprime son soutien à Habiba en langue des signes. Alison, elle, est plongée dans son scrapbooking. Je suis en train d'admirer le talent et la beauté avec lesquels elle presse des fleurs sur le papier quand je remarque les Triple M (Morgan, Maja et Marcus) près de leur arbre habituel.

Lentement, Morgan lève la main. Après une hésitation, je lui rends son salut. J'aurais l'air d'une oie clownesque si je restais assise là sans lui répondre ! Bien sûr, à peine l'ai-je fait que le regard de Siobhan claque de Morgan à moi tel un élastique.

– POURQUOI tu fais signe à Morgan Delaney ?!

– Moi ?! Pas du tout ! couiné-je en baissant précipitamment la main. C'est elle qui m'a saluée. Je suis polie, c'est tout !

– TARÉE comme un poisson dans son bocal, celle-là ! explose Siobhan. Elle se prend pour qui, à te faire signe comme ça ?! Si elle ramène sa sale tronche à ma soirée, je la jette dans la rivière.

Avant que j'aie pu lui faire remarquer que c'était un peu (voire TRÈS) violent, d'autant que Morgan a tout sauf une « sale tronche », Habiba abaisse sa raquette de tennis (qu'elle faisait tournoyer sur son doigt sans raison) et déclare :

– Elle a peut-être une espèce de crush lesbien sur toi !

Je manque de m'étouffer.

– N'importe quoi !

Siobhan, elle, gesticule déjà comme une folle, et même Alison a poussé un cri de surprise. Tout le monde se met à glousser comme s'il n'y avait pas plus cringe qu'un crush lesbien. Je sens une bulle de panique enfler dans ma poitrine jusqu'à devenir aussi grosse qu'une citrouille. Je prie Aphrodite pour qu'aucune de mes amies ne soit secrètement télépathe. Zanna aurait direct réagi, mais elle n'est pas là, Sappho soit louée.

– Je parie que ses murs sont couverts de photos de toi, se moque Siobhan.

– Tirées sur papier glacé, même, suggère Lizzie, ce qui fait hurler Siobhan.

Même Kenna (qui est pourtant gentille, normalement) ne résiste pas et ricane avec les autres.

– Elle veut sans doute aller cueillir des fraises avec toi comme deux loseuses, renchérit Siobhan. Kenna, c'est quoi le signe pour dire « ULTRA-GAY » ?

C'est là qu'elle remarque enfin que je ne ris pas – pire, que j'ai l'air terrifiée. Elle lève les yeux au ciel.

– Pas la peine de flipper, Cat ! Si une grosse lesbo poilue essayait de te kidnapper pour t'embarquer dans sa ferme, on volerait à ta rescousse, bien sûr.

– Siobhan ! (Alison jette un regard de biche dans la direction de Morgan.) Tu ne peux pas dire ça ! Et si elle t'entendait ?

– Bah qu'est-ce qu'elle ferait ? fanfaronne Siobhan. Elle me tuerait à coups de salopette, peut-être ?

Kenna, Lizzie et Habiba se gondolent à présent comme des hyènes hystériques. Je fixe la table, perdue dans le néant. Que penseraient mes amies si elles savaient ? Soudain, l'idée me semble aussi solide qu'un vase en porcelaine.

Alison pose la main sur mon bras. Je frémis comme une feuille de papier alu. Elle m'adresse son sourire tout fondant, solaire et magnifique.

– Ne t'en fais pas, ma belle, dit-elle à voix basse. Morgan veut juste être amie avec toi parce que tu es une personne charmante !

– C'est ça ! soufflé-je. Absolument ! Zéro crush lesbien à l'horizon !

Puis je tente de rire – d'un rire d'asthmatique, comme si je venais d'avaler le Sahara.

*

Luna et moi faisons le trajet du retour ensemble, silencieuses comme des salamandres. Si seulement elle pouvait se lancer dans une tirade sur la phytothérapie ou l'autobiographie de Malala, comme d'habitude… Au lieu de quoi elle textote. C'est louche.

– T'écris à qui ? lui demandé-je.

Elle range aussitôt son téléphone.

– À personne. Et puis j'écris pas.

– Mais tu étais en train de…

– Je peaufinais ma lettre de doléances à la cantine du collège.

Je pousse un grognement. Et c'est reparti !

– Tu savais qu'en moyenne, on mange deux fois plus de viande qu'il ne le faudrait pour notre santé ? Avec Niamh, on milite pour obtenir une option complètement végane à chaque repas. Vu qu'on sert 1,2 milliard de repas dans les cantines scolaires chaque année, ça ferait une sacrée différence !

Supersaperlipopette. Elle ment, j'en suis sûre. Je sais faire la différence entre textoter et rédiger une lettre de doléances. Ça ne peut vouloir dire qu'une chose : du haut de ses douze ans, ma petite sœur a plus de succès en amour que moi ! Gros soupir.

Non, minute. J'ai un petit copain.

Même si je l'oublie tout le temps.

– Luna, qu'est-ce que tu ferais si quelqu'un à qui tu tiens vraiment, genre, je sais pas moi, Niamh, te faisait son coming out ?

Elle plisse le front.

– Je la soutiendrais, bien sûr. Je suis une fière alliée de la communauté LGBTQIA+, Cat. D'où le badge arc-en-ciel sur mon sac !

Elle exhibe fièrement le badge en question, avant de passer le reste du chemin à me parler de Moon, une personne non binaire avec qui elle s'est liée d'amitié sur Internet, et je laisse mon attention divaguer tranquille.

C'est seulement en arrivant sur le palier de la Boîte d'iPhone que Luna s'interrompt pour me demander :

– Pourquoi tu me demandes ça, au fait ? Tu es lesbienne ?

– Non ! rétorqué-je, sentant la citrouille de panique se reformer. J'ai un copain, tu as oublié ?

– Ah, oui. Lui. (Pause.) Sans vouloir te froisser, Cat, je ne le trouve pas si génial, ce Jamie. Il me semble même un cas un peu désespéré.

Tragiquement, je ne peux pas la contredire.

*

Il est 1 heure du matin et je n'arrive pas à dormir. Je désignerais volontiers mes parents comme responsables : ils ont passé la soirée à m'agacer. À table, papa m'a accusée d'être « bien silencieuse » et maman a répliqué que c'était agréable, comme changement. Les parents se croient toujours tellement drôles, pas vrai ?

Mais je pense que si je n'arrive pas à dormir, c'est parce que je n'aime pas mon petit copain. Il ne me plaît même pas. Et je ne vois pas comment ça pourrait changer, surtout vu qu'il m'a promis d'interpréter *Your song.* L'aperçu en avant-première qu'il m'en a donné m'a fait regretter qu'on ne puisse pas voyager dans le temps. Si je le pouvais, je ferais bien un tour en 1969 pour taper Elton John sur le nez avant qu'il ait pu composer sa chanson, afin que Jamie n'ait jamais l'occasion de l'adapter à sa sauce.

Je reste étendue à la lueur de ma lampe à lave rose-violet qui me donne l'impression d'être à l'intérieur d'une méduse. Puis je tente de lire un peu à l'aide de ma lampe-torche, jusqu'à ce que celle-ci rende l'âme. La lampe à lave n'étant pas assez lumineuse, je suis obligée de descendre au rez-de-chaussée à pas de loup, en quête de piles.

Hélas, je ne suis pas très douée pour fouiner.

Lorsque je remonte à l'étage, après avoir fait chou blanc, je remarque une lumière qui clignote au-dessus de la porte de mes parents. L'alarme incendie ! Le couvercle n'est même pas vissé, si bien que je n'ai aucun mal à chiper les piles, avant de regagner ma chambre. Si on meurt tous dans un incendie, Aphrodite n'aura qu'à présenter mes excuses au reste de la famille.

Je retourne à ma lecture : *À tous les garçons que j'ai aimés,* de Jenny Han. C'est censé être une distraction. Hélas, je n'arrête pas de penser au fait que je n'ai aimé AUCUN garçon jusqu'à présent. J'abandonne donc mon livre avec un soupir, les yeux rivés sur mon plafond rose médusant. Ma *Bible des étoiles* annonçait la saison du Scorpion comme une « période d'approfondissement »… je ne croyais pas qu'il s'agirait d'approfondir mon expérience du désespoir et de la désolation !

Pourtant à la saison de la Balance, je me suis trouvé un copain. Ça devait être le début du bonheur ! Mais mon chemin astral n'a pas suivi le mouvement. Je suis toujours complètement amoureuse d'Alison, et la présence de Jamie n'a rien fait pour m'aider à tourner la page. C'est confirmé : je suis bel et bien condamnée au malheur éternel. Je devrais adopter des chats.

Sauf que je suis allergique aux chats, alors je ne peux même pas devenir une folle à chats. Je serais juste une folle tout court, ce qui est quand même beaucoup moins stylé… Je deviendrais la copie de ma mère ! Même si maman a papa, elle.

Méga soupir.

09:50

Kenna Brown

Salut… Je peux avoir l'horoscope des Lion stp ?

Je balise pour la soirée de Siobhan

Je vais devoir parler aux gens tu crois ? **08:35**

C'est généralement le principe, dans une soirée, Kenna

Mais BIEN SÛR que j'ai des conseils !!! Les étoiles m'ont-elles déjà fait défaut ?

(inutile de répondre à ça)

OK… la saison du Scorpion est une période de PASSION et d'EFFERVESCENCE pour les Lion qui vont y nouer des LIENS… Essaie de fabriquer des bracelets de pâquerettes ou des colliers de pâtes ! Et discute à cœur ouvert avec une personne que tu ne t'attendrais PAS à apprécier… (Moi je choisis toujours ma mère.) Retrouve tes racines nerveuses de Lion (du vernis jaune aux orteils devrait t'aider) et surtout, ne reste PAS silencieuse !!! UTILISE TA MERVEILLAMINEUSE VOIX !!!! **08:45**

lu **09:07**

Un panier bien placé

Maman fait tout un pataquès à l'idée que j'aille à la soirée de Siobhan avec Jamie. Mon cavalier se pointe vêtu d'un gilet de costume – je suis aussi horrifiée que vous pouvez l'imaginer –, et maman roucoule, insistant pour prendre des photos avec son téléphone ! Bien sûr, comme elle possède ce talent extraordinaire qu'ont les adultes pour faire dysfonctionner d'un simple regard tout appareil électronique, ça lui prend environ quatre mille décennies.

Une fois qu'on a réussi à s'échapper, Jamie passe la majorité du trajet (à pied) à se plaindre de ses nouvelles chaussures qui lui donnent des ampoules. J'ai beau être la patience incarnée, j'ai mes limites. Le temps qu'on arrive, j'ai la migraine, comme si j'avais fait tout le chemin en sautant sur la tête.

À l'instar de la Boîte d'iPhone, la maison de Siobhan est toute moderne et vitrée et prétentieuse, sans la moindre cloison au rez-de-chaussée. Il y a une espèce de fontaine qui lance des jets (« décoration de jardin faite sur mesure », d'après Siobhan). Jamie, lui, devient fou style Bruno Mars en voyant la voiture de sport rouge du père.

– Un jour, j'en aurai une exactement comme ça, proclame-t-il.

Je résiste à la tentation de lui répondre que c'est tout ce que je lui souhaite, qu'il parte à toute allure, très loin de moi !

Une fois à l'intérieur, je bombe le torse, me sentant toujours aussi iconique dans mon blouson. Migraine ou pas, je continue de dégager cette divine énergie féminine. Morgan le verrait ; hélas, elle n'est pas là.

Toutes les autres le sont, par contre, tirées à quatre épingles à nourrice. Jasmine la Grande Gueule McGregor hulule avec sa disciple la plus loufoque, Cadence Cooke, et même Zariyah Al-Asiri est là, parée d'un hijab argent scintillant. Zariyah est la plus cool des secondes : elle est chef des délégués et a déjà fait la bise à Lady Gaga ! Malgré ça, elle n'a pas réussi à imposer *Poker Face* comme hymne de notre établissement. Plus loin, Habiba joue au ping-pong contre trois garçons à la fois – elle est même en train de leur mettre une belle raclée !

Drapée dans une robe d'or ridiculement pailletée, Siobhan reçoit ses invités un par un au pied de l'escalier comme une espèce de Cléopâtre. Je dois plisser les yeux pour ne pas être éblouie ! Elle pose à côté d'Elizabeth Greenwood la Blindée, la fille la plus fortunée de Queen's. D'après Siobhan, elle est tellement riche qu'elle ne lave jamais ses culottes, elle en porte une nouvelle chaque jour. Je ne suis pas sûre que ce soit tout à fait vrai, même si je n'ai évidemment jamais vu ses sous-vêtements.

– Salut, Siobhan ! (Je me débarrasse de Jamie suspendu à mes épaules pour la prendre dans mes bras.) Tu es magnifique !

– Évidemment ! réplique-t-elle en me repoussant comme si j'étais contagieuse. Jamais je ne recevrais mes invités habillée comme Kenna.

L'intéressée porte une tenue aubergine qui ne lui va pas si mal. Mais Siobhan est mieux placée pour juger, je suppose : elle a travaillé dans une boutique Alexander McQueen. J'attends son verdict concernant mon fabuleux blouson. À sa place, je serais drôlement flattée qu'on se serve de ma soirée d'anniversaire pour inaugurer un tel bijou !

– Oh, tu voudras bien parler à ma pathétique cousine, Samantha la Taxeuse, si tu la vois ? dit-elle. Je suis censée lui tenir compagnie, mais elle est trop saoulante, je la déteste. Si elle te demande des sous, dis-lui que tu épargnes pour t'offrir une épilation au laser, ça marche à tous les coups. Cool, à plus !

Puis elle disparaît, non sans avoir fait voler ses cheveux dans la figure de Jamie. Pas un mot sur mon blouson !

– Aïe, mon œil ! gémit Jamie.

Vraiment impossible, celui-là, quelle que soit la saison zodiacale… Je me mets en quête d'un interlocuteur susceptible de s'intéresser à mon blouson et à ma divine énergie féminine.

Toute la bande est là (à l'exception de Zanna, qui passe le week-end en Pologne, cette égoïste, pour assister aux funérailles de sa grand-tante Marcelina). Alison est à tomber dans son top doré et fluide. Je la couve d'un œil languissant tandis qu'elle discute avec Josh le Snob O'Conner sur le gigantesque canapé d'angle (que Siobhan appelle sa « causeuse vintage »). Elle a les paupières parsemées de paillettes d'or. À chacun de ses rires, je sens un nouveau soleil prendre vie dans mes entrailles…

Je vais avoir un mal de chien à ne pas me laisser distraire par Alison Bridgewater ce soir.

Pendant ce temps, Kieran Wakely-Brown raconte aux autres Tombeurs une histoire qui se termine par un « et hop, une fois prises à l'hameçon, y a plus qu'à pécho ! » Pourquoi il parle de pêche ? Lizzie du Gloss et sa brigade assortie sont en train de se retoucher les lèvres devant le miroir, pendant que les potes grignoteurs de Jamie, Lucas le Loser et Ryan l'Ordinaire, dévorent des yeux les filles qui dansent. Siobhan les a invités ? J'Y CROIS PAS ! Quoique…

– Regarde, Jamie, tes amigos sont là ! Tu devrais aller chiller avec eux… Ça me dérange pas, je t'assure !

Jamie sautille sur place dans une danse aussi tragique que son gilet. C'est à SCROLer de ridicule.

– Je préfère rester avec toi, dit-il.

Le rire que je lui adresse est un peu hystérique sur les bords. Soudain, il sort un biscuit au chocolat de sa poche.

– Attends, tu te trimballes avec des biscuits en vrac sur toi ? lui demandé-je, horrifiée.

Il mord dedans.

– Ben oui, pourquoi ? T'en veux un ?

– Non !

J'attrape un verre sur le comptoir, sans trop savoir ce qu'il y a dedans. C'est Kenna qui sert, sur les ordres de Siobhan. Elle m'explique que c'est une concoction mystérieuse venue « de Chichester ». On dirait vaguement du jus de cassis.

À peine ma boisson terminée, j'en prends une autre, parce que tant que je bois, au moins, Jamie ne pourra pas m'embrasser. Ça ne l'empêche pas de tenter régulièrement sa chance, cela dit, me forçant à me resservir encore et encore. Alison danse avec un des Tombeurs.

Soudain, la pièce se met à tanguer, peut-être sous le poids étourdissant de ma déception. Quoique, maintenant que j'y pense...

– On est sur un bateau? marmonné-je, les mains sur le ventre, nauséeuse comme un gnome.

Je m'appuie au buffet pour me soutenir. C'est là que j'entends Elizabeth la Blindée demander à Siobhan:

– Y a quoi dans ce jus, chica?

– Oh, le rouge, là? (Siobhan baisse la voix, même si ça reste terriblement fort. Les sequins de sa robe dorée m'éblouissent et augmentent ma migraine à chaque seconde.) C'est du jus de canneberge, et de la vodka. C'est une VRAIE soirée, ici. Pas comme ce pathétique événement qu'a organisé Jasmine en septembre...

– Eh oh! piaille l'intéressée, qui a le malheur de se trouver juste là.

Et c'est parti, mon kiki: Jasmine et Siobhan se mettent des claques comme des pélicans en furie, et je sens mes organes se contracter. De la VODKA?

– Qu'est-ce qui lui prend?

Alison apparaît à mes côtés. Mon estomac s'entortille comme un pancake paniqué.

– Cat? Tout va bien?

Je tente de me rappeler combien de verres j'ai bus. J'arrive à quatre... Quatre quoi, déjà? Je m'agrippe à Jamie tandis que mes genoux se dérobent, ce dont il semble plutôt content, à en juger par son sourire idiot.

– Tout va comme tu veux, mon ange?

– Elle a l'air un peu mal, minaude Alison, alors que c'est la dernière chose que j'aie envie de l'entendre dire. Peut-être que tu devrais l'emmener aux toilettes?

Je laisse échapper un grognement indistinct. Jamie acquiesce.

– Je comprends, dit-il. Parfois, moi aussi, les mots me manquent, quand on est ensemble.

Puis il me guide vers l'escalier. Saperlipopette, que je me sens mal. J'aimerais qu'Alison nous accompagne, mais elle est trop distraite par le duel Siobhan-Jasmine, avec des fourchettes en guise d'épées.

Jamie m'entraîne à l'étage. Je contemple les photos d'enfance de Siobhan et Niamh sur les murs, qui bondissent partout comme dans un tableau surréaliste.

– On a le droit de monter ? tenté-je de demander, mais tout ce qui sort, c'est : On a l'ouah won weh eh eh ?

Aphrodite toute-puissante. Je crois que je suis bourrée comme un balai.

*

Au-dessus du lavabo de la salle de bains, je grommelle avec une voix digne de Lana Del Rey. Je m'éclabousse le visage avec un peu d'eau, mais ça me fait juste éternuer. Jamie laisse échapper un sifflement impressionné, avant de se mettre à chantonner.

– La vache ! L'acoustique est…

L'ACOUS-QUOI ?! Pour l'amour de Marina et de ses diamants ! Je me redresse précipitamment pour lui agripper la main. Parce que s'il y a bien une chose qui risque de réveiller le volcan grondant dans mon ventre, ce sont les chansonnettes de Jamie. Alors je l'entraîne dans la chambre de Siobhan. Elle a un lit si gigantesque que je me demande comme elle arrive à en trouver la sortie chaque matin. Au moins, ses innombrables oreillers en « duvet d'oie des monts Oural » étoufferont les bruits d'un Jamie « inspiré ».

– Ah, c'est mieux…

Je m'affale sur la couette gargantuesque, les yeux fermés, et m'agrippe le ventre en gémissant comme papa quand il a faim. Sauf que je n'ai pas faim du tout. Au contraire, il suffirait d'une chips pour me faire vomir.

– J'ai la tête qui tourne…

– Moi aussi ! déclare Jamie, ce qui n'a pas de sens, puisqu'il n'a pas pris de jus de canneberge. C'est cette énergie, Cat ! Cette tension palpable entre nous… Ça fait un moment que je la sens monter, et puis tu nous as conduits jusqu'à cette chambre… alors j'imagine que tu la sens aussi !

Comme je n'ai pas le moindre début d'idée de ce qu'il raconte, j'ouvre les yeux pour le lui dire. C'est là que je constate, paniquée, qu'il ne porte plus son gilet tragique, ni même sa chemise pathétique. Non : torse poil, tout maigrichon, il écarte les brindilles qui lui servent de bras. Je revois des bribes de nos après-midi barbotage, quand nous avions sept ans. Moins sexy, tu meurs.

– Jamie ! gargouillé-je. Je crois qu'il y a…

Je tente de me redresser pour lui expliquer le malentendu, mais ma main glisse et j'atterris sur la moquette blanche et touffue avec un bruit mat. Je fixe le plafond en clignant, étourdie aller-retour jusqu'à Delhi, quand Jamie apparaît au-dessus de moi, souriant comme un clown.

– Ce que j'aime ta passion, Cat, souffle-t-il. Cette façon que tu as de te jeter dans toute chose comme… (Il se mord la lèvre.) Comme… un frisbee ! Tu veux bien faire de moi le plus heureux des hommes en te jetant dans mes bras ? Qu'est-ce que tu veux faire ? Dis-moi tes désirs !

Je lui dirais bien que si je me jette contre lui, il risque de s'émietter comme une feuille morte, mais il semble tellement rempli de passion, à me caresser la main… Que voulez-vous que je lui réponde, nom d'un lâcher de micro d'Obama ?

– Euh, j'ai toujours voulu voyager ! bredouillé-je. Pour voir l'Ouzbékistan !

– Vraiment ? me demande-t-il, perplexe.

J'acquiesce avec vigueur, en me grattant les méninges en quête de toutes les infos que je possède sur ce pays. Heureusement, j'ai fait un exposé dessus en sixième. Je trouvais le nom rigolo.

– Savais-tu que l'Ouzbékistan est l'un des deux seuls pays à être doublement enclavé ? Ça veut dire qu'il est coincé entre d'autres pays eux-mêmes enclavés, ce qui est cool, sauf si on aime la mer, bien sûr, auquel cas c'est pas très cool…

Ouzbékis-TANNEZ-moi, je suis déjà à court d'anecdotes sur ce pays ! Par Tachkent, que faire ? Est-ce que je sais des trucs sur son voisin le Tadjikistan ? Alors, comme si Aphrodite répondait enfin à mes prières, la porte s'ouvre à la volée pour laisser débouler Siobhan, une main sur le visage et la bouche débordant de jurons.

– C'est la mort pour Jasmine McGregor ! beugle-t-elle.

MORTE ?! Jasmine McGregor est MORTE ?!

– Si je remets la main dessus, elle est morte ! poursuit Siobhan.

Je pousse un soupir de soulagement. La dernière chose dont j'aie besoin, c'est d'un meurtre à la fourchette de service ! C'est là que notre hôtesse nous remarque, Jamie et moi, en train de la dévisager comme des poulets surpris. Elle ôte sa main de son œil.

– Qu'est-ce que vous fichez ici, tous les deux ?! L'étage est HORS LIMITES !

Jamie se met à s'agiter comme un idiot, alors j'ouvre la bouche pour expliquer la situation. Mais avant que j'aie pu prononcer un traître mot, mon estomac reprend ses soubresauts. Oh, par toutes les déesses…

Prise d'un spasme, j'attrape la corbeille près du bureau pour vomir dedans. Jamie s'écarte d'un bond, sous le choc. J'ai la gorge en feu, mais au moins, j'ai trouvé la poubelle juste à temps !

– NOM D'UN SAC GUCCI ! vitupère Siobhan. C'EST MA CORBEILLE À LINGE, ESPÈCE D'IDIOTE INCANDESCENTE !

17:05

La bande

Siobhan
[*a partagé un post de @jazzy.mcgreggs*]
C'EST QUOI CE BORDEL ??????
JASMINE MCGREGOR A POSTÉ UN SELFIE
AVEC UNE FOURCHETTE DE SERVICE

MA FOURCHETTE DE SERVICE

HABIBA POURQUOI T'AS LIKÉ ?? **16:55**

Habiba
Omg désolée ma chérie, quelle #vipère…
J'ai unliké !! xox **16:57**

Siobhan
QUEL INTÉRÊT ?? Y A DÉJÀ 495 LIKES !!!!!!!
T'ES TROP *MORTE* LUNDI JTE JURE **16:57**

Zanna
Ptdrrrrrrrrrrr **17:01**

Cat
Faut pas en vouloir à Habiba, Siobhan,
tout le monde peut se tromper…!!!
À ce propos… je suis VRAIMENT désolée pour
le panier de linge sale… **17:02**

[Siobhan vous a supprimé de la discussion]

Des projets néfastes à casser des œufs

Zanna explose de rire lorsque je lui raconte l'incident du panier à linge par téléphone, pendant le week-end.

« C'est incroyable, glousse-t-elle sans une once de compassion. Alors là, tu m'as fait ma semaine, Cat, merci. C'est trop la déprime, ici, avec l'enterrement et tout. »

Si seulement je pouvais être à un enterrement… De préférence le mien.

Zanna peine à retrouver son souffle.

« Tu as vomi dans sa corbeille à linge, répète-t-elle, comme si j'avais pu l'oublier. T'es un génie ! »

Je pousse un grognement glauque. Autant dire que je ne me suis pas éternisée après l'incident. Siobhan n'a pas seulement vu rouge, elle est passée par toutes les teintes du spectre. D'autant que le panier était en OSIER, si bien que mon vomi a dégouliné sur son tapis blanc duveteux.

Jamie s'est empressé de remettre sa chemise (Aphrodite soit louée) pour me raccompagner en silence. Gros soupir. Je doute qu'un million de saisons du Scorpion puissent me faire tomber éperdument amoureuse de Jamie Owusu. Il ne m'inspire même pas un maigre couplet.

– Zanna, l'interromps-je avant qu'elle se laisse emporter à réciter des hymnes polonais. Je crois que je devrais rompre avec Jamie. Il ne me plaît pas du tout, en fait.

« Ça, j'aurais pu te le dire », rétorque-t-elle, m'arrachant une grimace.

– Comment on en est arrivés là ?!

C'est trop injuste. Tout ce que je voulais, c'était ne plus être amoureuse d'Alison Bridgewater et ne pas finir l'année zodiacale tragiquement seule. C'est quand même pas compliqué ! Je sais que le niveau de l'océan monte et qu'il y a un trou dans la couche d'ozone et que la forêt amazonienne perd du terrain à une vitesse alarmante, mais je crois bien que mon béguin pour Alison est le problème le plus effroyablement insolvable et frustrant de l'histoire du monde, car…

« Cat ? »

– Quoi ?

« Tu es une idiote, décrète Zanna. Voilà pourquoi on en est arrivés là. »

Là, je raccroche. Elle a vraiment l'âme la plus sombre de toutes.

*

Quatorze brouillons de lettre, trois poèmes d'adieux et deux lectures intenses du chapitre « Cancer » de ma *Bible des étoiles* plus tard, je suis toujours aussi dans le flou artistique sur la façon de rompre avec Jamie le lundi suivant. Bon, il n'y a pas trente-six solutions : je vais devoir lui parler. Je me rends au collège d'un pas décidé. Tellement décidé, en fait, que je percute une vieille dame en traversant le parc et que je dois perdre deux précieuses minutes à chercher son dentier tombé dans l'herbe. Après quoi je marche d'un pas un peu moins décidé.

– Tu vas vraiment le plaquer aujourd'hui ? me demande Luna en me rattrapant au petit trot.

C'est la seule, à part Zanna, à qui j'aie confié mon projet grandiose-quoique-toujours-un-peu-flou.

– Oui. (Je franchis le portail avec assurance.) Et je ne vais pas me dégonfler.

– Cool. Je peux regarder ?

– Luna, bien sûr que non ! Lui et moi allons avoir une conversation très adulte. Trop adulte pour toi, probablement. Tu n'as que douze ans.

– Treize ! proteste Luna.

Je m'arrête sur mes pas.

– Mais ton anniversaire n'est pas avant le 12 novembre !

– C'était hier ! Pourquoi tous mes amis sont venus à la maison, à ton avis ? On a fait la fête juste devant ton nez ! Ce que tu peux être égocentrique !

Je la dévisage.

– Vous prépariez des banderoles pour une manif d'Extinction Rebellion ! Tu appelles ça une fête ? Il n'y avait même pas de musique !

– J'ai passé mon album *Chants de l'orque* en boucle toute l'après-midi, fait valoir Luna en croisant les bras. Je n'en reviens pas que tu aies oublié mon anniversaire ! Si je n'étais pas si foncièrement anticonsumériste, je dirais bien que tu me dois un cadeau.

– Heureusement que tu es complètement folle, alors ! répliqué-je.

La tension est à son comble quand j'aperçois Jamie qui franchit le portail avec Lucas. Perplexe devant ma réaction, Luna jette un coup d'œil derrière elle pour voir ce que je regarde.

Puis elle m'adresse un sourire narquois.

– Alors ? Tu vas lui parler, oui ou non ?

– Oui, réponds-je, tentant d'ignorer l'arrêt cardiaque que ma poitrine tente de décréter. C'est exactement ce que je vais faire. Lui parler.

– Tout de suite ?

– C'est ça, là, tout de suite.

– Eh bien vas-y, me pousse Luna. Qu'est-ce que tu attends ?

Je m'apprête à lui dire que j'attends que Jamie me remarque, mais le voilà qui se dresse juste devant moi. On se regarde, ahuris, comme deux coucous suisses. J'ouvre la bouche pour parler. Je vais lui dire. Ça va bien se passer. Je vais lui dire, tout simplement.

– Cat, fait-il. Au sujet de la soirée…

– On se reparle plus tard ! laissé-je échapper.

Par le jaune de Humpty Dumpty, je n'ai pas le courage de briser la coquille d'œuf de son cœur dès le matin. Tournant les talons, je fonce vers ma classe avant que Jamie ou Luna n'aient pu ajouter un mot.

*

Rompre avec Jamie est une tâche qui ne peut être reportée à plus tard. La saison du Scorpion prend fin demain, après quoi vient celle du Sagittaire. Et à en croire ma *Bible des étoiles*, c'est là que les gens se montrent le plus friands d'expériences nouvelles – c'est la période la plus aventureuse de l'année ! Qui sait quelles horreurs toutes fraîches pourraient éclore si Jamie se montrait « aventureux » ?

Hier, il m'a même proposé de nous mettre ensemble à la danse Morris. Jamais je n'ai autant frémi d'effroi !

Et ce n'est pas tout : Alison est de nouveau célibataire ! Pourrait-elle se sentir un peu « aventureuse », elle aussi ? Si j'avais eu tort de me décourager si vite ? Nom des dieux de la chimie, je me sens prête à toutes les expériences !

Je plaisante, hein – j'aurais plus de chances de faire sauter l'école…

Malgré tout, alors que Mme Jamison radote au sujet de McGros-Bêta, de Shakespitié, l'idée d'écrabouiller le cœur de Jamie à la pause me hante telle une grande baleine bleue nageant devant la fenêtre. À peine le cours terminé, je me précipite dehors pour me cacher dans un coin de la cour. Le coin tristounet où traînent les sixième, qui me regardent d'un drôle d'œil tandis que je reste assise là comme une bête empaillée.

Si je tiens à éviter Jamie toute la journée, je vais devoir mener une existence de hors-la-loi. Au déjeuner, je passe une vingtaine de minutes à bombarder M. Derry de questions plus bizarroïdes les unes que les autres, rien que pour rester à l'écart des tables de pique-nique. Le pauvre homme doit encore se rappeler avec gêne ce moment, juste après l'accident de bus, où je l'ai décrit comme « magnifique », car il lâche beaucoup de « euh » et de « ah » en me fixant comme si je lui demandais de m'appeler Mardi Foldingue.

Ce que je devrais peut-être faire, vu que j'en suis arrivée à lui expliquer le concept du SCROL, juste pour prolonger la conversation.

Puis, finalement, on est mardi : vingt-quatre heures cauchemardesques plus tard, j'en suis toujours à repousser ma rupture avec

Jamie. Je suis en train de rôder sur le parking du personnel quand je repère Morgan et Maja qui escaladent la clôture en utilisant le toit de la voiture de la principale comme marchepied. Supersaperlipopette !

Au moins font-elles le mur pour rentrer dans le collège, et non l'inverse. Morgan atterrit sur le béton et esquisse un sourire narquois en remarquant ma présence.

– Faut pas me juger. On est sorties acheter des milkshakes.

– Oh ! fais-je, surprise. Aucun jugement de ma part ! Je m'échappe dès que je peux, moi aussi... parce que je suis drôlement rebelle.

Maja ricane. Morgan, elle, plisse les yeux.

– Hm-hmm. Je vois ça. Seuls les plus rebelles osent déjeuner sur le parking des profs.

– Ah, ça... (Je jette un regard autour de moi, comme si je découvrais tout juste mon environnement.) Vois-tu, je suis Verseau, le plus rebelle de tous les signes ! Même qu'Uranus, notre planète, tourne dans le sens inverse des aiguilles d'une montre, tu le savais ? Alors, tu ferais mieux... de garder l'œil ouvert.

Morgan acquiesce lentement avant d'éclater de rire.

– Et même les deux ! répond-elle avec autant de sincérité qu'un Scorpion faisant un compliment (autrement dit : ZÉRO). Merci pour le conseil.

– Tu es toujours aussi sarcastique ? lui demandé-je sur un ton que j'espère indigné.

Elle sourit.

– Probablement, oui.

Elle agite sa chevelure, et me voilà aussitôt transportée au bord de la rivière. Saperlipopette, ce qu'elle avait la classe...

– Je suis Gémeaux, ajoute-t-elle. Le sarcasme, c'est un peu notre spécialité.

Je la fixe pendant quatre millions d'années environ. Ce qui ne serait pas si mal, après tout : elle a vraiment les yeux d'un bleu ravissant. Mais à quoi bon, quand on est maléfique jusqu'au plus profond de son être ?

– Bon, ben, je dois y aller, bredouillé-je. Un autre parking m'attend !

Puis je me carapate tel un épouvantail sur des échasses. D'accord, je ne sais peut-être pas pourquoi le ciel est bleu ou l'herbe verte, ni pourquoi les hommes ont des tétons. Je ne connais même pas les bases des mathématiques. Mais s'il y a une chose que je sais, c'est qu'on doit toujours se méfier des Gémeaux, sans exception.

POURQUOI IL FAUT TOUJOURS SE MÉFIER DES GÉMEAUX (SANS EXCEPTION)

- Ils disposent de deux facettes distinctes, ce qui est déjà le comble de l'égocentrisme. Les gens ne devraient avoir qu'une facette, GRAND MAX. On est des humains, pas des Rubik's Cube !
- Ils sont généralement d'une beauté époustouflante. Mais ça, c'est juste pour vous faire oublier leur âme de Gémeaux SATANIQUE.
- Dans le calendrier zodiacal, ils sont coincés entre les Taureau – le signe le plus inintéressant ! – et les Cancer, le signe le plus pleurnichard. Autrement dit, pile là où on les attend le moins... et BOOM ! C'est comme ça qu'ils vous chopent. Parce qu'ils sont vraiment retors.
- Comparez ces deux termes : GÉMEAUX et DÉMON. Coïncidence ? Je ne crois pas.

On ne peut pas leur faire confiance !!!

Un point c'est tout !!!

La saison du Sagittaire

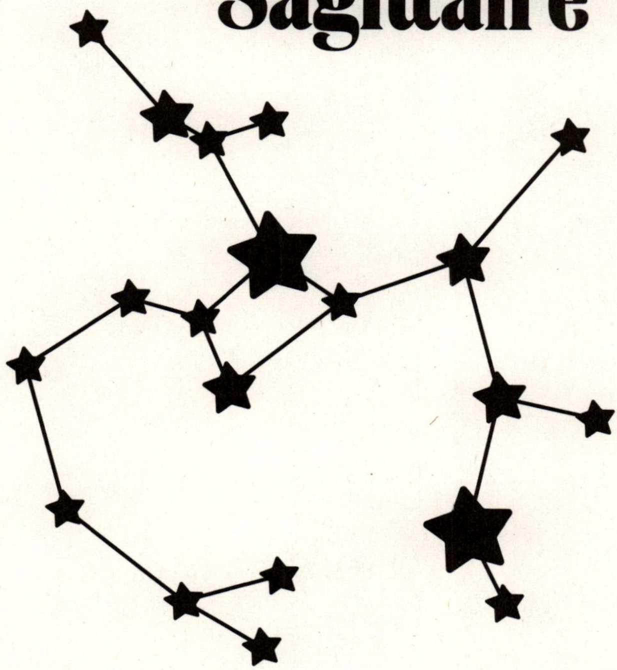

Banana split et délit de fuite

Comment Morgan peut-elle être Gémeaux ?! Elle est si COOL et elle a sauvé mon carnet ! Peut-être ses taches de rousseur ont-elles détourné mon attention de sa nature véritablement tordue ? Voilà qui est bien malheureux. Pendant ce temps, je commence à me dire qu'il me serait plus facile de rejoindre un cirque que de rompre avec Jamie. Enfin, si Zanna a raison, je ne devrais avoir aucun mal à me faire embaucher par un cirque, puisque j'ai du sang de clown dans les veines.

Le mercredi matin, j'arrive au collège aussi barbouillée qu'un gribouillis. Alors, quand Imaran Kalmati me lance un rugissement, c'est à peine si je lui prête attention.

Je m'arrête à l'entrée de ma classe et regarde Imaran, qui traîne près des vestiaires avec quelques-uns des copains Tombeurs de Kieran Wakely-Brown.

Je ne connais pas bien Imaran, mais je sais qu'un jour, il a prétendu avoir vingt-sept ans sur une appli de rencontres. Il a déjà de la barbe, et ce n'est qu'après avoir tenté de draguer la prof de cuisine, Mme Rice, qu'il s'est fait démasquer.

– Euh, salut ? dis-je.

C'est vraiment à moi qu'il s'adresse ? Je regarde les Tombeurs l'un après l'autre.

– Tout va bien… ?

– Oh, moi, au poil, répond Imaran. Et toi, Tigresse ?

Puis les Tombeurs se mettent à exploser de rire en chœur. Je les regarde un instant, perplexe, avant de reprendre mon chemin. Je n'ai aucune envie de savoir quel est leur problème, avec leurs blagues incompréhensibles. Après tout, j'en ai d'autres à gérer.

*

– Nom d'un chien ! s'exclame Siobhan au déjeuner. Où est Kenna ? Ce CLOPORTE est censé me prêter son mascara.

– Elle mange peut-être avec quelqu'un d'autre ? suggère Alison.

– Ne sois pas ridicule ! Elle n'a pas d'autres amis !

Alison retourne à son assiette, les joues en feu, pendant que je cherche Kenna du regard. C'est là que j'aperçois Jamie, debout près des poubelles, avec Lucas. Mer…credi ! Je baisse la tête, mais ce garçon est un vrai limier. Il me repère à la trace, le visage illuminé comme un sapin de Noël. Supersaperlipopette, quoi encore ?!

– Vous savez quoi, bredouillé-je, faut que j'y aille ! J'ai un truc…

– T'as pas fini ton sandwich, fait remarquer Zanna en mode boulet.

– Je suis au régime !

– Au régime ? Toi ? s'étonne Habiba en laissant tomber sa cuiller dans son yaourt 0 %. Tu as pris trois desserts hier !

– Deux ! rectifié-je. La banane ne compte pas.

– C'était un banana split !

Je suis à deux doigts de la combustion. Je n'ai pas le temps pour ces bêtises… Jamie approche ! Lançant mon sandwich tel un ballon de basket vers les poubelles, je repousse ma chaise, et là, c'est le crash. Je hurle sous le coup de la surprise.

Derrière moi, Millie Butcher est à terre, avec son plateau.

Le fracas d'assiettes brisées a fait taire la cantine. Brocoli et sauce brune inondent le sol tandis que des fragments de vaisselle sont éparpillés à mes pieds. Je me retourne juste à temps pour voir Siobhan qui rétracte le pied, les yeux grands comme des soucoupes (pas cassées, pour le coup).

Que vient-il de se passer ?!

Avant que j'aie pu réagir, deux dames de service fondent sur la scène comme des mouettes. L'une d'elles aide Millie à se relever.

– Sacrée cascade ! Tu t'es fait mal ?

– J'ai trébuché, murmure Millie, la lèvre tremblante. Je suis vraiment désolée.

– Ne t'en fais pas, mon chou ! (La dame de service l'emmène ailleurs.) Viens, on va te nettoyer. Tu t'es fait une belle frayeur…

Une autre mouette arrive avec une pancarte « ATTENTION : SOL GLISSANT », comme si les vingt mètres carrés de sauce ne suffisaient pas à alerter les élèves.

Dans le réfectoire, le brouhaha revient tandis que chacun commente ce qu'il a vu. Une tablée de Tombeurs zieute la scène.

– Bien joué, Tigresse ! me lance l'un d'eux.

– Quoi ?!

Je balaie la salle du regard. Tous les yeux sont posés sur moi.

– Pourquoi il t'appelle comme ça ? veut savoir Siobhan.

Avant que j'aie pu lui rétorquer que je suis aussi confusionnée qu'elle, Habiba vient mettre son grain de sel :

– Belle inspiration, Siobhan. Tu l'as bien envoyée valser ! (Elle repousse son rideau de cheveux noirs luisants.) Tout ce temps passé à travailler tes réflexes au basket t'a clairement servi...

– Pardon ? (Alison pose sur Siobhan des yeux écarquillés.) T'as pas fait ça, quand même ?

– Relax, Alison ! (Siobhan croque sa pomme avec un jeté capillaire.) C'était juste une blague. Millie a dû penser que c'était le pied de chaise de Cat, de toute façon. (Elle m'adresse un sourire narquois.) Merci, d'ailleurs.

– Quoi ?! m'écrié-je. Mais je voulais pas... !

Je ne sais pas quoi dire. Alison, elle, fixe son panini d'un œil noir, sans rien dire. D'accord, elle n'aime pas les conflits, mais quand même ?! Une pensée dangereuse me traverse l'esprit : et si je tenais tête à notre très estimée Reine des abeilles ?

– Tu n'aurais pas dû faire ça, Siobhan, déclare Zanna, sincèrement ébranlée jusque dans ses bottines noires. C'était méchant. Sérieux ! Il y a une ligne à ne...

– Écoute, l'interrompt Siobhan. (Toute la bande se fige, muette comme des tranches de carpaccio.) Je ne pensais pas qu'elle allait tomber.

J'aimerais soutenir Zanna, mais je me rappelle ce qui me tracassait avant la chute de Millie : JAMIE ! Le voilà qui me fait signe à l'orée de mon champ de vision. Je me sens tout à coup à la fois protégée et prisonnière de cet amas de sauce et de pancartes !

– Cat ? Hé, Cat !

Plus une minute à perdre. Je suis Batman ! Je survole la flaque de sauce d'un bond.

Sauf que mes jambes sont trop courtes : j'atterris en plein dedans, emportant même la pancarte dans ma chute. La cantine se fige encore une fois. Saperlipopette. Je sens une chaleur humide et poisseuse s'insinuer dans mon dos… Alors que je m'apprête à mourir d'horreur et de dégoût, le visage de Jamie apparaît au-dessus de moi. Je pourrais hurler !

– M'enfin, Cat ! Pourquoi t'as fait ça ?!

Pour l'amour d'Aphrodite ! Comme si je l'avais fait exprès ! Avant que j'aie pu m'énerver, les mouettes de service volent à ma rescousse.

– J'avais pourtant mis une pancarte ! s'exclame l'une d'elles.

Je cherche une ligne de fuite tout en lui bafouillant mes excuses.

– Assieds-toi, mon chou, m'intime-t-elle.

Je secoue la tête.

– Pas la peine ! Faut que j'y aille !

– Cat, tu es couverte de sauce ! lance Alison, alors que je suis déjà loin.

Son plateau toujours dans les mains, Jamie est coincé derrière les dames de service. J'en profite pour me glisser dehors, évitant une fois de plus l'Épouvantable Conversation de la Mort.

*

On pourrait voir dans le fait que je préfère littéralement nager dans la sauce que parler à mon petit copain l'indice le plus flagrant que je ne suis pas hétéro. Hélas, Jamie n'est sans doute pas assez futé pour le saisir.

La croûte brune de sauce séchée sur ma jupe attire des regards très étranges sur moi, tandis que je me glisse dans le bâtiment de littérature. Je pourrais peut-être aller chercher ma tenue de sport dans mon casier ? Alors que je me fraie un chemin à travers le couloir, la porte des toilettes des garçons s'ouvre à la volée et je tombe sur Elizabeth la Blindée.

Avant qu'elle ait pu refermer la porte, les yeux écarquillés de surprise, j'aperçois qui allait sortir à son tour… Kieran Wakely-Brown ! Éberluée, je regarde Elizabeth et la porte. Que pouvaient-ils bien faire là-dedans ? Comparer leurs fortunes ? Inspecter la plomberie ?!

Sur le visage d'Elizabeth, la frayeur est vite remplacée par un sourire narquois sur ses lèvres scintillantes. Elle croise ses bras sveltes. Elle est bien plus grande que moi. Ça va, elle peut se permettre de se payer des pantalons plus longs ou je ne sais pas quoi.

– Sérieux, Tigresse ? dit-elle. Toi, tu vas me juger ?

– Ce serait malvenu de ma part. Après tout, je ne suis pas plombière…

Puis je m'interromps, étonnée comme un étourneau. Que les Tombeurs me donnent ce surnom est déjà étrange, mais les filles s'y mettent, maintenant ?

– Elizabeth… Qu'est-ce que vous avez tous à m'appeler comme ça ?

– Oh, la vache ! s'exclame-t-elle en gloussant. Tu n'en as aucune idée ? Jamie a raconté à Kieran votre folle nuit de passion. Franchement, Cat, je ne te savais pas aussi dévergondée !

Dévergon-QUOI ?! Je sens mon sang déserter mon cerveau. Puis mes épaules, mes bras et mes jambes, carrément. Exsanguinolée sur place, ou presque.

– À la soirée de Siobhan, tu veux dire ? bredouillé-je. Mais il ne s'est rien passé !

Elle m'observe de haut.

– Ce n'est pas ce qu'a dit Kieran, chica.

J'en reste sans voix, le regard perdu dans le vide. Elizabeth est obligée de me contourner pour partir. Elle s'éloigne dans le *clic-clac* de ses talons d'allumeuse hors de prix tandis que j'essaie de digérer ce que je viens d'entendre. Après quoi Kieran s'échappe à son tour, sans que je réagisse davantage.

Une folle nuit de passion ? Moi ?! Avec JAMIE ?!

Passez-moi le panier à linge de Siobhan, parce que je suis à deux doigts de vomir.

13:11

La bande

Lizzie
Dites les filles vs avez entendu les rumeurs sur Cat ? C tjs les + discrètes… **13:05**

Cat
???

Je suis juste là ! **13:06**

Lizzie
Me suis trompée de chat !!!
Dsl bb xx **13:07**

Zanna
Cat, « discrète » ? Depuis quand ? **13:10**

Il faut bien que jeunesse se passe… hélas

Toute l'après-midi, on continue de m'appeler Tigresse, et le lendemain, même Jasmine la Grande Gueule se gondole avec ses copines Orfraies sur mon passage. Si Jasmine est au courant, alors je suis définitivement dans la sauce. Même Siobhan ne pourra pas me protéger des cordes vocales les plus efficaces de tout Lambley Common !

Je me réfugie au CDI, où je broie du noir dans un pouf poire. Avant de remarquer Mme Bobards, cette pauvre vieille aigrie comme une bouteille de lait (qui porte du beige à trente-cinq ans ?!) qui me foudroie du regard. Alors j'attrape le bouquin le plus proche, pour ne pas me faire jeter. C'est bien ma veine : *101 Choses à savoir sur la petite vérole*. À la fin de la pause, j'ai un milliard de fois plus la nausée qu'en arrivant.

Puis j'ai maths, un cours chiant à mourir. Déjà, parce que c'est des maths (donc bon), mais aussi parce que je suis dans le groupe des nuls, avec seulement Kenna pour me tenir compagnie. Ça ne me dérange pas d'être avec elle. Sans son porte-voix (Siobhan), on est plutôt tranquilles. Mais du coup je finis par écouter le cours pour de vrai – enfer et damnation. Kieran Wakely-Brown et ses Tombeurs ricanent chaque fois qu'ils croisent mon regard. À croire que tout le monde sur Terre (voire jusqu'à Jupiter) est au courant pour notre « nuit de passion ».

J'aimerais juste oublier toute cette affaire, alors, pour la première fois de ma vie, j'essaie de me concentrer sur ce que raconte M. Tucker. (Une histoire d'algèbre. Plus tragique, tu meurs.) Tout plutôt que de penser à ma situation actuelle…

Quand soudain, je me prends un truc dans l'œil ! Je pousse un cri. C'est un bout de papier froissé, qui m'a frappée en pleine face avant d'atterrir sur ma table comme une minuscule boule de neige. À l'autre bout de la pièce, Kieran et ses Tombeurs ricanent comme des rhinocéros. Je les fusille du regard tout en me frottant la paupière.

– Excusez-moi, Cat, ronchonne M. Tucker. (Il se peut que j'aie crié assez fort.) Qu'est-ce qui vous distrait ainsi ?

– Euh…

S'il y a bien une chose que je ne suis pas, c'est une balance (avec un petit b), et ça ne ferait qu'empirer la situation si M. Tucker en faisait des caisses comme tous les profs. Alors je cache le papier dans ma main.

– Je songeais juste au fait que, dans un tiers des cas, la petite vérole peut conduire à la cécité.

Ses sourcils sautent au plafond.

– Je vous demande pardon ? postillonne-t-il.

Tout le monde se gondole comme des goules dans un cimetière.

– Non, rien. Désolée. Je suis parfaitement concentrée.

M. Tucker secoue la tête d'un air mécontent et retourne au tableau. Kenna adresse à Kieran un geste malpoli. Pas sûre que ce soit de la langue des signes, ça.

Avec un regard noir aux Tombeurs, je déplie le message sous la table.

Elle ne porte pas de collier,
alors on l'appelle Tigresse.
Caresse-la comme un chaton
et elle roulera sur le dos !

Je dois lire deux fois avant de saisir. Soudain, je me sens aussi poisseuse qu'une confiseuse. Soit j'ai la petite vérole (dont les premiers symptômes incluent la fièvre et la nausée), soit je suis choquée !

Ce n'est qu'un poème stupide. Inutile de s'énerver.

Sauf que tous les garçons se mettent à ronronner et à feuler et, d'un coup, je vois noir. C'est pas sympa quand tout le monde se moque de vous. C'est ce qu'a dû ressentir Millie quand Siobhan a dit qu'elle se goinfrait comme une truie. Pendant des semaines, tout le monde poussait des *groin-groin* sur son passage ! Je savais que je n'aurais pas dû en rire… Le karma existe bel et bien. Et qu'est-ce que je vais faire si j'ai la petite vérole ? (Ça ferait de moi le premier cas recensé en Angleterre depuis 1978 ?!) J'ai envie de pleurer maintenant…

– Cat ? me demande M. Tucker. Vous pleurez ?

Je me rends compte que oui. Je sanglote comme une Poissons en plein cours de maths. Plus humiliant, tu meurs. Je me précipite hors de la salle avant que M. Tucker et ses postillons ne puissent m'en empêcher.

*

Je doute de mourir de la petite vérole, mais quoi qu'il en soit, je suis dans la merde. Je viens de sécher un cours ! Seules les filles comme Brooke l'Arnaque font ça. Pour elle, la retenue, c'est de la rigolade – elle s'est fait arrêter neuf fois pour vol à l'étalage. (En tout cas, c'est ce que dit la rumeur.)

Mais comment me concentrer sur l'algèbre alors que Kieran me catapulte ses couplets ? Ma vie tourne au chaos antipoétique, ce qui n'augure rien de bon pour mes ambitions poétiques. Dehors, sous la bruine glacée, je trouve un porte-vélos où m'asseoir. Et lancer un soupir vers le ciel gris.

Tout le monde m'appelle Tigresse, et même Alison doit penser que je me suis livrée à d'affreux péchés avec Jamie. J'ai toujours vu l'amour comme une chose ravissante et fleurie qui s'épanouissait, de préférence, entre deux princesses à la beauté envoûtante. Je suis peut-être naïve. Mais jamais je n'aurais cru que ça pouvait être aussi tordu et horrible. Franchement, je crois que j'ai touché le fond du…

– Eh bien, si ce n'est pas Cathleen Phillips.

Oh non. Je sèche mes larmes en hâte et lève les yeux pour me trouver face à Mme Warren qui m'observe derrière ses lunettes.

– Madame, je peux tout expliquer !

Mais elle brandit un index impérieux.

– Et si vous m'accompagniez dans mon bureau ? dit-elle, sinistre comme un bonhomme de neige en plein été. Vous pourrez ainsi m'expliquer pourquoi vous êtes assise dans un abri à vélos alors que vous devriez être en classe ?

– Est-ce absolument nécessaire ?

À en juger par son air offusqué et ses sourcils arqués, je suppose que oui.

Mme Warren ne prononce pas un mot de tout le trajet. Va-t-elle me renvoyer ? Les profs principaux peuvent-ils faire ça en plein milieu d'une journée normale ?! Elle prend place sur une chaise aussi antique et rustique qu'elle et m'indique un siège d'un signe de tête. Je m'assieds en silence.

Au lieu de me rentrer direct dans le lard, comme je m'y attendais, elle ouvre le tiroir inférieur de son bureau pour en sortir une minuscule bouilloire déjà remplie d'eau. Ébahie, je la regarde brancher et allumer l'appareil. Puis elle tire deux petites tasses du même tiroir, y glisse des sachets de thé, et patiente, mutique, jusqu'à ce que l'eau soit prête.

Je crois que je n'ai jamais rien vu d'aussi effrayant !

– Vous serez ravie d'apprendre, Cathleen (elle pousse une tasse vers moi), que je ne vous ai pas fait venir pour vous gronder. J'ai décidé de passer l'éponge pour cette fois.

Si j'avais été en train de boire, je recracherais du thé partout. Je la fixe comme une fauvette. Qu'est-ce qui a bien pu la persuader de ne pas me punir ?!

– Vous… Vraiment ?

Elle sirote son thé.

– Je vous ai à l'œil depuis que je vous ai eue en retenue, Cathleen. Vous me semblez un peu perdue, ces derniers temps. Je me trompe ?

Elle soutient mon regard, les lèvres pressées. C'est alors que je comprends – oh, saperlipopette – qu'elle fait allusion à mes gribouillis épidermiques ! J'ouvre la bouche, mais rien ne sort. Humiliation suprême ! Pourquoi me rappeler ce détail ? J'éclate en sanglots.

NON ! Ça suffit. Je ne peux pas pleurer devant Mme Warren aussi. Pourtant, c'est exactement ce que je suis en train de faire. Alerte rouge ! Les larmes coulent sur mes joues et je lâche un sanglot. Échec total.

Sans se démonter, Mme Warren ouvre le tiroir supérieur, où se niche une boîte de mouchoirs sur mesure. Elle m'en offre un tandis que je renifle, pathétique.

– Je n'aime pas les garçons comme je le devrais, hoqueté-je.

Par les jambes velues de Boadicée, qu'est-ce qui me prend de raconter ma vie comme une Lion bourrée ?!

– Je ne l'ai dit à personne sauf Zanna, je me suis même trouvé un petit copain, et maintenant je dois rompre avec lui mais je ne sais pas comment et tout le monde m'appelle Tigresse à cause d'un truc que j'aurais fait en soirée sauf que je n'ai rien fait ! (Je déglutis, honteuse.) Tout est parti en cacahuète.

Incroyable. De toutes les personnes au monde, il a fallu que je choisisse Mme Warren pour faire mon coming out.

Le silence s'étire, infini comme le désert. Je me mouche d'un air tragique. Après une pause pensive, Mme Warren boit une nouvelle gorgée de thé.

– Cathleen. Je n'ai pas d'enfants…

Je renifle, confuse.

– Pardon ?

– Mais ma sœur, elle, en a. En Irlande. Deux garçons. Le cadet… quand il a eu quinze ans, il nous a dit être gay. Ma sœur, qui est catholique, s'en est inquiétée, mais je lui ai conseillé de lui donner autant d'amour qu'elle le pouvait à la maison, car le lycée allait devenir un cauchemar pour lui. Après tout, je sais de quoi je parle. J'en ai vu, des gamins qu'on poussait dans la cuvette avant de tirer la chasse…

Je me rends compte que je retiens mon souffle depuis le début de sa tirade. Si je le relâche maintenant, il se transformera en bruyant éclat de rire. Alors je continue de faire le poisson-globe.

– Mais je me trompais, poursuit-elle. Dans son lycée, tout le monde s'en fichait. Les temps ont changé, Cathleen. Certains l'ont bien harcelé et il a dû essuyer quelques commentaires stupides, mais rien à voir avec ce que je craignais. Il s'est même trouvé un groupe de soutien… Je vous conseille de faire de même. Des gens très bien, hauts en couleur. Même si, personnellement, je n'ai jamais été du genre à me parer de l'arc-en-ciel…

Je cligne des yeux.

– Vous, madame…? La vache… Jamais j'aurais deviné !

Elle ne sourit pas.

– Vous trouverez votre voie, comme il l'a fait, et comme tant d'autres avant vous. Voulez-vous un nouveau mouchoir ? Celui-ci a une allure des plus grotesques.

Je jette ledit mouchoir dans la corbeille et en accepte un autre pour me tamponner les joues. Puis je sors mon miroir de poche pour voir à quel point mon mascara a coulé. Je l'essuie à l'aide du mouchoir trempé de larmes. *Very tragisch.*

– Bien. Je dois assister à une réunion du personnel.

Mme Warren se lève, alors je l'imite, évitant de justesse de renverser ma tasse.

– Et si vous en profitiez pour rentrer plus tôt, aujourd'hui ? J'écrirai un mot à votre professeur de mathématiques afin de justifier votre absence.

– C'est M. Tucker.

– Je le sais bien, Cathleen.

– Oh, oui, pardon. (Je fixe mes pieds.) Merci, marmonné-je. De ne pas m'avoir punie. Et pour tout le reste, aussi.

Mme Warren ne m'accorde pas un regard. Peut-être ne suis-je pas la seule à trouver cet échange chaleureux-quoique-embarrassant aussi étouffant qu'une brioche au sucre.

– Je vous en prie, dit-elle. Vous pouvez disposer. Un deuxième thé m'attend.

Pas besoin de me le dire deux fois ! Sortie plus vite qu'un lapin sans assurance-vie, je me dirige à toute vitesse vers le portail. Je me sens mieux, aussi étrange que ça puisse paraître après un entretien avec Mme Warren.

Le monde n'a vraiment plus ni queue ni tête.

La princesse aux petits pois

En rentrant du collège (plus tôt, ça m'arrange bien), je me surprends à passer devant la porte bleue des Delaney, ce qui me plonge une nouvelle fois dans le souvenir de Morgan barbotant dans la rivière. Un moment véritablement divin.

Mais n'oublions pas qu'elle est Gémeaux ! Même si elle reste charmante…

Je m'apprête à poursuivre mon chemin quand la porte s'ouvre pour laisser apparaître un double de Morgan (blonde et un peu plus âgée) qui saute dans une voiture à hayon (bleue, elle aussi). Le véhicule quitte Marylebone Close pour rejoindre la rue principale. Pas besoin d'être Sorbet Holmes pour deviner qu'il s'agit de la mère de Morgan. La maison doit donc être vide, me dis-je, comme si j'étais une cambrioleuse.

Ce que je ne suis pas. Mais je suis curieuse. Et j'ai du temps à perdre, alors je traverse la route.

Contrairement à la Boîte d'iPhone, la maison de Morgan est plutôt ordinaire : deux fenêtres, une porte, des murs qui ne sont pas complètement transparents, vous voyez le genre. Pas grand-chose à voir, donc. Je m'attarde dans l'allée avant de jeter un coup d'œil par la vitre la plus proche.

À l'intérieur : un séjour avec un grand canapé aubergine, ce qui ne m'apprend pas grand-chose. Je fais le tour de la maison. Une palissade sépare la rue du jardin. J'en viendrais presque à envier les grandes jambes d'Elizabeth la Blindée, finalement, car la clôture est trop haute pour que je puisse voir de l'autre côté. À moins que…

Après avoir vérifié que j'étais seule, je sors mon téléphone et ouvre l'appli caméra. Me voilà bien détective, après tout ! Le bras tendu, j'oriente l'appareil de façon à voir l'intérieur du jardin. Je le tourne en tous sens, hissée sur la pointe des pieds, mais le soleil qui se reflète sur l'écran m'éblouit. Et, soudain, le téléphone m'échappe.

Saperlipopette, saperlipopette, supersaperlipopette ! Mon portable est dans le jardin de Morgan ! Pourquoi tout acte doit-il avoir des conséquences ? Je saute d'un pied sur l'autre, toute nerveuse, avant de courir de nouveau à l'avant. Il y avait bien un portail, non ? Je pourrais peut-être entrer discrètement ? Hélas, ledit portail est équipé (à raison, je suppose) d'un cadenas.

Me voilà dans une situation bien poisseuse… un désastre digne d'une mouche prise dans une dionée carnivore. Si Morgan découvre mon téléphone dans son jardin, elle risque de me trouver aussi craignos qu'un crayon en os !

C'est là que je remarque une brique qui traîne au coin de l'allée. Elle doit venir du patio, et le soleil brille directement dessus. Peut-être qu'Aphrodite m'adresse un signe ?

Il n'y a plus qu'une solution. J'attrape la brique et la brandis au-dessus du cadenas. J'hésite. Ça va vraiment marcher ? Dans ces moments, j'aimerais bien être Brooke l'Arnaque, même si je doute qu'elle ait besoin d'une brique – elle se contenterait de crocheter la serrure ! Mais comme je ne suis pas Brooke l'Arnaque, je dois écrabouiller ce cadenas. Oh bon sang.

J'inspire profondément.

– Un… deux… trois…

– Cat ?! s'exclame Morgan.

Je laisse tomber la brique. Pile sur mon gros orteil.

*

Là, pour le coup, j'ai vraiment l'air d'une clown. Un pansement et un sac de petits pois surgelés plus tard, me voilà installée sur le canapé aubergine de Morgan Delaney, tiraillée par la douleur. Morgan (qui, semble-t-il, sèche aussi les cours, avec panache) laisse tomber mon téléphone à côté de moi. Je le glisse sans un mot dans mon sac.

– Merci… (Je n'ose pas la regarder dans les yeux.) Désolée. C'est juste que ta clôture était un peu trop haute pour voir derrière depuis la rue, et…

– C'est le but, non ? répond-elle, calme comme un concombre.

Je n'arrive pas à savoir si elle me juge ou pas. Elle s'assied près de moi. Alors, enfin, je me risque à un coup d'œil. Son visage ne trahit pas la moindre émotion.

– T'es fâchée ?

Ma question gênée lui arrache un rire.

– Tu sais, si tu tenais tellement à voir le jardin, il suffisait de frapper à la porte.

D'un coup de menton, elle désigne le sac de petits pois disposé sur mon pied.

– Alors, cet orteil ?

– Hmm… (Je baisse les yeux.) Un peu raplapla ?

– Il y a une pompe à vélo dans l'abri de jardin, si tu veux le regonfler. Mais tu le savais peut-être déjà, ajoute-t-elle d'un ton sarcastique.

Supersaperlipopette, comme c'est embarrassant ! Incapable de soutenir son regard sans que mes organes se carapatent, j'attrape mon sac et me lève d'un bond.

– Je ferais mieux d'y aller ! Merci pour les petits pois et de ne pas avoir porté plainte, tout ça, je t'ai fait perdre assez de temps comme ça…

– Cat, attends, m'interrompt-elle. J'arrête de me moquer, promis. Même si tu me rends la tâche… incroyablement facile.

Elle sourit, attirant une nouvelle fois mon attention sur ses taches de rousseur si ravissantes. Je sens mes joues s'empourprer.

– Tu peux rester un peu, ajoute Morgan. Enfin, si tu veux.

Je la dévisage, bien trop troublée pour garder mon calme (si tant est qu'il ait jamais existé). J'ai bien envie de rester, pour une raison sur laquelle je n'arrive pas à mettre le doigt de pied. Alors je me rassieds et glisse de nouveau les orteils sous le sac de petits pois. Pas idéal.

– Alors, qu'est-ce que tu… commence Morgan.

– Tu as des frères et sœurs ? lui demandé-je au même instant.

Avant de sourire, optimiste, les mains serrées sur les genoux. Tout pour éviter qu'elle me demande pourquoi je fouinais comme une méchante de dessin animé !

– Figure-toi que oui. Une jumelle, Arya. Elle est restée à Bristol, avec notre grand-mère. Elle va dans une école de théâtre huppée, là-bas.

– Comme c'est fascinant !

Je continue de sourire d'un air béat. Vite, d'autres questions avant que Morgan ne recommence à m'interroger ! Je creuse le filon comme la plus pénible des intervieweuses.

– Et vous vous ressemblez ? Puisque vous êtes jumelles… Qui est née en premier ?

Ma curiosité n'a pas l'air de la déranger, Sappho soit louée.

– C'est elle, et oui, nous sommes identiques, même si je pense qu'elle a un plus joli nez. Pour chipoter.

Moi je trouve que Morgan a un joli nez. Siobhan l'a complimentée pour ça, d'ailleurs.

– Moi je trouve que tu as un joli nez, dis-je, tout filtre mental désactivé comme d'habitude, avant de virer écarlate. Enfin, pour un nez, quoi. Siobhan disait justement que tu avais un nez. Un joli, je veux dire. Et… j'étais d'accord.

Morgan plisse les yeux.

– Un compliment de Siobhan ? Je croyais qu'elle me détestait.

– Mais non.

Je lui jette un regard en coin. Puis on s'esclaffe en chœur.

– Bon, d'accord. Peut-être qu'elle te déteste un peu. Mais il ne faut pas le prendre personnellement ! Siobhan irait se bagarrer avec la Vierge Marie si elle le pouvait. Elle est comme ça, c'est tout.

Morgan penche la tête d'un air pensif.

– Je n'arrive pas à te cerner, déclare-t-elle finalement, comme si j'étais un être profond et énigmatique.

Si seulement ! Mais je crois qu'un chou dans son carré serait plus empreint de mystère.

– Tu es amie avec toutes ces jolies Miss populaires, mais dans le fond, tu es sympa. D'habitude, je déteste les filles dans ton genre. (Elle s'humecte les lèvres.) Sans vouloir te vexer.

Je ravale cette étrange nuée d'étincelles de… je ne sais quel sentiment qui m'enveloppe. Qu'est-ce que je ressens ? Morgan est si honnête, si directe. C'est plutôt… sexy.

Minute. Est-ce vraiment ce que je pense ? Qu'elle est sexy ?! Zut, ça fait cinq secondes entières que je n'ai rien dit. J'ouvre la bouche – ce qui est toujours une erreur.

– Je ne suis pas vexée du tout ! Et puis Zanna n'est pas si populaire que ça. Ne le lui répète pas, surtout ! Kenna est jolie, elle, et Alison Bridgewater…

Je marque une pause. Morgan m'observe, les sourcils haussés. Mon débit de cascade semble l'amuser.

– ALison BRIDGEwater ? répète-t-elle en singeant mon accent anglais.

Je rougis de plus belle. Mieux vaut éviter de parler d'Alison.

– Alison est… pas mal ! Elle est mignonne. Enfin, non, pas mignonne, mais… c'est mon amie, tu comprends ? Elle est Poissons. On a tous besoin d'un ami Poissons ! Et Alison, c'est… c'est Alison, quoi.

Voilà qui était aussi fin que la barbe de mon père. Est-ce que je viens de m'outer moi-même ?! Morgan se contente d'esquisser son presque-sourire.

– T'inquiète. Pas la peine de te retourner la tête dans le sens inverse des aiguilles d'une montre. Tu peux dire qu'elle est mignonne si c'est ce que tu penses.

Je m'empresse de rire.

– Sauf que non. Enfin, elle est pas mal ! C'est Alison, quoi.

– Tu l'as dit, oui.

Le silence s'installe. Je suis clairement en train de rougir, ce qui est ultra-malvenu, mais Morgan fait mine de ne pas le remarquer, heureusement.

– Tu veux regarder un film ? finit-elle par proposer.

J'acquiesce aussitôt. Tout pour éviter d'en dire plus.

Morgan choisit *Le Diable s'habille en Prada*. On est assises chacune à un bout du canapé, ce qui est un peu bizarre, alors je me rapproche petit à petit, avant de remarquer son petit doigt à un millimètre du mien.

Elle se tourne vers moi.

– Bien installée ?

– Oui !

Je me garde bien de la regarder pendant tout le film.

Sauf que je lui jette quand même des coups d'œil. Plusieurs. Et que parfois, elle me les rend. Et c'est très, très… sexy, par la crinière de Meryl Streep.

*

Le film terminé, je remarque que maman m'a envoyé une tripotée de textos furax. Je lui réponds que je vais parfaitement bien, à l'évidence, et que non, je doute qu'il y ait des tueurs en série dans le Kent, mais elle insiste pour que je rentre tout de suite, alors je dis à Morgan que je dois partir.

Elle me regarde enfiler mes chaussures. Ce qui n'est pas facile, vu que mon orteil a désormais la taille d'un oignon.

– Merci de m'avoir invitée, dis-je en tirant sur ma chaussure.

– Je n'avais pas vraiment le choix, pas vrai ? ironise-t-elle.

J'ouvre la porte.

– Cat ? (Elle fixe ses pieds.) Ça te dirait d'aller à un concert la semaine prochaine ? J'ai des billets pour un truc à Londres parce que le groupe… ce sont des potes de Bristol. Ils font un genre de soft rock alternatif… Ça devrait être cool.

Je devrais sans doute lui répondre que je suis la dernière à qui elle devrait associer le mot « cool », mais je me surprends à acquiescer avec enthousiasme.

– J'adorerais ! Absolument ! Tu connais quelqu'un dans ce groupe ?

C'est alors que se produit le plus grand des miracles : Morgan rougit. Elle doit s'en rendre compte, car elle lève les yeux au ciel.

– Promets de ne pas me juger ! En fait, j'avais un énorme crush sur leur vocaliste quand j'étais à Bristol et, comment dire… Ça m'a appris des trucs sur moi-même. Mais tout est cool, maintenant.

En tant que spécialiste de cette véritable farce que sont les crushs, je peux vous dire que c'est une sacrée découverte ! Une faille dans l'armure scintillante de Morgan Delaney… Je la taquine de la pointe du pied.

– Tu avais un crush sur un chanteur ? Il est canon, c'est ça ?

– Elle est plutôt cool, oui, acquiesce Morgan. Mais j'ai tourné la page, je te dis.

Elle s'empresse de rire en se frottant le coude.

– Alors, tu viendras ?

Puis elle me regarde dans les yeux alors que je m'apprête à inhaler tout l'air de Lambley Common. « Elle. » *Elle* est plutôt cool. C'est bien ce qu'a dit Morgan ? Elle n'a pas dit « il » ?! Hébétée, j'agrippe mon sac. Les mots s'envolent de mes lèvres comme des hirondelles migrant vers l'Afrique du Sud.

– Euh, cool ! bredouillé-je. Voilà qui est merveilleux. Je dois y aller, mais, euh, envoie-moi les infos par texto ! Enfin, les informations, quoi. Les « infos », tu saisis ? (Je glousse comme un ukulélé nerveux.) Je ferais mieux d'y aller. Pif, paf, pof, et tout le tralala ou je sais pas quoi ! Bye !

Puis je dévale Marylebone Close, plus clownesque que jamais. Morgan doit se dire que je pars rejoindre le cirque ambulant. Mais j'ai la tête qui tourne comme après avoir bu le jus de canneberge de Chichester de Kenna. Morgan a dit « elle », j'en mettrais ma main à couper.

Morgan est comme moi. Elle aime les filles.

LISTE MENTALE QUE JE N'AI ABSOLUMENT PAS ÉTABLIE AU SUJET DE MORGAN DELANEY :

- Elle est irlandaise. Et son accent est assez délicieux, en fait. Hum.
- Elle a des lunettes vertes ultra-cool. VERTES !
- Elle fait option musique et a eu un crush sur une chanteuse. Peut-être qu'elle aime la musique ?
- Elle a une jumelle. J'espère que c'est Arya la maléfique.
- Morgan AIME LES FILLES. Si j'en pinçais pour elle, ce serait bien pratique, vu que je suis une fille.
- Bien sûr, je ne peux pas en pincer pour Morgan puisque j'aime Alison Bridgewater.
- Et parce qu'elle est GÉMEAUX ! Un crime absolu.
- EST-CE QUE JE VIENS D'ACCEPTER D'ALLER À UN CONCERT AVEC UNE GÉMEAUX ? Ce pourrait être la décision la plus autodestructrice de toute ma vie ! Et oui, je compte la fois où j'ai essayé l'escalade. HEUREUSEMENT qu'il n'y avait personne en-dessous. Enfin, à part Luna.

Le boulet, tu vois ce que je veux dire ?

Siobhan jette non pas un, ni deux, mais trois cactus en pot sur Kieran Wakely-Brown, et il semblerait qu'elle en ait encore en réserve dans son sac ! Kieran esquive le dernier projectile qui siffle à quelques millimètres de sa tête pour aller exploser contre l'arbre derrière lui.

– Où elle a trouvé ça ? demandé-je.

– Au secrétariat, je crois, répond Zanna avec une grimace. Elle a dû les piquer en arrivant.

Massée à la fenêtre, toute la classe retient son souffle. Siobhan a réussi à coincer Kieran contre l'arbre et là – BAM ! – son missile fait mouche. Un sifflement parcourt la foule et Siobhan fonce sur sa victime déjà recroquevillée, un cactus particulièrement épineux brandi comme une massue.

– Pas les bijoux ! hurle Kieran, avant de pousser un grand : AAAAAAARGH !

– On ne devrait pas… la retenir ? murmure Alison.

Zanna secoue la tête.

– Ça ne ferait que l'énerver encore plus.

Horrifiées, nous regardons Kieran s'effondrer, les paupières serrées et les mains plaquées sur ses… bon, pas besoin de vous faire un dessin. Siobhan tourne les talons et marche d'un pas vif vers le bâtiment de littérature. Chacun regagne son siège en hâte. Un instant plus tard, Siobhan fait irruption dans la salle avec un regard assassin en direction des garçons. Mais au lieu de s'asseoir à sa place, elle vient vers moi.

Sous la table, Zanna me serre la main, effrayée.

– J'ai réglé son compte à Kieran, annonce Siobhan. Plus personne ne t'appellera « Tigresse ». Cette dégonflée d'Elizabeth m'a tout expliqué, c'est à cause d'elle qu'il a dû subir le supplice du cactus.

Je la regarde, bouche bée.

– Minute. Tu as plaqué Kieran… pour moi ?!

Elle me toise comme si j'étais aussi bête qu'un bouton de porte.

– ÉVIDEMMENT ! Tu croyais quand même pas que j'allais laisser un crétin de MEC répandre des MENSONGES sur ma MEILLEURE AMIE ! Oh, et je me suis occupée de Jamie, aussi.

Je suis tellement éparpillée aux quatre vents à l'idée que Siobhan ait plaqué Kieran Wakely-Brown et ses magnifiques avant-bras pour MOI que ce dernier commentaire m'échapperait presque. J'écarquille les yeux, effarée.

– Tu t'es « occupée » de Jamie ? Comment ça ? Il est… encore en vie ?

– Évidemment, qu'il est en vie ! Tu me prends pour une psychopathe, ou quoi ?!

Dehors, Kieran pousse un gémissement de douleur. Par Aphrod-HIIII…

– Mais ce n'est plus ton petit copain, ajoute Siobhan. Je l'ai largué pour toi devant le portail. Inutile de me remercier.

Je pousse un cri de surprise. Un cri si fort que tout le monde blêmit. Et je bondis pour prendre Siobhan dans mes bras, ce qui n'est pas facile avec la table et Zanna entre nous. Celle-ci se pousse gentiment sur le côté.

– Oh, Siobhan ! Merci ! Merci, merci, merci ! Toute la semaine, j'ai essayé de rompre avec lui… Je t'aime tellement ! Je t'adore !

– Nom d'un chien, Cat, tu vas te calmer, oui ?! (Siobhan m'agrippe par les épaules et me force à me rasseoir.) Reprends-toi, enfin ! J'ai fait ce que ferait toute dirigeante-née, volontaire, influente et universellement admirée. Ce n'est rien.

Puis elle rejoint sa place, où Alison lui demande prudemment si elle est sûre que tout va bien. Siobhan hurle que oui, bien sûr, pourquoi ça n'irait pas ?! Les yeux tournés vers la fenêtre, je contemple le ciel bleu et tente de savourer ce moment.

*

Cette surprenante intervention de Siobhan semble trop belle pour être vraie ! L'air me paraît plus léger, plus pur, plus frais… Peut-être que la clim a enfin été réparée, ou peut-être que je me sens juste libérée. Délivrée de Jamie et de ses affreuses chansons. Fini les faux-semblants !

Sauf que Jamie n'est pas connu pour être très perspicace. Alors je retiens quand même mon souffle en rejoignant les tables de pique-nique, craignant de le voir rappliquer avec une nouvelle mélodie de l'enfer afin de reconquérir mon cœur. Mais, assises là avec MES amies, ce n'est pas Jamie : c'est Luna et Niamh. Je manque de m'évanouir direct ! Je m'étouffe sur ma salive et tousse comme le plus dégueu des gobelins, pile devant Alison.

– La vache, Cat ! (Ses cils en aile de papillon de nuit battent d'inquiétude.) Tu vas bien ?

– Au poil, croassé-je avec un regard noir à ma sœur. Qu'est-ce que tu fais là, toi ?

– Je discute avec Siobhan, comme tu peux le voir, réplique-t-elle avec un sourire béat (on dirait une espèce de prof de caté végane). En tant que Scorpion, on a beaucoup de choses en commun.

– Va te trouver ton propre Scorpion !

Siobhan s'éclaircit bruyamment la gorge.

– Étant donné qu'on t'a à peine vue de la semaine, on s'est demandé s'il ne valait pas mieux te trouver une remplaçante. Ceci est un entretien d'embauche, en gros.

Ah. Siobhan, la Reine des abeilles, n'aime pas que ses ouvrières aillent butiner ailleurs. En sixième, nous étions amies avec une certaine Marianne Weatherly, jusqu'à cette fois où elle a prévu autre chose pour la pause. Depuis, on ne l'a plus jamais revue. Je crois que Siobhan l'a fait changer de collège. Ou de pays.

– Je me cachais à cause de Jamie, c'est tout, marmonné-je, les yeux baissés. Mais c'est réglé, ça. (Je jette un regard lourd de sens à Siobhan.) Grâce à toi…

Avec Siobhan, Alison et Kenna d'un côté de la table, et Luna, Niamh et Zanna de l'autre, pas de place pour moi. Mais Siobhan ne résiste jamais à un compliment obséquieux.

– Ce n'est rien, dit-elle. Ensemble, nous serons des femmes libres. Ou je ne sais quoi. (Elle adresse un signe de tête sec à Luna et Niamh.) Bien. Je n'ai plus besoin de vous deux. Vous pouvez disposer.

Luna s'esclaffe, mais Niamh lui donne un coup de coude discret. Puis Siobhan se racle la gorge, et les deux intruses se lèvent en panique.

– On a un patchwork à finir, de toute façon, m'annonce Luna avant de se carapater avec sa camarade.

– Où est Habiba ? demandé-je en reprenant ma place légitime.

– Au CDI, en train de méditer sur ce qu'elle a fait, se moque Siobhan. Elle a osé se pointer avec les mêmes boucles d'oreilles que moi ! Elle a de la chance que je ne l'aie pas bloquée sur Instagram.

– À sa décharge, intervient doucement Alison, je ne vois pas comment elle aurait pu savoir…

– Je poste un selfie CHAQUE MATIN, Alison ! aboie Siobhan. Elle aurait dû vérifier !

Alison se mure dans le silence et Siobhan croise les bras. Puis elle ajoute, à la surprise générale :

– Pardon. Cette situation avec Kieran m'a mise un peu sur les nerfs. Je sais que d'ordinaire, je suis le calme incarné, mais aujourd'hui, je ne suis vraiment pas d'humeur.

– Ne t'en fais pas ! lui dis-je avec un coup de coude.

Ce n'est pas sa triste mine qui va réussir à assombrir mon humeur. Plus depuis que je sais que je n'aurai plus jamais à entendre Jamie chanter *Cathleen* !

– Le célibat, c'est merveilleux ! On est libérées de ces vieux boulets, tu vois ce que je veux dire ? je m'exclame.

– Ne sois pas stupide ! s'offusque Siobhan. Comment peux-tu mettre en avant le fait que personne ne veut de toi ?! ARGH !

Je n'aurais jamais dû plaquer Chidi. Je lui en voulais tellement de ne pas inviter Stormzy au baptême de ma cousine que j'avais oublié combien il était sexy.

– C'est pourtant pas ton genre, de te laisser aveugler par la colère, remarque Zanna.

Siobhan écarquille les narines. Je m'empresse de rire.

– Et puis, Chidi était Gémeaux, non ? Rappelle-toi ma devise ! Toujours se méfier des Gémeaux. Tous des hypocrites ! C'est scientifiquement prouvé.

– En effet, approuve Siobhan. Ma mère est Gémeaux, et c'est un vrai démon.

Kenna fronce les sourcils.

– Elle n'est pas bénévole dans une banque alimentaire ?

Siobhan la fusille du regard.

– Et alors ? C'est pas comme si elle leur faisait la cuisine elle-même !

Kenna doit chercher les ennuis, car elle ouvre la bouche pour protester, mais heureusement, Siobhan change de sujet.

– Nom d'un chien ! C'est pas Morgan Delaney, là, avec Millie la Micronaute ?! Ça, c'est le pompon. Je la savais débile au dernier degré, mais voilà qui confirme tout. Elle a clairement décidé de devenir McTarée, la Reine des causes perdues.

Je tousse de nouveau comme un gobelin. Moi qui espérais qu'avec toutes ces histoires de petits copains, Siobhan aurait oublié combien elle détestait Morgan… Comment vais-je pouvoir annoncer à la bande que je l'accompagne à un concert ? Et puis, ça devrait pas être O'Tarée, plutôt, vu ses origines irlandaises ? Mais c'est bien ma chance : la voilà qui se dirige vers l'atelier d'arts plastiques avec

Millie Butcher. Maintenant que j'y pense… il n'y a rien de mal à ça, en vrai.

Je me redresse fièrement.

– Tu te trompes peut-être sur Morgan, Siobhan. Moi, je la trouve cool.

Silence général. On entendrait éternuer un lutin. À moins que Siobhan ne se soit rompu les globes oculaires – car elle a l'air aussi furax qu'un lance-flammes. *Gloups*. Mon accès de bravoure s'étiole comme un mouchoir.

– Cela dit, elle est Gémeaux, elle aussi, alors peut-être que…

– Ce que veut dire Cat, m'interrompt Zanna, c'est que c'est sympa de la part de Morgan de lutter contre l'exclusion.

Une pause. Nous adressons toutes à Zanna un regard alarmé.

– Qu'est-ce que ça peut faire, si elle a envie d'être la reine des timbrés ? ajoute-t-elle. De toute façon, vous n'évoluez pas dans les mêmes cercles, elle et toi.

Siobhan la tance d'une œillade noire. Le message est clair : « Tu ne perds rien pour attendre. » Puis elle se rassied pour surveiller Morgan et Millie tel un cobra en uniforme de collégienne. Je repense à ce moment, assise avec Morgan sur son canapé aubergine, et me mordille la lèvre. Avant de fixer la table, en espérant que personne n'ait remarqué ma nervosité. Alison ouvre lentement son scrapbook.

Siobhan renifle et tout le monde se fige.

– Au fait, Cat, articule lentement Siobhan. D'où tu connais le signe astrologique de Morgan ?

Mes poumons se ratatinent comme du saumon emballé sous vide. Que répondre à ça ? Heureusement, Lizzie du Gloss vole à ma rescousse avec ses lèvres luisantes en se précipitant sur Siobhan, pressée d'entendre tous les détails de la rupture de Siobhan.

– Raconte-moi, ma belle ! roucoule-t-elle en exhibant ses faux ongles *nude*. Surtout le pire ! Je n'en revenais pas quand j'ai appris qu'il t'avait trompée avec Elizabeth !

Ah. Peut-être qu'ils ne se contentaient pas d'inspecter la plomberie dans les toilettes des garçons, finalement.

Kenna, en train de nettoyer ses lunettes, casse sa monture aussi sec. Alison pousse un soupir choqué. Quant à Siobhan, elle se crispe des pieds à la tête, comme si elle avait mis le doigt dans une prise. Tous les regards se posent, horrifiés, sur Lizzie du Gloss, dont les lèvres commencent à trembler d'effroi.

– Oh… murmure-t-elle. Je croyais qu'elle t'avait parlé… Vous n'avez pas…

Siobhan bondit de son siège comme l'apocalypse.

– IL… A… FAIT… QUOI ?!

Inutile de préciser que le signe de Morgan est déjà oublié. Et que nous découvrons qu'il est bien plus facile qu'on ne le croyait de renverser une table de pique-nique, même vissée au sol. Mais rien ne peut m'ébranler ce matin. Jamie a disparu et j'ai hâte d'être au concert avec Morgan ! Non que ces deux éléments soient liés. D'accord, la saison du Scorpion est celle où les âmes se lient, mais on ne parle pas d'un rencard. On ne va pas aller aux fraises. Quand bien même, Siobhan ne doit surtout pas l'apprendre, autrement, elle risque de me suspendre par les chevilles à un ventilateur de plafond.

Ça avait l'air très inconfortable, la fois où elle l'a fait à Jasmine McGregor, l'an dernier.

18:53

Zanna Szczechowska

Je m'ennuie. Distrais-moi. On s'appelle ? **18:40**

Désolée Zan-Zan, je SORS !!! xx **18:46**

Oh coolos. Pour aller où ? **18:46**

À Londres !!! AVEC MORGAN !!!
NE LE DIS PAS À SIOBHAN xx **18:47**

T'es avec Morgan Delaney ??? **18:47**

Elle-même… Zanna…
Elle est ultralicieusement COOL **18:49**

Mais tu détestais pas les Gémeaux ??

Va pas faire un truc stupide genre tomber
amoureuse d'elle **18:50**

Pourquoi je ferais un truc pareil ??? **18:51**

Je dois vraiment répondre à ça ? **18:51**

Meurtrière Ménagère

La saison du Sagittaire – celle de l'ouverture, de la générosité et de l'enthousiasme – est arrivée ! Ce qui explique sans doute la choquante décontraction avec laquelle ma mère accepte que j'aille me balader à Londres avec une fille qu'elle n'a jamais rencontrée. À moins qu'après sa panique à la Kate Bush, l'autre jour, elle se soit rendu compte que, si je me faisais assassiner, elle aurait une bouche de moins à nourrir ? Il se peut que je lui aie assuré que Ruth, l'amie chanteuse craquante de Morgan, serait là pour nous « chaperonner »... ce qui n'est pas totalement faux. Ruth sera bien là. C'est son concert après tout !

Comme Luna est chez Niamh, à fabriquer des caftans en matière recyclée, maman déclare que ce sera « soirée lasagnes épicées », avant d'esquisser un pas de danse craignos vers papa, qui se trémousse aussi en proclamant : « Ça s'annonce délicieux ! »

Aussi délicieux que mon gros orteil tout bleu, si vous voulez mon avis, sauf si ma mère a pris des cours de cuisine sans que je le sache !

Je retourne mon armoire en quête d'une tenue qui fasse «soft rock alternatif». Comme je n'ai pas la moindre idée de ce que ça veut dire, l'exercice est plutôt difficile, mais je finis par me composer un ensemble plein d'énergie féminine divine: jean noir, débardeur argent scintillant et ras-du-cou. Puis j'attrape mon blouson de cuir et me dirige vers la gare de Lambley Common, grosse dalle de béton dépourvue de toit. Forcément, il se met à pleuvoir quand j'arrive, ce qui m'oblige à utiliser ma veste comme parapluie!

Puis je fais tomber toute ma monnaie par terre en essayant d'acheter un ticket au guichet automatique. Miracle, Morgan arrive alors que je m'agite comme un rat pris dans un sac. Je lève le nez d'un air distrait avant de véritablement enregistrer la vue qui s'offre à moi. Et là, j'en reste sans voix comme une tarte aux noix.

Car Morgan est tellement… belle. Saperlipopette.

Elle porte un pantalon de cuir noir ceint d'une chaîne, et, aux pieds, d'énormes chaussures à plateforme. Quant à son haut, il semble intégralement composé de boucles de ceinture et d'anneaux de porte-clefs. Elle a ajouté des extensions vert fluo à ses cheveux, et son eye-liner dessine des ailes d'albatros tonitruant derrière sa monture verte.

Tête penchée, elle pose sur moi un regard perplexe. La pluie semble s'être arrêtée rien que pour elle.

– Qu'est-ce que tu fais accroupie dans le caniveau?

– Rien! (Je me relève précipitamment.) Enfin tu sais, mes lacets, quoi.

Morgan jette un coup d'œil à mes pieds. Je porte des bottines à talon dépourvues de lacets. Heureusement, elle a le chic pour laisser couler toutes les clowneries. Elle achète les tickets de train et nous rejoignons notre quai sans autre incident risible. Mais ce n'est qu'une question de temps. Je parie que dans dix secondes max je vais encore jongler avec ma dignité.

Il fait un froid de canard laqué. Je sautille d'un pied sur l'autre. Dans quelques jours, on sera en décembre, et maman m'a dit que mon blouson ne suffirait pas. Je déteste quand elle a raison.

– Alors, cet ex-crush ! dis-je en frottant mes mains gelées. Elle est chanteuse à plein temps ?

Morgan entortille une mèche verte sur son doigt. Son vernis à ongles argent évoque le clair de lune. Ultralicieux.

– Pour l'instant, elle se produit surtout dans des bars. Mais elle a sorti un EP sur iTunes, intitulé *Meurtrière Ménagère* et… (Elle s'interrompt.) Qu'est-ce que tu as à sautiller comme ça ?

– Désolée.

Je m'arrête. Je n'ose imaginer quel genre de musique pourrait aller avec un tel titre. Je ravale la citrouille de terreur qui enfle dans ma gorge.

– Mais c'est super cool de chanter dans des bars ! Je dirais même qu'elle place le bar très haut…

– Quoi ? s'étonne Morgan.

Je panique en silence. Quoi, en effet ?! Heureusement, le train arrive, l'occasion pour moi d'exhiber l'étendue de ma divine énergie féminine en grimpant à bord.

– Au fait, j'adore ton blouson, dit Morgan tandis que je m'assieds, m'arrachant un sourire satisfait.

– Tant mieux. Je l'ai choisi spécialement pour toi.

Pendant quelques secondes étouffantes, Morgan m'observe en se mordillant la lèvre. Si seulement je pouvais savoir ce qu'elle pense…

Je n'ai jamais rencontré personne d'aussi ténébreux et mystérieux ! Puis elle retrouve son sourire narquois.

– Spécialement pour moi ? Tu me flattes.

Moment particulièrement ultralicieux.

*

À Londres, c'est la folie. On arrive à Shoreditch, où il y a des graffitis très colorés partout. J'aperçois des gratte-ciel en verre qui pointent derrière les toits des maisons, mais aussi des bâtiments de briques croulants et des restaurants tapis sous les arches des ponts ferroviaires. Rien d'inattendu, je suppose, vu qu'on est à présent dans la Capitale de la Coolitude, mieux connue sous le nom d'East London.

Morgan m'explique qu'une fois sur place, on va devoir porter des bracelets spéciaux pour que personne ne nous serve d'alcool, et que Ruth fera en sorte qu'on soit tout devant. Siobhan bouillonnerait si elle savait que Morgan dispose de telles connexions ! Ça vaudrait presque le coup de le lui dire, rien que pour voir sa réaction. Avec une grimace, je me rappelle notre dernière conversation : *McTarée, la Reine des causes perdues*… Mes amies ne doivent surtout pas découvrir que je traîne avec elle. Siobhan m'arracherait les rotules pour s'en faire des castagnettes !

On arrive devant une porte de garage toute rouillée (celle de la salle, apparemment).

– Salut Lacey ! lance Morgan, qui connaît même la videuse. On est invitées, mon amie et moi.

Lacey a le crâne rasé et les épaules tatouées de têtes de mort. Je n'ose pas vraiment la regarder dans les yeux. Quelque chose me dit que je finirais en piñata à mon propre enterrement si je l'énervais.

Elle nous distribue les bracelets (qui brillent dans le noir, dis donc !) et nous laisse entrer.

L'intérieur est tout en murs de briques et bouteilles en verre empilées avec art. Au centre se dresse une scène, avec plein d'habitués trop stylés qui dansent et boivent devant, parfaitement à leur aise. On me pousse du coude et je tire nerveusement sur mon bracelet, un peu désorientée.

C'est là que je remarque deux femmes assises au bar.

Oh, bien sûr, deux femmes ensemble, ça n'a rien d'inhabituel. Mais cette façon qu'elles ont d'être ensemble – si proches, en échangeant des œillades langoureuses par-dessus leurs cocktails – aimante mon regard. Avec leurs minijupes en lamé et leurs collants résille, elles s'esclaffent, les doigts entrelacés. Puis l'une se penche pour écarter d'une caresse une mèche blonde et ondulée de l'autre et déposer un baiser sur sa joue. Mon cœur s'emballe tandis que je sens monter en moi le besoin urgent d'écrire une fanfic Elsa/Raiponce. Plus lesbienne, tu meurs.

– Cat, arrête de mater les lipsticks, m'intime Morgan, s'immisçant dans ma bulle poétique tel un couteau à pain rouillé. J'ai trouvé Ruth. Viens, je vais te la présenter.

Puis, avant que j'aie pu dire « soutif bleu d'Elsa », Morgan me prend la main pour me guider vers la scène. Un frisson alisonesque me parcourt aussitôt – impossible de l'ignorer, aussi louche et ridicule qu'il soit. Si l'on met de côté qu'elle est Gémeaux, c'est assez grisant de lui tenir la main.

Alors que la foule s'écarte devant nous, j'aperçois une fille aux cheveux rose pastel, longs jusqu'aux épaules, et au maquillage le plus fabuleusement pailleté que j'aie jamais vu. Elle est entourée de hipsters nonchalants. Je la fixe, admirative, avant de comprendre que c'est vers elle que Morgan m'emmène ! Les traits de Ruth s'illuminent lorsqu'elle nous remarque. Elle esquisse un de ces sourires pleins de dents que j'aime et déteste à la fois. Aphrodite soit louée !

– Morgan, ma petite chérie ! roucoule-t-elle. Tu es étourdissante !

Elles s'embrassent, puis Morgan se tourne vers moi.

– Ruth, je te présente Cat.

Stupéfaite, je m'avance en silence, telle une gente demoiselle que l'on présente à la cour. Gloire à la reine Ruth, incomparable impératrice de toute chose sacrée et lesbienne ! Je m'apprête à faire la révérence – qu'Aphrodite me vienne en aide –, lorsque Ruth me prend dans ses bras. Ses cheveux sentent la glace à la fraise… saperlipopette !

– Ravie de faire ta connaissance, ma jolie ! On ne t'a jamais dit que tu étais le double de Madonna dans *Recherche Susan désespérément* ? Adorable !

Morgan me donne un coup de coude.

– C'est quasiment à cause de moi si elle s'est acheté ce blouson.

– Incorrigible, la taquine Ruth.

Je suis en train de fondre de bonheur quand un type louche avec des lunettes noires vient tapoter l'épaule de Ruth et lui glisser quelques mots à l'oreille. Elle nous adresse un sourire radieux.

– Allez, les enfants ! Je monte sur scène dans cinq minutes. À plus !

Avant que j'aie retrouvé ma langue pour lui dire au revoir, elle m'effleure le bras.

– J'adore ton look, vraiment, dit-elle, avant de disparaître.

Je jette un coup d'œil à Morgan, qui attend mon verdict.

– Elle est cool !

– On dirait que Cupidon t'a tiré dessus avec un fusil à pompe, ricane-t-elle.

Avant que j'aie pu lui répondre que je n'ai pas la moindre idée de ce qu'elle veut dire, les projecteurs s'allument, nous baignant dans une ambiance mystique. Nous sommes secouées comme des Skittles tandis que la foule se réveille.

– COMMENT ÇA VA CE SOIR LES AMIS ?! hurle Ruth dans son micro avec l'aplomb d'une demi-déesse.

Le public s'époumone en retour, et le groupe fait péter la sono. Batterie, guitares et nuages de fumée dansent devant mes yeux. Morgan pousse un cri de joie, plus enthousiaste que je ne l'aie jamais vue, tandis que Ruth fait tournoyer son micro dans sa main pleine de bagues, rejetant sa crinière rose pour chanter de ses lèvres cerise :

MEURTRIÈRE MÉNAGÈRE !
LES YEUX RIVÉS SUR LA CAFETIÈRE !
VEUX-TU SORTIR DE TON CALVAIRE ?!
OU N'ES-TU QU'UNE PAUVRE MÉNAGÈRE ?

Bon, d'accord, c'est pas du Shakespeare. Mais le Barde lui-même souillerait ses collants Tudor s'il était parmi nous, car Ruth en ferait son quatre-heures ! Morgan pousse des cris perçants lorsque Ruth nous pointe du doigt avec un clin d'œil, et me voilà qui agrippe la main de Morgan pour brandir nos poings comme des pros.

Deux morceaux plus tard (*Crame, Buckingham, crame* et *La Vengeance à la tronçonneuse de Margaret Atwood*), Ruth se dirige d'un pas chaloupé vers la guitariste qui mouline des bras, vêtue comme un personnage de manga, et l'embrasse sur la bouche, direct. La foule rugit en réaction, et je me tourne vers Morgan, étourdie. Les cris s'éloignent tandis qu'elle me rend le plus radieux des sourires. Nous voilà seules au monde.

Sauf que non, bien sûr, puisqu'on est à un concert ! Mais je continue de lui tenir la main et de pousser des cris vers la scène, ivre de musique, de lumière et de ces paroles d'un goût douteux… Je passe le reste de la soirée sur un nuage, comblée – et très raffinée sur le plan musical, aussi.

LA CHANSON DE CAT ET DE MORGAN (SUR UNE SERVIETTE EN PAPIER)

On l'appelle Morgan
Et tous sont verts, oui
Verts de jalousie
Face à ce que cette reine a vu
Depuis ce baiser à Budapest avec une inconnue…

– Tu déconnes !
– C'est la stricte vérité.
– Pourquoi t'étais à Budapest ?
– Parce que je suis trop cool.
– OK… Ça se tient.

… *À cette semaine entière de retenue*

– Là, tu me fais marcher, Morgan.

– Je t'assure que non. Ma mère m'a interdit de mettre un pied dehors.

– Oh… pourquoi ?

– Parce que je suis trop cool et qu'elle ne le supportait pas.

– OK… Je veux bien te croire.

On l'appelle Cat
Mais elle ne miaule pas
Trop occupée à secouer la ville
Patatras !

En rose elle est jolie
Mais si vous voulez mon avis
Elle porterait n'importe quelle couleur
Qu'elle briserait toujours les coeurs

– C'est moi, ou tu viens de dire que je suis jolie ?

– Peut-être bien.

– Ahaha… AHAHAHAHA.

AHAHAHAAAAAAAAAAAAAAAAAAAAAAAAAAA AAAAAAAAAAAAAAAAAAAAAAAAAAAAAAAAUAKF IEDJDHPKSBNGFNW

– Cat… ? Tout va bien ?

– Oui ?

Les Sept Sœurs saphiques

Est-ce que j'aurais avalé une chenille ? Pendant tout le trajet du retour, j'ai l'impression de sentir une nuée de papillons voleter dans mon estomac. Avec Morgan, on n'arrête pas de glousser comme des grues en repensant à notre chanson improvisée. Lorsque nous arrivons à Lambley Common, j'ai mal à la gorge d'avoir trop ri. Une fois dans la rue, cependant, on devient silencieuses comme des salamandres.

– Merci. J'ai passé une soirée incroyable, finis-je par dire.

Morgan me tapote la main avec un sourire. C'est un geste étrangement intime, il me semble, mais c'est juste ça : une petite tape. Pas de quoi en faire un fromage.

– Je t'en prie, dit-elle. Contente que tu sois venue.

Oups. Les papillons volettent de plus belle.

Nous voilà presque à Beech View Lane, ce qui est très contrariant. Je n'ai pas envie que la soirée se termine. Je jette un regard au parc. Comme si elle lisait dans mes pensées, Morgan s'arrête de marcher.

– Tu veux faire un tour dans le parc ? me propose-t-elle. Ça a l'air flippant à souhait.

Mon regard oscille entre elle et ces ténèbres glauques. Il n'y a même pas de réverbères dans le parc… or, si des tueurs en série rôdent dans le coin (comme ne cesse de l'imaginer maman), quel meilleur endroit où les trouver qu'un parc désert au milieu de la nuit ?

– Euh… C'est une bonne idée, tu crois ?

– De quoi tu as peur ? me demande Morgan. Allez, quoi ! Ce sera marrant. Et puis, regarde, la lune est pleine. Avec un peu de chance, on tombera peut-être sur un vampire ou un loup-garou.

– Je crois que toi et moi on n'a pas la même définition du mot « chance ».

Morgan se dirige déjà vers le portail et, comme je ne veux pas me dégonfler, je la suis. Retour du silence. Après tout, à cette heure de la nuit, l'aire de jeu pourrait être le refuge d'un clown tueur. Nous rejoignons la pelouse, où les arbres sont dispersés comme… des arbres dans un parc, quoi, ce qui est un peu moins effrayant.

Morgan glisse les mains dans les poches de son large manteau noir.

– J'aime la nature. (Je suis sûre que, quelque part non loin, Luna soupire d'aise.) Je devrais venir ici plus souvent. J'y vois toujours plus clair quand je me rapproche des arbres.

– Oui… (Comment rivaliser avec de telles rêveries philosophiques ?) Enfin, pareil !

Je lui jette un regard en biais.

– Tu craques toujours pour Ruth ?

Je marque une pause, gênée. Sans doute pas le plus élégant des changements de sujet.

– Pardon, tu n'es pas obligée de répondre…

Mais elle agite la main.

– T'inquiète. Comme je te l'ai dit, j'ai tourné la page. (Elle esquisse un sourire de ses lèvres noires.) Ruth dirigeait la chorale de mon collège. J'étais toujours dans ses pattes, à faire semblant d'épousseter les claviers ou d'avoir des questions… Elle a fini par voir clair dans mon jeu. Elle m'a donné ce livre, *Carol*, une romance lesbienne. Sa façon à elle, pas si subtile, de me dire qu'elle comprenait. Elle était là pour m'aider, un peu comme une maman lesbienne, tu saisis ?

– C'était gentil de sa part, dis-je à voix basse.

Je n'y avais jamais réfléchi sous cet angle – des filles qui entretenaient les mêmes pensées, les mêmes sentiments, et qui se transmettaient le savoir gay de génération en génération. Peut-être ma vie n'aurait-elle pas pris ce malheureux détour en forme de Jamie si j'avais eu ce genre de mentor.

– Disons qu'elle était mon Alison Bridgewater, dit Morgan.

Je manque d'avaler ma langue. Enfin, non, je le fais ! Prise d'une affreuse quinte de toux, je m'évente avec mes mains.

– Tu en pinces grave pour elle, avoue ? ajoute-t-elle.

– Qu'est-ce qui te fait dire ça ?!

– D'une, cette réaction. Et puis, j'ai bien vu comment tu la regardais à la table de pique-nique. Ta *gay panic* monte d'un cran dès qu'Alison est dans le coin.

Saperlipopette ! Si Morgan l'a deviné, qui d'autre ? Mon secret n'en serait-il pas un ? Je croise les bras, soudain frigorifiée.

– Enfin, je ne dirais pas que j'en pince pour elle…

– Oh, non, m'interrompt Morgan. Ne me dis pas que tu es carrément amoureuse ?

– MAIS NON ?!

Je ne sais plus quoi dire. Qu'est-ce qu'un béguin et qu'est-ce que l'amour ? Ces frissons chaleureux, ces rêveries tortueuses... Seule Alison me les a jamais inspirées. Est-ce de l'amour ?

– Je l'aime vraiment bien, marmonné-je, douce comme une Vierge. C'est tout.

Nous déambulons côte à côte entre les arbres tandis que mon cerveau bourdonne comme une ruche. J'ai révélé mon secret à quelqu'un d'autre que Zanna. Morgan va-t-elle le répéter ? Me trouve-t-elle complètement ridicule ? Je l'observe avec attention, mais elle ne laisse rien paraître.

– Alors comme ça, tu aimes le Zodiaque, hein ? me demande-t-elle.

Je songe à ma bible, et à ce trimestre entier où j'avais pris des cours de paddle, juste parce que l'horoscope m'avait avertie que je « perdais le contact avec mon esprit athlétique ». Même si je pense plutôt que c'est lui qui avait volontairement égaré mon numéro.

– On peut dire ça, oui, gloussé-je.

Elle m'adresse un regard curieux.

– Pardon. Ça va te sembler très étrange, mais... j'ai une devise selon laquelle on doit toujours se méfier des Gémeaux, et pourtant me voilà avec toi, dans un parc, dans la nuit noire.

Morgan hausse les sourcils.

– Oh, vraiment ? C'est pour ça que tu as flippé l'autre jour, sur le parking ? (Elle rit à gorge déployée.) T'es trop drôle. Pourquoi tu n'as pas confiance ?

– Il n'y a pas de quoi rire, Morgan ! protesté-je, même si je m'esclaffe, moi aussi. Ma cousine Lilas est Gémeaux. Elle fait du patinage et ma mère la croit absolument parfaite, mais c'est le diable incarné !

– Et du coup, tu penses que moi aussi ? me demande Morgan, amusée. Je ne savais pas que tous mes principes moraux étaient inscrits dans les étoiles. C'est assez commode. Alors comme ça, je peux voler le chocolat de la bouche des tout-petits et prétendre que c'est mon horoscope qui m'y a poussée ?

– L'horoscope ne nous définit pas complètement ! expliqué-je. Il nous oriente dans une certaine direction… du moins, si on se laisse faire ! L'océan va et vient bien au gré de la lune, alors pourquoi ne pourrions-nous pas être reliés aux étoiles ?

Morgan plisse les yeux.

– Ça me plaît bien, comme idée. C'est poétique.

Je l'observe, perplexe.

– Vraiment ?

– Vraiment.

Son eye-liner a un peu coulé (peut-être à force d'avoir dansé) et ses extensions vertes luisent toujours comme des baguettes fluorescentes. La Morgan fêtarde dans toute sa splendeur. Elle est si belle…

– Je t'aime bien, Cat, soupire-t-elle.

Les joues empourprées, je contemple le ciel. Mais je dois avoir des caramboles dans les yeux, car je n'ai qu'une envie, c'est de l'admirer, elle ! Tant de sentiments louches dans mon petit cœur lesbien…

– Tu es charmante, ajoute-t-elle. Faut juste que tu arrêtes d'en pincer pour tes amies hétéros.

Je me concentre sur la lune, qui ressemble… à la lune. Argentée et magnétique. Elle me plonge dans la plus rêveuse des humeurs.

– Qu'est-ce que tu veux dire par « charmante » ? je demande.

Morgan s'esclaffe.

– Comment ça ?

– Eh bien, tu veux parler de ma personnalité, de mon apparence… ?

– De toi tout entière, banane. T'es contente ?

Une pause. Nous nous tenons épaule contre épaule, si près que je perçois la chaleur de son corps. Ses yeux brillent dans le noir, mystérieux et narquois comme jamais. Soudain, je me sens à la fois hypnotisée et parfaitement consciente.

– Toi aussi, tu es charmante, Morgan, dis-je.

Puis je l'embrasse.

Par la chevelure d'Aphrodite ! J'embrasse Morgan Delaney, dont les lèvres sont si douces, sucrées, légères comme un nuage et lisses comme du beurre. Voilà tout ce que je me dis dans un désordre total, alors que je sens les étoiles et la lune qui scintillent au-dessus de nous.

Puis j'ouvre les yeux. Elle n'a pas fermé les siens. Oh, saperlipopette. Je m'écarte. J'aurais peut-être dû lui demander si elle était d'accord. Aurais-je commis une agression ?!

– Voilà qui était agréable, déclare Morgan, neutralisant ma panique.

Je retiens mon souffle. Personne n'a appelé la police.

– Ç'a été ?

– Moi, je trouve que oui, répond-elle en se retenant de rire.

Elle a les lunettes de travers. C'est probablement ma faute, alors je les lui remets d'aplomb. Avant de tourner une nouvelle fois les yeux vers le ciel.

– C'était mon premier baiser… marmonné-je. Avec une fille.

– Ça t'a plu? me demande-t-elle d'une voix un peu attendrie. Combien tu le noterais sur dix?

Mon cœur tournicote comme Saturne un samedi soir, ce qui est bon signe, *a priori*.

– Oh, un bon gros sept et demi?

Morgan s'approche. Je la laisse entrelacer nos doigts.

– Moi, je suis sûre de pouvoir te donner au moins un neuf, murmure-t-elle.

Je me retiens de défaillir! Je lui presse la main, étourdie, heureuse et émerveillée. Je passerais volontiers le reste de ma vie, voire plus, dans cet instant. Mais avant que j'aie pu l'embrasser de nouveau, Morgan désigne les étoiles.

– J'ai toujours aimé les Sept Sœurs. Tu les vois? Elles sont juste là.

Je suis son regard.

– Je me suis toujours demandé si elles étaient bien sept.

– Oui, Cat, elles sont sept, ricane Morgan. Sept étoiles, sept sœurs.

– Tu crois que l'une d'elles est lesbienne?

Elle s'esclaffe. On se tient toujours la main.

– Si tu veux mon avis, elles le sont toutes, déclare-t-elle. Sept sœurs saphiques. Toutes des Gémeaux, aussi, sans doute.

Je frémis encore comme la plus anxieuse des trapézistes. Est-ce que je viens vraiment de partager mon premier baiser?!

D'accord, j'ai embrassé Jamie. Techniquement ou… biologiquement. Mais est-ce que ça comptait vraiment ? Jamais je n'ai senti mon cœur s'emballer ni mes lèvres scintiller. Je n'ai jamais eu envie d'enfouir mon visage dans ses cheveux ou au creux de son cou rien que pour m'imprégner de son odeur. Alors que c'est tout ce que j'ai envie de faire en ce moment. Et Morgan ? J'espère que ce n'est pas juste la saison du Sagittaire qui la rend avide d'expériences. Je tiens à ce que tout soit parfait entre nous.

– Bon, j'adore cet amour que tu voues aux étoiles, dit-elle avec prudence. Mais crois-tu pouvoir redescendre assez longtemps sur Terre pour viser ce neuf sur dix ?

– Je pense que ça devrait être tout à fait possible.

– Ça devrait, seulement ? me taquine Morgan, les yeux luisants, avec ce sourire narquois digne d'Aphrodite.

Mes genoux se dérobent comme des algues molles. Un crush lesbien. Jamais je n'ai été aussi ravie de donner raison à Siobhan !

Tendrement, nos doigts s'effleurent, et les papillons se remettent en action dans mes entrailles. Morgan m'attire à elle pour m'embrasser de nouveau, bien plus longuement cette fois. Elle va jusqu'à glisser la main dans ma poche arrière ! Ça fait très « soirée lasagnes épicées » ; je suis trop étourdie par ses baisers pour respirer… Divine, divine énergie féminine !

C'est un baiser parfaitement poétique, et pas seulement parce que la lune miroite et que les étoiles scintillent, mais parce que je suis on ne peut plus consciente de ce moment fabuleux et étourdissant, alors que j'embrasse Morgan Delaney qui me rend mes baisers. C'est le moment le plus romantique du bazar qui me tient lieu de vie jusqu'à présent.

VOUS AVEZ LE DROIT D'AIMER UNE GÉMEAUX SI…

- Elle écrit une CHANSON rien que pour vous.
- Elle vous embrasse sous un ciel constellé d'étoiles ??
- Elle vous embrasse VRAIMENT TRÈS BIEN sous un ciel constellé d'étoiles ???
- Elle vous embrasse DE FAÇON VRAIMENT SUBLIME sous un ciel constellé d'étoiles avant de vous raccompagner TOUT LE CHEMIN JUSQU'À LA MAISON et de dire : « Fais de jolis rêves… Enfin, pas trop jolis quand même, sinon tu ne voudras plus te réveiller. »
- QUI DIT ÇA ????
- On a le droit d'aimer une Gémeaux s'il s'agit de Morgan Delaney.

Une frange tragique

Aller en cours n'est plus qu'une perte de temps pour moi. C'est à peine si je retiens un mot de la matinée. Nous sommes à deux semaines des vacances de Noël – une période qui était jusque-là consacrée à des films et à des jeux pendant les cours, mais qui, dans le septième cercle de l'Enfer qu'est la troisième, ne vous accorde plus de tels luxes.

Zanna n'arrête pas de me donner des coups de coude, comme si elle me croyait endormie. Sans doute parce que je ne fais que sourire, le regard perdu vers la fenêtre, le soleil et les nuages, tandis que je me repasse en boucle mon premier baiser. Tout le monde me fixe bizarrement, comme si je portais un tutu ou je ne sais quoi.

(Pour être claire : ce n'est pas le cas. Jamais je ne mettrais un tutu pour aller en classe.)

Je n'ai parlé à personne de ce baiser, même pas à Zanna. Je préfère le garder pour moi, rien que pour moi, pour l'instant. Si seulement je pouvais le mettre en bocal… Je le garderais sur une étagère et, tous les jours, je soulèverais juste un peu le couvercle pour humer le moment conservé à l'intérieur… Ça m'aiderait dans les moments les plus sombres, par exemple quand maman tente de préparer un « repas de famille » le dimanche.

Je ne me lasserai jamais de ce premier vrai baiser. Il faut que je me remette à la poésie, pour enfin pouvoir laisser libre cours à mes émotions ! Qui eût cru que les effets d'un simple baiser pouvaient durer si longtemps ? J'ai l'impression d'être ivre depuis des jours ! Si c'est comme ça chaque fois, comment vais-je pouvoir me marier, garder un emploi et vivre une vie bien remplie ? C'est dingue que tout le monde ne soit pas en train de tituber, ivre de beauté après avoir reçu un baiser aussi merveilleux que celui que j'ai échangé avec Morgan…

– Cat, qu'est-ce qui te fait sourire comme ça, nom d'un caillot sanguin ?

C'est Siobhan, venue percuter mes rêveries de plein fouet. Je me rembrunis aussitôt. Elle n'a pas tort : je souris beaucoup aujourd'hui. Ainsi qu'hier. À la maison, aussi. Et même dans la voiture, avec maman. Et quand j'écoutais d'une oreille les délires de Luna. Mais peut-on vraiment m'en vouloir ?! J'ai échangé un BAISER !

– Je ne vois pas de quoi tu veux parler. Je ne souris pas.

– On dirait l'autre bonne femme sur les boîtes de raisins secs, rétorque Siobhan. Celle qui regarde bêtement le soleil. Si je n'étais pas mieux renseignée, je croirais que tu as bécoté quelqu'un pour la première fois.

Sa remarque me met sur les nerfs. Aussitôt, Kenna et Habiba affichent des mines curieuses comme des cacatoès. Supersaperlipopette, pourquoi faut-il que Siobhan soit si perspicace ?! Et où est Zanna quand on a besoin d'un changement de sujet habile ? Elle me l'a dit, mais j'ai dû oublier… Quelque part à jouer à Animal Crossing ou à chanter des hymnes polonais, je crois.

– Oh, fiche-lui la paix, roucoule Alison en me caressant l'épaule. Elle peut bien sourire si ça lui chante. C'est peut-être parce que c'est bientôt Noël !

Personne n'a l'air convaincu.

– Noël, c'est pour les bébés et les chocolatiers, rétorque Siobhan. Quelle fête lugubre ! (Elle se redresse un peu.) Presque aussi lugubre que ça ! Regardez Millie la Micronaute… Qu'est-ce qu'elle a fait à ses cheveux ?

On se retourne toutes. Millie se dirige vers l'atelier d'arts plastiques avec une frange toute neuve. Visiblement, Siobhan n'a rien vu d'aussi tordant depuis ce jour où Mme Ward, la prof de français, portait un chemisier si transparent qu'on en voyait son soutif.

– Hé, Millie ! lance-t-elle.

L'intéressée se fige sur ses pas. Je suis tentée de lui crier de prendre la fuite.

– Qu'est-ce qui t'est arrivé ? Tu t'es fait une coupe avec un bol à soupe ?!

Habiba et Kenna échangent un gloussement. Muettes de nervosité, Alison et moi observons la scène, le cou dressé comme des canards, guettant la réaction de Millie. C'est là que les Triple M débarquent : Morgan, Maja et Marcus, traînant leurs groles gothiques vers l'atelier comme des dindons avec des piercings au bec.

Je me retiens de couiner comme un coucou. Je n'ai pas revu Morgan depuis l'épisode du parc. Nous n'avons pas du tout discuté de ce que nous sommes l'une pour l'autre, ni de ce que nous nous dirions au collège, sous le regard d'aigle de Siobhan ! Mais avant que j'aie pu mettre au point une stratégie romantique, la Reine des abeilles reprend ses vociférations telle une Bélier en mission.

– Ma pauvre, c'est vraiment la frange la plus ratée que j'aie jamais vue ! (Elle fond sur Millie pour l'inspecter de plus près.) Le coiffeur aurait dû mieux te conseiller, Millie la débile. C'est une vraie boucherie… sans mauvais jeu de mots ! Tu sais, les franges, ça grossit les visages ronds. Je ne dis pas ça par méchanceté. C'est juste que ça fait un peu lourd. On dirait que tu as une serpillière sur la tête.

Je m'échappe un instant de mon enveloppe corporelle – et pas parce que je suis en train de vivre une expérience spirituelle, hélas. J'ai l'habitude d'entendre Siobhan dépasser les bornes – comme cette fois où elle a dit à notre prof de lettres que ses nouvelles mèches blondes étaient « une incitation au harcèlement » ! Mais cracher de telles horreurs à Millie… c'est cruel. Elle s'en prend à plus petit qu'elle. Et pas seulement au sens propre.

Clairement, tout ça n'amuse pas Millie non plus. Elle carre les épaules pour regarder Siobhan droit dans les yeux.

– T'es qu'une peau de vache, Siobhan. Occupe-toi de tes fesses.

Kenna sursaute, choquée. Habiba en fait tomber sa barre protéinée. Millie qui répond ?! Voilà qui est nouveau. Les yeux rivés sur Siobhan, nous guettons l'explosion. Mais elle se contente de rire, visiblement ravie.

– J'essaie juste de t'aider, Mills ! Tu devrais me remercier. D'habitude, je ne fais la charité qu'une fois par an. Sinon je n'aurais plus de quoi me payer une coupe correcte, moi non plus.

– Faut que j'aille en cours ! aboie Millie.

Puis elle sort son téléphone de la poche de son blazer. Je commence tout juste à me calmer quand Siobhan passe à l'attaque.

– LA VACHE, c'est pas un PORTABLE que je vois ?! crie-t-elle à tue-tête.

Habiba se remet à rire comme une hyène. Siobhan lui adresse un sourire, encouragée par son hilarité.

– Mais c'est interdit, ça, Mills ! Faut prévenir Mme Warren !

– La ferme, Siobhan !

Millie tente de s'écarter, mais Siobhan bondit tout autour d'elle pour l'encercler à elle toute seule. Elle ferait un excellent chien de berger.

C'est là que Morgan prend conscience de l'incident. Elle tapote l'épaule de Maja et pointe le menton dans notre direction. Je transpire à grosses gouttes. Je devrais dire quelque chose, mais je suis paralysée ! D'autant que les Triple M s'avancent déjà vers nous.

– Tu écris à qui ? insiste Siobhan. Un petit copain ? Une admiratrice lesbienne ?

Je lève le nez, piquée au vif. Millie se met à brailler. Siobhan lui a piqué son téléphone ! Elle l'agite hors de portée de sa propriétaire, qui n'a absolument aucune chance de le récupérer.

– Hé, Siobhan ! lance Morgan en marchant vers elles à grandes enjambées.

J'ose à peine regarder. Je croirais assister à une explosion de gaz !

– Rends-lui son téléphone tout de suite.

– Je veux juste savoir à qui tu écris ! croasse Siobhan, ignorant Morgan tout en évitant une nouvelle tentative désespérée de Millie pour récupérer l'appareil.

Je panique en la voyant inspecter l'écran.

– C’est qui, Ross ? OUH LÀ LÀ ! C’est un personnage de dessin animé ou quoi ?!

– Rends-le-moi ! crie Millie sous le regard méprisant de Siobhan.

– Allez le chien, va chercher ! lui ordonne celle-ci avant de jeter l’objet du délit par-dessus sa tête.

Bouche bée, je regarde l’appareil – un iPhone ! – voltiger au ralenti avant de s’écraser sur le sentier de béton, manquant de peu la pelouse. Un éclat de verre se détache ! Millie court le ramasser en geignant. Morgan, elle, empoigne Siobhan par les épaules.

– Je rêve ou tu viens de jeter son téléphone ?

Siobhan la dévisage, le front plissé, comme si elle n’en revenait pas que Morgan ait l’audace de lui tenir tête.

– Et alors ? En quoi ça te regarde ?

– Regarde ce que tu as fait ! réplique Morgan. Il est cassé !

Siobhan lève les yeux au ciel.

– Relax, Mogs. Désolée, je ne sais même plus comment tu t’appelles ? Bah, peu importe. Ton existence m’est parfaitement insignifiante.

Même Habiba, qui continue vaguement de glousser, commence à vaciller. Kenna, elle, tremble carrément. Toutes, nous regardons Millie s’accroupir sur le sentier pour ramasser les fragments d’écran de son téléphone. Elle fait de la peine, la pauvre. J’irais bien l’aider, mais je crains que Siobhan ne m’arrache la moelle pour en faire de la confiture de myrtilles. Même la Reine des abeilles doit ressentir quelque chose dans son cœur de pierre Scorpion, non ? Eh bien non, elle regarde juste ailleurs.

– Tu vas devoir payer pour ça, déclare Morgan en avançant d’un pas menaçant.

Mais Siobhan reste campée là, les mains sur les hanches, et rejette sa chevelure d'un air crâne.

– Dégage. Je sens ton haleine, et c'est vraiment pas joli.

Alors là, c'est on ne peut plus faux ! Morgan recule quand même.

– Tu ne vas pas t'en tirer comme ça, insiste-t-elle avant de nous désigner d'un geste. Tout le monde t'a vue jeter ce téléphone.

– Oh, vraiment ? (Siobhan se tourne vers nous.) Habiba ? Tu m'as vue jeter ce portable ?

Habiba hésite.

– Non, ma belle… Il me semble qu'elle l'a fait tomber.

Morgan interroge des yeux Alison, puis Kenna, et enfin moi. Au centre de l'attention, je m'apprête à répondre, avant de croiser le regard d'Alison. Je jurerais qu'elle secoue imperceptiblement la tête. Alors je ferme la bouche. Morgan plisse les yeux, aussi déçue que devant un rouleau de printemps moisi, puis retourne sa fureur contre Siobhan.

– Je ne sais pas pourquoi je m'étonne. Les Barbie se serrent toujours les coudes.

Elle rejoint Millie d'un pas vif et s'accroupit à ses côtés pour la réconforter. La pauvre a les joues écarlates. Je les regarde toutes les deux, Millie au bord des larmes et Morgan, qui lui murmure des mots encourageants à l'oreille en lui tapotant le dos. Je suis à deux doigts de pleurer, moi aussi. Quel dénouement tragique !

J'aurais dû dire quelque chose. Sauf que je ne l'ai pas fait. Et maintenant, il est trop tard.

10:20

Morgan Delaney

Ça va ? T'avais l'air super vénère tt à l'heure lol xx **10:10**

Pas toi ? **10:13**

OK, Siobhan est allée trop loin !! **10:14**

Et tu crois pas que tu aurais pu lui dire ? **10:14**

C'est pas si facile !! Je n'ai pas ton courage xx **10:15**

Je n'en crois pas un mot. Tu pourrais faire aussi bien, et même plus. Je vais pas te mentir, Cat. J'ai trouvé ça nul de ta part. Tu as assisté à la scène sans rien faire. Tu crois vraiment que tu vaux mieux que Siobhan ?? Juste pcq tu n'as pas jeté ce téléphone toi-même, ça ne veut pas dire que tu n'étais pas responsable. C'est elle qui a agi, mais tu l'as encouragée **10:15**

Ms Siobhan et moi on est amies depuis DES ANNÉES
C super dur de critiquer une amie !!!! Et tu connais Siobhan…
je peux pas l'empêcher de faire ce qu'elle veut **10:17**

Si, justement, Cat. Tu PEUX. Et je pensais que tu étais le genre de fille à le faire. J'ai dû me tromper.
Bon faut que j'aille dormir, salut **10:18**

Un hoquet dans la strophe de ma vie

Les mains plaquées sur la figure, je respire profondément et compte jusqu'à cinq. Je suis arrivée au collège il y a dix minutes, et à peine avais-je franchi le portail que j'ai attrapé le hoquet. Depuis, ça n'arrête pas ! Toutes les dix secondes : *hic* !

– Quelque chose a changé.

Dans la salle, nous attendons Mme Warren pour l'appel. Zanna m'observe puis baisse ses lunettes.

– Qu'est-ce que tu me caches, miss Irrécupérable ?

Douée comme je suis pour le mensonge, je rougis aussitôt.

– Rien.

Hic.

– Hier, tu as passé la journée à sourire, le regard dans le vide, dit-elle. Maintenant, tu es toute déprimée. On dirait Wednesday Addams à Disneyland.

Je grimace. Oui, je suis déprimée. Morgan me déteste (et il se pourrait qu'elle ait raison de le faire), et l'hiver est bien trop froid et hivernal. Sauf que Zanna ne sait rien du baiser ! Par où commencer ?! *Hic !*

– Zanna. Je ne suis pas déprimée. J'ai le hoquet.

– Mais bien sûr. Je te crois. Je dirais même que certaines religions requièrent moins de foi que celle que j'ai en toi en ce moment.

Un nouveau hoquet m'empêche de lui répondre. Puis c'est la cloche qui sonne, et Mme Warren qui fait son apparition. Comme tous les matins. Pas une seconde trop tôt, ni trop tard. Elle entre littéralement *pendant* la sonnerie. Elle attend peut-être le moment crucial dans le couloir ? À moins qu'elle ne sache exactement combien de temps il lui faut pour aller à pied d'un point à un autre, n'importe où dans le collège. En tout cas, ça fout les jetons.

– Bonjour tout le monde, dit-elle.

Hic.

– Silence, je vous prie.

Elle fait l'appel, ponctué par mes hoquets toutes les dix secondes, avant de refermer le cahier de présence.

– Bien. Siobhan, Alison, Habiba et Cathleen. Vous êtes immédiatement convoquées dans le bureau de M. Drew. Allez-y.

Une vague de « oooooh » parcourt la salle. Je pose des yeux ronds sur mes trois camarades, qui ont l'air aussi perplexes que moi. M. Drew, le principal adjoint ?!

– Il me semble avoir précisé « immédiatement » ! lance Mme Warren.

Nous nous levons, paniquées, prenons nos sacs et quittons la salle en silence.

– Siobhan, tu sais… *Hic.* Tu sais de quoi il s'agit ?

D'instinct, elle prend la tête du cortège.

– Bien sûr que non ! rétorque-t-elle, maussade. Tu me prends pour une voyante ?! Et arrête avec tes bruits, là ! On dirait une vieille mouette qui a perdu un poumon. Reprends-toi !

Le bureau de M. Drew se trouve près du secrétariat, zone autrefois pleine de cactus mais dont les bords de fenêtre ont été mystérieusement dépouillés de leur succulente gloire. Devant la porte, nous trouvons Kenna qui attend déjà en tremblant comme une feuille.

– Oh, Siobhan ! souffle-t-elle en manquant de s'effondrer dans ses bras. Heureusement que tu es là ! J'étais toute seule, je ne savais pas pourquoi et…

– Arrête ton cinéma ! marmonne Siobhan en lui plaquant une main sur la bouche. Drew essaie clairement de nous intimider en convoquant d'abord le maillon le plus faible. Alors calme-toi.

Très nerveuse, Alison n'arrête pas de s'entortiller les doigts, comme si elle tricotait un pull invisible. Habiba, elle, lève les yeux au ciel.

– Je doute qu'il soit aussi stratège. Et puis, il m'adore, de toute façon. Je suis capitaine de l'équipe de basket, tu as oublié ? Même les sixième enragés m'obéissent au doigt et à l'œil.

Elle fait le V de la victoire, toute fière. Siobhan la rabroue d'une tape, furieuse.

– Quand est-ce que tu vas sortir de ta bulle Instagram ?! Mon père est psy ! Il sait comment les gens fonctionnent. Tout ça n'est qu'une mise en scène. Mais il peut nous faire ce qu'il veut, on ne craquera pas ! Même s'il tente le supplice de la baignoire… et il en est capable ! C'est de la direction qu'on parle, là.

La porte s'ouvre à la volée. Après un nouveau hoquet, je manque de m'étouffer : Morgan sort du bureau ! Elle passe devant nous en hâte, évitant mon regard, Marcus et Maja sur les talons. Un instant plus tard, c'est Millie qui émerge à son tour, cachée derrière sa frange.

– Entrez, mesdemoiselles, résonne la voix du directeur.

Gloups. M. Drew est un homme aux manières sèches. Nous entrons à la queue leu leu comme des thons pour nous aligner devant son bureau. *Hic.* Il prend son temps, remue des papiers, puis boit une gorgée d'un mug rouge qui porte l'inscription MEILLEUR PAPA DU MONDE – sans doute un cadeau de ses enfants aux manières sèches. Puis il s'éclaircit la gorge.

– Bien, nous y voilà, dit-il. Puisque vous avez vu qui vient de sortir de cette pièce, peut-être avez-vous une idée de ce dont je veux vous parler.

Il marque une pause. Personne ne dit un mot. Sauf moi : *hic.*

– Tout va bien, Cathleen ?

– J'ai juste le hoquet, monsieur.

Je m'efforce de retenir mon souffle. Pour aider.

– Quand je songe à nos élèves de troisième, poursuit-il, je vois des jeunes gens intègres qui montrent l'exemple au reste de notre communauté scolaire. Imaginez donc ma déception lorsque j'ai appris que vous aviez harcelé une de vos camarades hier.

Alison gémit à côté de moi. Une fois n'est pas coutume, Siobhan reste muette. Les doigts victorieux d'Habiba se recroquevillent, penauds, et Kenna renifle d'un air triste, mais personne n'émet le moindre son. Sauf moi. Je crois que je vais roter. Saperlipopette ! Qu'est-ce que j'ai mangé ce matin ?! J'essaie de ravaler mon reflux gazeux pendant que M. Drew poursuit son monologue tout sec.

– L'avis général est que vous, mesdemoiselles, avez volontairement endommagé le téléphone de Millie Butcher. Vous n'êtes pas sans savoir qu'il s'agit d'un objet très onéreux…

– On n'avait pas l'intention de le casser ! laisse échapper Kenna.

Siobhan se hérisse. Et, pardon, mais… «on»?! Je n'y suis pour rien, moi! Même si les textos de Morgan continuent de tourner dans ma tête comme des piranhas en colère. Je lutte contre la bulle d'air qui se fraie un chemin dans ma gorge. Ce n'est vraiment pas le moment!

– Il s'est juste… cassé! ajoute Kenna, tremblante.

M. Drew s'enfonce dans sa chaise.

– Vous admettez donc que vos actes ont conduit à la destruction du téléphone de Millie Butcher?

On remue toutes, mal à l'aise. Puis Kenna fait «oui» de la tête, et Alison aussi. Habiba reste figée, on dirait un mannequin. Ah, mais ce n'est pas Habiba à côté: c'est un de ces effrayants squelettes tout droit sortis des labos de sciences. Nom d'un Piccadilly Circus, pourquoi M. Drew a un truc pareil dans son bureau?! La vraie Habiba, elle, acquiesce comme un ballon de basket dégonflé. Dans les profondeurs de ma gorge, la bulle d'air continue d'enfler. Oh, saperlipopette, PAS MAINTENANT!

– Bien, dit M. Drew. Tout d'abord, vous allez devoir rembourser les dommages. J'ai parlé à la mère de Millie, qui m'a dit que sa fille était extrêmement perturbée par les événements d'hier. Vous me décevez, toutes autant que vous êtes. Je n'ai pas encore décidé quelle punition, exactement…

– Elles n'y sont pour rien.

M. Drew s'arrête aussi sec. Puis, une à une, nous tournons la tête vers Siobhan.

– C'est moi qui ai jeté le téléphone, ajoute-t-elle d'un ton rigide. Moi seule. Je visais la pelouse, mais je l'ai manquée. Une honte, franchement, pour une pro du basket comme moi… bref, c'était moi, pas elles. Je suis allée trop loin. Je n'aurais pas dû.

Le silence crépite. Siobhan qui reconnaît ses torts ? J'en suis estomacatapultée !

– Bien, répète M. Drew. Merci pour votre honnêteté, Siobhan. Je suis sûr que vos amies apprécieront. Et si nous les laissions repartir afin de discuter tous les deux ?

Siobhan acquiesce. Ses doigts tambourinent sur sa jambe. « Discuter » avec M. Drew, c'est plus effrayant qu'une exécution sous le règne des Tudor ! Quoique, c'est à peu près la même chose, à bien y réfléchir.

M. Drew nous indique la porte d'un signe de tête.

– Mesdemoiselles, ajoute-t-il. Je ne veux plus entendre vos noms sortir de la bouche de Millie Butcher. Me suis-je bien fait comprendre ?

– Oui, monsieur, répondent les autres en chœur tandis que je desserre les lèvres.

Et c'est là. C'est là qu'il sort, ce rot que je retenais depuis cinq bonnes minutes. Debout, les bras en croix comme si je chantais de l'opéra, je le sens qui résonne et ébranle mes cordes vocales.

Le silence revient enfin. Je me racle la gorge avec un regard gêné à Siobhan. Le moins qu'on puisse dire, c'est que j'ai capté son attention. Elle me fixe, les yeux énormes, visiblement perturbée. M. Drew, lui, n'a pas bougé de son siège, médusé.

Je porte la main à ma bouche.

– Clair et net, monsieur.

*

– C'est pas juste ! bredouillé-je. Ça arrive à tout le monde de roter !

Nous sommes à la cantine. Siobhan n'est pas encore réapparue. Peut-être que M. Drew l'a bel et bien exécutée ! En attendant, Habiba vient de régaler notre table entière avec le récit détaillé de mon rot spectaculaire. Même Lizzie du Gloss et sa bande de princesses aux lèvres luisantes sont là.

– Trop drôle, dit Lawrence l'Accro-du-Gloss, le petit copain de Lizzie.

Il est là, lui aussi, avec sa masse de cheveux bouffants et ses copains Tombeurs.

– Tellement ! acquiesce Lizzie. C'est le truc le plus drôle que j'aie entendu depuis que tu as déclaré à M. Derry qu'il était l'amour de ta vie.

Je pousse un soupir exaspéré.

– N'importe quoi ! Je lui ai dit qu'il était « magnifique », c'est pas du tout la même chose… Et puis, je ne m'adressais pas à lui !

– À qui, alors ? me demande Alison.

Intérieurement, c'est la panique. Mais Zanna claque la langue, Sappho soit louée ! Elle choisit pile le bon moment pour rediriger la conversation.

– Siobhan va se faire tuer par ses parents. Dommage qu'on ne puisse pas voir ça…

Je lui donne un coup de coude.

– Pour la soutenir, je veux dire.

– On devrait lui organiser une fête digne d'Insta, déclare Habiba. Pour nous avoir sauvé les fesses.

– Je doute que Siobhan puisse recevoir des invités avant un moment, soupire Lizzie, comme si ce qui l'attristait le plus dans tout ça était que sa vie sociale en prenne un coup, et non que Millie ait été bouleversée au point d'en parler à sa mère – ce qui, moi, me culpabilise à mort.

Alison toussote.

– Oui, enfin, c'est quand même elle, la fautive. Ça aurait été totalement injuste qu'on soit punies aussi !

Kenna hausse les épaules.

– Je ne sais pas…

– Bien sûr que si !

Alison fait le tour de la table de ses magnifiques yeux humides et emplis de détresse. Mais aussi… oserai-je le dire ? D'un soupçon de naïveté ?

– Nous, on n'a jamais insulté Millie ! Pourquoi on devrait être punies alors que c'est Siobhan qui a cassé son tél…

– Mais on aurait dû intervenir, dis-je en inspectant ma pizza entamée d'un œil coupable. On n'a rien fait de mal, d'accord, mais on a laissé faire Siobhan. Et ça aussi, c'est mal.

Alison baisse le nez sur son assiette. Mon cœur se serre. J'aimerais la voir sourire. Alison n'est pas une brute. Pour elle, ça doit être la pire des insultes. Mais (pour une fois) je pense avoir raison. Et, aussi étrange que ça puisse paraître… je crois aussi que je suis en train de perdre un peu de respect pour Alison. Et ça, c'est la révélation la plus curieuse de ma courte vie.

Au même instant, j'aperçois Morgan, assise avec le reste des Triple-devenus-Quadruple M, puisqu'ils semblent avoir définitivement adopté Millie. Soudain, me voilà debout, à foncer vers Morgan, ignorant les regards perplexes de mes amies. Maja me remarque la première, et elle fait passer le mot, car ils s'arrêtent aussitôt tous les quatre de discuter. Je m'attarde, gênée, près de leur table.

– Euh… Millie ? (Je déglutis.) Désolée pour ton téléphone. J'aurais dû dire quelque chose. Et pas que pour hier. Tous les jours, chaque fois… qu'on te disait des méchancetés. Enfin, que Siobhan en disait, quoi. J'aurais dû lui dire d'arrêter… Je regrette.

Silence. Voilà qui est gênant. Mais j'ai dit ce que j'avais à dire, alors je me retire lentement. Après tout, je ne peux pas réparer son téléphone, ni soigner ses traumatismes.

– Merci, Cat, dit Millie.

Je me fige.

– Oh. Je t'en prie ! Au fait, ta frange est vraiment très jolie ! Frange-tastique, même. On dirait la présentatrice de télé, là, Claudia Winkleman, mais en blonde !

Millie s'illumine.

– Je l'adore !

– Tu m'étonnes ! Bon, ben, je vais finir de manger, hein.

Je tourne les talons.

– Cat ?

Je refais volte-face. Morgan me regarde enfin et – oh, mon pauvre petit cœur – me… sourit ? Rien qu'un peu.

– Essaie d'y penser avant, la prochaine fois. Tu vaux mieux que ça, ajoute-t-elle.

J'acquiesce profiterolusément.

– Oui ! Enfin, non, je ne vaux pas mieux, mais oui, je ferai mieux, et euh…

Je prends une profonde inspiration. Ne surtout pas me vautrer !

– On se voit plus tard ? j'ajoute.

Morgan soulève son wrap avant de hocher imperceptiblement la tête. Je pourrais attraper une assiette pour la lancer comme un frisbee tellement je suis soulagée. Mais ça me vaudrait une retenue, alors je me contente de me réjouir intérieurement.

22:50

Siobhan Collingdale

SALUUUUUT
Je sais que tu dois être triste, mais voici ton horoscope pour te consoler !!!
Malgré ce qui est arrivé, TOUT VA S'ARRANGER !
C'est la saison du Sagittaire, alors, pour une Scorpion comme toi, c'est pile le moment de faire des choix financiers audacieux et de revoir tes objectifs à la hausse. Essaie de faire tes devoirs à l'étage !
Coller des pièces au plafond quand tu dors te portera chance, aussi, alors fais le plein de Patafix :) xox **16:10**

JE VAIS DEVOIR *TOUT* FAIRE À L'ÉTAGE MAINTENANT ESPÈCE DE QUICHE À LA NOIX, JE SUIS EXCLUE DU COLLÈGE ET MA FOLLE DE MÈRE ME PRIVE DE SORTIE POUR UN MOIS ! DÈS QUE JE T'AURAI ENVOYÉ CE TEXTO, ELLE VA ME CONFISQUER MON TÉLÉPHONE, JE SUIS QUASIMENT EN PRISON, LÀ !!! TU M'EXPLIQUES COMMENT *TOUT S'ARRANGE* ?!! T'ES DÉBILE OU QUOI ?!?!?! **16:10**

Au septième ciel sur le toit du monde

L'exclusion de Siobhan provoque un sacré coup de bourdon au sein de la bande. Sans notre Reine, comment allons-nous pouvoir butiner ? La mère de Siobhan reste inflexible, et ce n'est pas la leçon de maquillage gratis (et « plus que nécessaire ») proposée par Lizzie du Gloss qui va y changer quoi que ce soit.

Bien sûr, à peine Siobhan a-t-elle disparu du paysage que Jasmine la Grande Gueule et ses Orfraies s'empressent de monter sur le trône. Elles font disparaître Kenna une après-midi entière ; c'est Mme Warren qui finit par la retrouver, enfermée dans un placard à fournitures. En EPS, Jasmine et Cadence Cooke s'emparent du lanceur automatique de balles de tennis – c'est le chaos absolu ! Zanna, Alison et Lizzie du Gloss succombent dans un tourbillon de projectiles vert fluo. Habiba, elle, doit escalader un arbre pour en réchapper.

C'est alors que je commets une grave erreur. Jusqu'ici, la bande s'était serré les coudes – l'union fait la force, tout ça –, mais le jeudi, je me rends seule en arts plastiques. Pile quand je prends un raccourci par un couloir étrangement désert, j'entends un « OUAF,

OUAF, CAT ! » derrière moi. Je me retourne : c'est Jasmine et trois de ses Orfraies !

L'une d'elles est armée d'un ÉNORME rouleau de SCOTCH.

Je détale aussitôt, poursuivie par ces brutes braillardes, et opère un virage serré vers le préau – peut-être que je pourrai y trouver refuge en m'infiltrant parmi les sixième ! Malheureusement, c'est à ce moment-là que j'entre en collision avec quelqu'un.

– Morgan ! m'écrié-je, surprise. Qu'est-ce que tu fais là ?!

– Je sèche la litté parce que je déteste *Des souris et des hommes*, répond-elle nonchalamment.

Une salve de cris résonne derrière moi. Elle fronce les sourcils.

– Et toi ?

– Jasmine me traque ! En l'absence de Siobhan, personne n'est à l'abri !

Morgan plisse les yeux avant de me prendre par la main.

– Tu n'as pas besoin de Siobhan. Suis-moi.

Nous prenons un autre virage et freinons précipitamment devant le vestiaire d'EPS. Morgan plonge la main dans sa poche et…

– Tu as la clef ?!

– Mme Graham l'a fait tomber juste devant moi, explique-t-elle avec un sourire narquois.

Elle ouvre la porte et m'invite à entrer.

– Fais-moi confiance. C'est une excellente cachette.

Puis elle referme derrière nous. On attend, silencieuses comme des statues stressées. Dehors, Jasmine et ses Orfraies passent en hululant.

Sauvées ! Je m'affale sur le banc avec un soupir de soulagement. Avant de sourire à Morgan, qui a l'air très contente d'elle.

– C'est moi ou tu viens de me sauver la vie ? Une vraie chevaleresse au grand cœur d'artichaut… Très romantique.

– Oh ça va, marmonne-t-elle. Je t'aime bien, et tu le sais.

Plus désarmant, tu meurs ! Je glousse, étourdie, tandis qu'elle lève les yeux au ciel. Puis je glisse le long du banc dans un mouvement que j'espère « suave » pour me poster juste devant elle. L'espace d'une torride seconde, on se dévisage mutuellement, puis, avec douceur et délicatesse, je dépose un baiser sur sa joue.

Morgan grommelle. Pas la réaction idéale. Sauf qu'elle ajoute « je suis vraiment foutue », avant d'entremêler nos doigts, comme au parc, et de m'attirer à elle pour m'embrasser. Je m'efforce de lui rendre son baiser sans laisser mes atomes exploser aux quatre coins de la Terre. (Plus facile à dire qu'à faire.) Sa main glisse jusqu'à ma taille… Je crois que je vais prendre feu !

Il n'en est rien, Aphrodite soit louée. Ce serait très incommode.

Soudain, des voix de profs retentissent. Morgan m'attrape par le poignet pour m'entraîner vers le gymnase.

– Vite, souffle-t-elle. Une fois sur le terrain, on pourra se tirer d'ici.

Je la suis – de toute façon, je la suivrais même si elle me proposait de prendre l'avion pour le Kentucky. On se faufile dans le gymnase comme des tire-au-flanc (ce que nous sommes, d'ailleurs) pour sortir au grand air. Là, on traverse le terrain de foot en courant, toujours main dans la main, en riant comme des clowns écervelées.

– Morgan ! Où on va comme ça ?!

– Je te l'ai dit, répond-elle en descendant vers la rivière. Il y a un portail qui permet de sortir de l'enceinte du collège. C'est très joli, tu verras.

Je jette des regards furtifs en tous sens tandis que nous avançons parmi les roseaux. Je m'attends presque à voir Mme Warren surgir de la rivière telle la cousine irlandaise du monstre du Loch Ness… Je garde la main de Morgan serrée dans la mienne jusqu'à ce que nous arrivions au portail désaffecté. À coups de bâton, elle se fraie un chemin parmi les ronces, dans une posture à la fois héroïque et stylée. Le portail finit par s'ouvrir dans un grincement.

– Tu viens ? me demande-t-elle, la tête inclinée comme à son habitude.

Dans mon estomac, les papillons s'affolent. Nous voilà bientôt sur un chemin de gravier qui longe la rivière.

– Alors comme ça, la vie est dure sans la Reine des abeilles ? Je ne peux pas dire que son exclusion me fasse de la peine. Sans vouloir être désagréable, on dirait Regina George, la méchante dans *Lolita malgré moi*.

Je laisse échapper un rire, puis, comme je doute qu'elle plaisante, je reprends mon air sérieux (ma « tête de poisson mort », comme dirait Zanna).

– C'est vrai qu'elle a un peu dépassé les bornes, ces derniers temps… Plus qu'un peu même. Elle a carrément quitté la route… Mais elle n'est pas toujours comme ça ! Elle est loyale et… très douée pour organiser des soirées !

– Loyale ? se gausse Morgan. Même avec Kenna, sa meilleure amie, elle est horrible !

– Mais elle ne pense pas vraiment ce qu'elle dit… (Je marque une pause.) Enfin, si. Mais tu ne sais pas tout, Morgan ! Tiens, par exemple, figure-toi que Kenna est dyslexique. Personne ne l'a su jusqu'en cinquième, où elle s'est trouvée complètement dépassée, au point qu'elle a arrêté de venir en cours ! Siobhan est allée la chercher pour la traîner jusqu'au collège dans sa grenouillère Totoro. Elle l'a même accompagnée pour parler à Mme Warren et lui trouver de l'aide… (J'hésite.) Elle aussi lancé une campagne intitulée « La lecture, c'est pour les losers de toute façon », mais Mme Bobards a tué l'initiative dans l'œuf…

Pas sûre que Morgan soit entièrement convaincue.

– On verra comment ça se passe au retour des vacances. Mais j'ai horreur du harcèlement, Cat. Siobhan s'en est prise à plus faible qu'elle. Et ça, c'est inacceptable.

– Tu as raison. Depuis le début. Je regrette de l'avoir encouragée. Mais j'ai dit à la bande de ne plus appeler Millie « la Micronaute » ! Pour ce que ça vaut…

Morgan esquisse un sourire. J'ai peut-être enfin fait une bonne action.

– Et sinon… ajouté-je avec adresse. Tu pars pendant les vacances ?

– En Irlande, répond-elle d'un ton blasé. Ça me saoule. On doit voir mes grands-parents… Ça va être tendu, cette année, vu que mon père s'est barré, mais maman dit qu'on n'a pas le choix.

C'est la première fois qu'elle évoque le départ de son père. Mais ne nous emballons pas.

– Tu as une famille très étendue ? lui demandé-je, preuve de mon immense maturité.

– C'est souvent le cas chez les catholiques irlandais. Et à tous les coups, ils vont me demander si j'ai un petit copain. Ça ne rate jamais.

Oh.

– Et qu'est-ce que tu vas leur dire ?

– Que non, mais que j'ai une copine, peut-être ? Ça devrait faire son petit effet.

Je glousse bêtement. Minute, elle est sérieuse ? C'est sa façon d'officialiser notre relation ? Nous atteignons un petit muret de pierre près de la rivière. Si Morgan attend ou espère une réponse de ma part, elle se garde bien de le montrer. Tant mieux, car je n'arrête pas d'ouvrir et refermer la bouche comme un hareng. Elle se hisse sur le mur.

– Attention ! m'écrié-je avec un mouvement pour la rattraper.

– Ça va, ce n'est pas très haut, dit-elle, amusée, avant de me tendre la main.

Après une courte hésitation, je la prends et me rapproche du bord. Elle a raison : ce n'est pas très haut, mais la rivière est peu profonde et les cailloux dedans ont l'air pointus. Il y a aussi des canards. Je songe à lui sortir une blague particulièrement hilarante : « Quel est le goûter préféré des canards ? La confiture de *coin* ! » Hmm… pas assez cool pour elle, peut-être…

– À quoi tu penses ? me demande-t-elle.

– À la confiture de coing.

Stop ! N'importe quoi ! Je la regarde, hébétée.

– Enfin…

Je patauge. Je pense à elle, bien sûr, et à cette petite escapade arc-en-ciel. Mais je ne peux pas lui dire ça tout haut.

– Pas aux canards, en tout cas, finis-je par admettre.

Elle acquiesce lentement. Avant de se mettre à caqueter.

– T'es trop bizarre.

Malgré tous ses efforts, elle s'esclaffe de plus belle, et j'éclate de rire à mon tour. Mon regard se pose sur ses lèvres, luisantes, adoucies par du baume dans lequel ses cheveux pourraient se prendre… Ou les miens, si je m'approchais.

Ce que je fais. Nos chaussures se touchent.

– Du coup… (Je réfléchis.) À quoi tu penses, toi ?

L'eau ruisselle joyeusement en fond sonore de cette scène si poétique, si romantique, c'est le signe qu'une connexion spirituelle est en train de se nouer ! Morgane semble hésiter, pourtant. Elle hausse les épaules.

– Franchement ? Je pense à Alison.

Ça, pour une surprise !

– Alison Bridgewater ? (Je tente de me ressaisir.) Enfin, je comprends. Elle est jolie, et Poissons avec ça, ce qui est toujours un plus, mais, tu sais, je doute qu'elle aime les filles de la même façon que nous…

– Enfin, Cat ! (Morgan m'adresse un regard sévère.) Ce n'est pas ce que je voulais dire. C'est juste que… je pense pas mal à toi, tu vois… et je t'aime bien.

Une pause. J'ai un peu envie de soupirer, mais je me retiens.

– Mais je sais qu'Alison te plaît. Du coup, je me demandais… à quel point, exactement ?

À mon tour d'hésiter. Je déglutis, en quête des mots justes pour lui expliquer ce que je ressens vraiment.

– Je n'ai jamais aimé personne d'autre qu'elle… avant de te rencontrer. Alors, je crois que… je ne sais pas comment me la sortir de la tête, tu comprends ? Même si tu me plais vraiment beaucoup !

Et jamais je ne voudrais être ici avec quelqu'un d'autre que toi. C'est juste que… je dois encore gérer mes sentiments pour Alison ?

Je dis tout de travers. Je baisse les yeux.

– Désolée. Tout ça n'a vraiment pas de sens.

– Au contraire, répond Morgan. Mais si je peux me permettre… est-ce qu'il y a de la place dans tes pensées pour quelqu'un d'autre ? Si tu as encore des choses à gérer…

Je la regarde. Ses yeux, son nez, ses taches de rousseur. Comment elle s'est jetée à l'eau pour moi, et comment elle le referait sans doute. C'est si différent, d'aimer une personne, quand elle se trouve juste devant vous et non de l'autre côté de la fenêtre. Je l'embrasse tendrement.

– Suffisamment, dis-je. (C'est la pure vérité.) Ça laisse suffisamment de place.

Après ça, on échange des TONNES de baisers. Tellement que je pourrais établir une liste enrichie des dix-neuf règles d'or du roulage de pelles, s'il le fallait. À ce train-là, je pourrais vite y prendre goût. Morgan a les lèvres si douces… Il faut vraiment être stupide pour avoir cru une seconde que je pourrais avoir un copain. Comment Jamie pourrait-il rivaliser avec Morgan ? Je décolle la main du mur pour effleurer la joue au teint de pêche de Morgan. Me voilà dans mon élément… Soudain, j'entends des bruits de pattes. Un chien vient renifler mes chaussures.

– Saperlipopette !

Je m'écarte de Morgan. Le chien bondit, il n'arrête pas de japper, il a peut-être la rage, qu'est-ce que j'en sais, alors je recule, et là – SAPPHO, NON ! –, je perds pied ! Je tente désespérément de me rattraper au muret. Morgan laisse échapper un cri de surprise…

Et je glisse dans le vide.

Les canards s'envolent, paniqués, et je me retrouve étendue les bras en croix dans la rivière. L'eau traverse mes vêtements et s'immisce dans ma chevelure. Je regarde le ciel au-dessus de moi, blanc et glacial comme la neige. Ici-bas non plus, il ne fait pas chaud.

Saperlipopette, on peut le dire.

Une main plaquée sur la bouche, Morgan se penche par-dessus le muret avec une dame âgée qui porte le chien fou sous un bras, un béret enfoncé sur sa tête. C'est un style.

– Oh la vache, souffle Morgan. Ça va, Cat ?!

Je lève le bras et écarte les doigts. Quelques gouttes s'écrasent sur mon nez. Je suis en train de rire ! Je suis toute trempée, mais je m'en fiche, parce que je viens de rouler des pelles à Morgan ! J'ai les lèvres qui fourmillent. Soit c'est la pneumonie, soit je suis au paradis !

J'ai surfé sur les constellations pour atteindre mon *happy end* au parfum de Gémeaux. JE NE MOURRAI PAS SEULE ! Me voilà au septième ciel, sur le toit du monde. Et ce n'est pas un peu d'eau qui va chasser cette impression.

D'humeur humide et câline

Bon, d'accord, ce n'est pas qu'« un peu d'eau ». Je suis trempée comme une soupe ! Une traînée humide me suit jusqu'à la maison. J'entends même un garçon s'écrier « Beurk ! Papa, regarde ! Elle s'est fait dessus ! » avant que son père l'éloigne avec un soupir choqué. Je suis à fond dans ma vie rêvée de folle à chats.

Mais rien de tout ça n'a d'importance, parce que Morgan et moi on est ENSEMBLE ! Enfin, potentiellement. On n'a pas vraiment eu l'occasion de mettre des mots dessus après que je suis tombée dans la rivière.

Morgan m'a quand même emmenée me sécher dans des toilettes publiques, mais on a fini par admettre toutes les deux qu'il valait mieux que je rentre prendre une douche bien chaude. On s'est autorisé un dernier baiser somptueux sur la place centrale de Lambley Common. Sur le chemin du retour, la moindre surface réfléchissante – fenêtre, flaque d'eau… – me renvoie un sourire de mangue heureuse.

– Hé ho ! Dégage de ma pelouse ! hurle le voisin en tapant à sa fenêtre.

Alors je m'éloigne en sautillant, projetant des litres de joie partout, aux anges.

Je vais jusqu'à entonner *Brille, brille, petite étoile* en approchant de la maison. C'est dire à quelle hauteur je plane. Mais c'est là que je remarque Luna, affalée sur le muret, tête baissée, à moitié engloutie par la haie. Si je n'avais pas reconnu ma pacifiste de sœur, je croirais faire face à une tueuse embusquée ! Ou à une jardinière dépressive, au choix.

– Luna ?

Elle lève le nez, avant de le rabaisser aussi sec, les joues rouges et bouffies. Je la rejoins d'un pas humide. *Splitch, splitch, splatch*. Je commence à avoir un peu froid. Un filet d'eau glacé dévale le long de mon dos.

– Tu pleures ?

– Non.

– On dirait, pourtant.

– Puisque je te dis que non, insiste-t-elle, les joues baignées de larmes.

– Luna, tu es carrément en train de chialer ! Qu'est-ce qu'il se passe ? (Je croise les bras avec un bruit humide.) Il n'y avait plus de saucisses véganes au supermarché, c'est ça ?

– Je t'interdis de te moquer !

Après une courte hésitation, je m'assieds à côté d'elle.

– Qu'est-ce qu'il t'arrive, alors ?

Elle renifle deux ou trois fois, les cils tombants comme des fleurs à l'agonie. Ça ne lui ressemble pas. D'habitude, elle est plus colérique que triste – d'autant que, les mouchoirs en papier, c'est mauvais pour l'environnement. Et puis, elle m'a raconté qu'en méditant deux fois par jour, on se forgeait un esprit invincible. Il faut vraiment qu'elle soit ultra-bouleversée pour sangloter en public comme ça.

– Je discutais avec un garçon… (Elle fronce les sourcils.) Attends, c'est moi ou tu es trempée ?

J'ignore la question.

– Oh, Luna ! Un garçon ? C'est merveilleux !

– Enfin bref. C'est un mec trans. Tu vois ce que je veux dire ? Assigné fille à la naissance, il se genre au masculin…

Je lève les yeux au ciel.

– Je sais ce que « trans » veut dire, Luna. Je ne suis pas maman.

Ça ne l'empêche pas de m'adresser une grimace circonspecte.

– Bref, tout le collège a appris qu'il était trans. Du coup les mecs me traitent de lesbienne, et quelqu'un a écrit « tu broutes des daronnes » sur le dossier de ma chaise en SVT…

Elle se remet à pleurer. La vache, les garçons sont de vraies petites merdes à cet âge ! Enfin, à tout âge, mais encore plus à douze ans. Je hoche la tête en signe de soutien.

– Et c'est pour ça que tu es toute chamboulée ? Parce qu'ils t'ont traitée de lesbienne ? (Je ravale ma panique.) Des gens épouvantables, ces lesbiennes, c'est vrai ! C'est rien que des criminelles en salopette, si tu veux mon…

– Quoi ? Mais non ! (Luna sèche ses larmes sur sa manche.) Je ne suis pas homophobe, enfin ! Sauf que Dorian essaie de jouer les héros, maintenant. Il m'a annoncé vouloir sortir de ma vie parce que personne ne comprendra et que ce sera trop dur pour moi. Même Niamh est choquée…

« DORIAN » ?! C'est tout Luna, ça, de se choisir un copain avec un nom aussi mythologique que le sien ! Mais c'est Niamh qui m'inquiète. Si Luna perd sa meilleure amie, ça lui fera plus de temps pour m'embêter, moi… Une situation très ris-Kate-Winslet !

– Qu'est-ce qui s'est passé avec Niamh… ? lui demandé-je, nerveuse.

Elle soupire.

– J'ai annulé un truc avec elle pour voir Dorian ce week-end, elle a jugé ça « antiféministe ». Elle peut parler : elle a mangé du poulet la semaine dernière… (Luna me jette un regard en biais.) Cat, pourquoi t'es toute mouillée ?!

– Concentrons-nous sur toi. (Je secoue ma crinière, projetant une pluie d'eau glacée sur nous deux.) Je parie que Niamh est juste en stress parce que Siobhan est à la maison vingt-quatre heures sur vingt-quatre ! Tu imagines le cauchemar ?

Luna esquisse une grimace avant d'acquiescer. Je suis vraiment douée pour apaiser les âmes en peine.

– Et puis, ça arrive de se disputer, ajouté-je, pleine de sagesse. Moi aussi, je me fâchais tout le temps avec mes amies quand j'étais en quatrième !

– Je suis en cinquième, rectifie Luna.

– Et en cinquième aussi. Ahem. Pour Dorian… rappelle-lui que toi, Luna Anaïs Céleste, tu n'as besoin de personne pour te protéger ! Dis-lui que tu te fiches de l'avis des autres. Même pas besoin de lui mentir ! Quand il saura que tu ne portes que des fripes, il comprendra tout de suite…

– C'est quoi, le problème, avec les fripes ? proteste Luna.

– Oh, rien.

Je m'empresse de lui sourire pour oublier l'image de son petit haut en bouchons de liège. Elle appelle ça de la revalorisation ; moi, une grave erreur.

– Mets-lui-en plein la vue ! Essaie de gagner sa confiance. Je ne sais pas, moi, écris-lui un poème ! Ça pourrait lui plaire ?

Elle renifle de plus belle.

– À vrai dire, ça lui plairait sans doute. Il est très en phase avec le monde spirituel, tu sais. Il est en quatrième à LCA, il participe à des concours d'éloquence… Il a même donné une conférence TED, c'est dire s'il est intelligent ! Et il veut débarrasser l'océan des déchets plastiques.

– Comme tout le monde, quoi, dis-je avec une grimace.

Nouveau regard en biais de Luna.

– Je sais que tu trouves ça stupide, mais moi, je le trouve mignon.

– Je ne trouve pas ça stupide ! Il a l'air sympa et… super militant. Il est fait pour toi, non ? Ensemble, vous pourrez changer le monde et… faire d'autres trucs mignons comme ça.

Luna me dévisage. Pour la première fois depuis des mois, j'ai l'impression qu'on se « voit » vraiment. Et pas seulement parce qu'elle est enfin allée chez l'opticien acheter des lentilles de contact. Notre relation s'était un peu tendue depuis son changement d'état civil, je crois. Mais la voilà qui se rapproche timidement pour poser la tête sur mon épaule.

– T'es vraiment trempée, tu sais, remarque-t-elle après une pause.

– C'est vrai. Et il caille, en plus. Je ferais mieux de rentrer.

Je me dégage doucement. Mince alors. Ma petite sœur, Luna, a des problèmes de couple.

– Au fait… (J'hésite.) Je suis lesbienne. Bref, voilà, quoi. Tu peux me donner ta chaise taguée, si tu veux. Non que je me tape des daronnes, hein ! Enfin, je n'ai rien contre les femmes qui ont des enfants, c'est juste que… je suis un peu jeune pour ça.

Bon. Je n'avais pas prévu de faire mon coming out à Luna. Surtout pas pendant la saison du Sagittaire ! C'est le genre d'événement qu'il faut garder pour celle des Poissons, quand tout le monde a déjà la larme à l'œil. Je guette la réaction de ma sœur. Un froncement de sourcils, peut-être. Ou un sursaut de surprise. Voire le lancement d'une fondation à but non lucratif appelée *Enfants gays dans le besoin*. Vous voyez le genre.

Au lieu de quoi, elle se contente de dire :

– Je sais, espèce d'idiote.

Là, c'est moi qui bondis, les yeux écarquillés.

– Comment ça, tu sais ?!

– Je suis tombée sur une de tes fanfics il y a des années, explique-t-elle en levant les yeux au ciel. Tu imaginais le mariage d'Elsa et Raiponce. C'était sympa, comme histoire… ou comme « poème épique », pour reprendre tes propres mots. Même si « épique » implique une certaine qualité, alors que là, c'était juste long. Et tes personnages se pâmaient et soupiraient beaucoup trop. Bref. Avec ça, j'ai plus ou moins compris.

Je me rassieds avec un bruit humide, en prenant soin de ne pas « me pâmer » ni « soupirer ». Je n'en reviens pas que Luna ait lu cette fanfic ! C'était mon plus grand secret quand j'avais douze ans… J'avais décidé d'écrire moi-même cette histoire qui ne serait jamais portée à l'écran – en vers, ce qui était à la fois une bonne et une mauvaise idée. Une idée pathétique, pour être honnête.

– Ce que tu peux être agaçante, dis-je en lui donnant un coup de coude.

Elle m’adresse un sourire satisfait.

– Je te renvoie le compliment.

11:55

Morgan Delaney

J'embarque sur le ferry xx **10:07**

OMG TE NOIE PAS XX **10:14**

Génial maintenant j'angoisse merci bcp xx **10:17**

:D xx **10:17**

Alors t en Irlande ? TU T'ES PAS NOYÉE ????? **11:41**

Par chance, non. Tu me manques déjà haha xx **11:49**

Ooh 😊 Tu me manques aussi mon petit lepricorne xx **11:51**

Leprechaun. Et je t'interdis de m'appeler comme ça xxx **11:53**

Ardente et mystérieuse (ou juste cramée)

Morgan est maintenant en Irlande, et pour moi c'est la déprime totale. Qu'est-ce que je vais faire ? Elle ne sera pas de retour avant deux semaines, et, du côté de la bande, tout le monde est soit en vacances, soit (dans le cas tragique de Siobhan) interdit de sortie. La DÉPRIME, je vous dis !

Est-ce qu'un horoscope arriverait à me consoler, à me montrer ce que je peux espérer du reste de cette saison du Sagittaire ? Hélas, le résultat ressemble plus à un *horreur*-scope. Un « nouveau lien romantique » m'attend au tournant ?! Saperlipopette. Une « nouvelle romance » venue météoriser mon Potentiel Couple avec Morgan ? Non merci ! Je dois l'éviter avec la même énergie que Disney évite d'aborder la vie amoureuse d'Elsa !

Je tire tous mes rideaux et déconnecte le Wifi : aucun risque d'entamer une « nouvelle romance » si je passe les vacances en ermite ! Hélas, après deux heures sans mon téléphone, je découvre que ce mode de vie est, en réalité, aussi barbant qu'un bain de boue.

Bon… que faire ?

Je suis en train de me dire que je touche déjà le fond quand ma mère entre en trombe dans ma chambre comme si elle était chez elle (ce qui est plus ou moins le cas, mais quand même) pour m'annoncer que tante Rose, oncle Hillary et mes cousines snobs comme des spitz, Lilas et Harmony, viennent à la maison pour Noël, parce qu'ils « veulent une visite guidée » de la Boîte d'iPhone.

– MAMAN ! Où tu veux les guider ? Il n'y a qu'une pièce dans cette maison !

Je vois déjà Lilas me casser les pieds avec ça – il faut dire qu'elle-même habite dans un palace à neuf cent cinquante pièces.

– Et puis, je n'ai aucune envie de partager ma chambre avec Lilas ! Une fois, elle m'a mis des araignées dans la bouche pendant que je dormais !

– Oh, cette douce Lilas, soupire ma mère pendant que je gesticule, incrédule. J'ai hâte de savoir comment s'est passé son examen de patin ! Selon Rose, elle l'a réussi haut la main !

Argh. Par chance, Harmony, elle, est supportable, à condition de considérer comme « supportable » une gamine de neuf ans obsédée par le cirque et ses acrobaties (une fois, elle a tenté de s'échapper en trapèze d'une chambre d'hôtel située au dernier étage). Mais Lilas, l'impératrice Gémeaux du Mal éternel ?! Quelle perspective tragique !

À peine ma mère est-elle ressortie en marmonnant une histoire de randonnées familiales dans la campagne sublime (plutôt me laisser écraser par une tondeuse à gazon), que je mets un terme à ma phase « ermite » et rallume mon téléphone, en quête d'une distraction susceptible de me redonner goût à la vie.

Hélas, tout ce que je trouve, c'est Zanna. On s'appelle en vidéo, elle en profite pour m'apprendre à faire un lissage parfait (pas facile quand on a la tête couverte de tire-bouchons). Je la mets au jus pour tout ce qui concerne Morgan, et on échange des petits cris d'excitation comme les deux commères que nous sommes.

« À gauche, me guide Zanna. À droite. Non, ma droite. »

– C'est de quel côté, ça ?!

Elle plisse les yeux.

« Je crois que pour toi, c'est la droite », dit-elle.

Je bouge le fer en conséquence.

« Attends. Non, pardon. Je voulais dire à gauche. »

– Quelle gauche ?!

« La tienne. » (Une pause.) « Je crois. »

Si elle n'était pas à très exactement 1 604 kilomètres et demi, dans un bungalow barbant près de Varsovie, je tuerais volontiers mon amie Sagit-TU-SERS-À-RIEN.

– Zanna, dis-je calmement. Je sais que tu n'as jamais été en couple…

« Pour être honnête, Cat, toi non pl… »

– Mais c'est très important pour moi de me lisser les cheveux. Je dois m'assurer que Morgan ne m'oublie pas pendant son séjour en Irlande ! Je dois rester à la page, cultiver le mystère.

« Je crois que tu confonds être en couple et poser dans *Vogue*, remarque Zanna. Enfin, je suis contente pour toi. J'en déduis que tu as fait une croix sur Alison ? »

J'interromps mon lissage.

– On dirait bien, oui.

« Tu as gardé sa carte de Noël épinglée au mur derrière toi. »

J'écarquille les yeux.

« Je sais que c'est la sienne parce qu'elle m'a envoyé la même », explique Zanna.

– Ne sois pas ridicule !

Je lâche le fer à friser et cours arracher l'objet du délit.

– J'accroche toutes les cartes que je reçois.

« Pas la mienne, apparemment. »

Je lui adresse un regard sévère.

– Tu ne m'en as pas envoyé.

« Oh, fait Zanna. C'est juste. »

Avant que j'aie pu l'accuser d'être une amie encore pire que je ne le pensais, ma mère annonce que le déjeuner est prêt (Aphrodite seule sait quelle horreur elle nous aura préparée). J'attrape mon téléphone et descends au rez-de-chaussée, toujours à l'affût de cette dangereuse nouvelle romance.

Hors du cocon tranquille de ma chambre, la Boîte d'iPhone n'est que tristesse festive. Hier, nous nous sommes traînés jusqu'à une ferme pathétique pour y acheter un sapin qui se dresse maintenant près du canapé, réveillant mes allergies au passage.

Ma mère a stupidement décrété qu'on devait décorer ce sapin « en famille ». Au final, c'est surtout Luna qui l'a recouvert de cristaux et de pommes de pin dans un style « un peu hippie » (dixit maman). On était censés y mettre les babioles bien cringe sur lesquelles on avait peint des smileys il y a dix ans, quand je savais à peine tenir un pinceau, mais Luna a réussi à la convaincre qu'elle « tentait de contenir l'énergie nocive de cette fête foncièrement consumériste ». Depuis le temps, notre mère devrait savoir que c'est une très mauvaise idée de faire quoi que ce soit en famille.

Moi, j'aurais juste pris un petit arbre en plastique tout blanc et pailleté pour le couvrir de flocons, comme dans *La Reine des neiges*, mais personne ne m'écoute jamais. Tant pis. Au moins, Luna est contente : Dorian a a-do-ré son poème. Je suis vraiment la meilleure des grandes sœurs et coachs de vie.

« Cat, intervient Zanna quand je le lui dis. Si tu deviens coach de vie, l'espérance de vie moyenne risque de chuter d'une décennie, au moins, dans tout le pays. »

Je lui jette un regard noir.

– Merci pour ton aide. Grâce à tes conseils, ma chevelure a pris une apparence iconique. Maintenant, je dois rejoindre ma famille, parée d'une aura ardente et mystérieuse.

« Ardente et quoi ?! ricane Zanna. Tu parles ! On dirait une petite Suédoise. Oh, attends, tu n'as pas oublié de… »

Mais j'ai eu assez de ses bêtises pour la matinée, alors je lui raccroche au nez. Ça lui fera les pieds. Elle est juste jalouse parce que j'ai l'air d'une Suédoise ! Arrivée au niveau de l'îlot de cuisine, ma *Bible des étoiles* serrée contre mon cœur, je respire un grand coup pour affronter ce qui nous attend.

Maman nous a préparé des petits pains faits maison. J'enduis généreusement le mien de fromage, afin d'en masquer le goût. Je crois qu'elle les a carbonisés, car une odeur de fumée flotte dans l'air. Même Luna plisse le nez en nous rejoignant. Elle a passé la matinée enfermée dans sa chambre, à emballer des cadeaux dans des algues séchées. Mieux vaut ne pas trop y penser.

– Faut pas que je traîne, dit-elle avec une grimace devant les petits pains. Dorian ne va pas tarder !

Ils ont prévu de se promener au marché de Noël de Sevenoaks. Luna lui a préparé toute une pochette surprise. Je trouverais ça plutôt mignon, si je n'étais pas profondément écœurée à l'idée que Luna ait un petit copain. Elle s'est fait des couettes à la Harley Quinn et peint les lèvres d'une teinte foncée en utilisant, semble-t-il, « de la pulpe de baies sauvages » en guise de rouge.

Là, elle plane dans la cuisine pour se préparer un écrasé d'avocat pendant que je mange mon petit pain au fromage comme une personne normale. Maman nous rejoint au comptoir avec son assiette.

– Un barbecue en cette saison ? Original, commente-t-elle en humant l'air.

C'est tout elle, ça, d'utiliser les voisins comme excuse pour couvrir ses ratés en cuisine ! Ce que je m'apprête à lui dire, d'ailleurs, mais Luna peste déjà, au taquet :

– Le barbecue est une pratique barbare !

– Oui, sans doute, soupire maman. Lauren, tu veux bien me faire goûter ta pâte verte, là ?

– C'est un écrasé d'avocat. Et c'est non. Tu m'as appelée Lauren.

J'inspire profondément pour me calmer tandis qu'elles se lancent dans une Troisième Guerre mondiale. Il va m'en falloir, des inspirations profondes, pour survivre à ces vacances… Tiens, encore cette odeur de fumée. Accompagnée cette fois d'un bruit, comme de l'alu qu'on froisse ou du papier bulle qu'on fait éclater. Je jette un regard au sapin de Noël hippie. Toute la pièce est enveloppée de fumée.

– Maman ? lancé-je, interrompant les hostilités. Tu n'aurais pas oublié des pains dans le four ?

La question me vaut un regard furieux de ma mère, toute rouge après avoir hurlé à Luna que bien sûr que non, elle n'a jamais égorgé de cochon de ses propres mains.

– Cathleen, tu ne vas pas t'y mettre !

Puis elle bondit sur ses pieds, effarée.

– Qu'est-ce que c'est que cette fumée dans le salon ?

– Un esprit ? s'écrie Luna.

– Ne sois pas ridicule ! se gausse maman. Je te l'ai déjà dit, Luna, ça n'existe…

Puis une vitre explose quelque part. De nouveaux craquements retentissent. On croirait entendre le pire orchestre de percussion du monde répéter à l'étage. Nous nous précipitons dans l'entrée, nos petits pains oubliés. En haut, tout le palier est enfumé ! Bouche bée, je regarde la porte de ma chambre, par où s'échappent… DES FLAMMES ?!

– OH BON SANG ! hurle maman en gesticulant comme un moulin à vent. VITE, LES FILLES, DEHORS ! TOUT DE SUITE ! CAT, BOUGE-TOI !

Nous nous précipitons dehors sans attendre. Enfin, j'emporte ma *Bible des étoiles*, quand même. Maman est déjà au téléphone pour appeler les pompiers. Alignées en rang d'oignons, nous regardons les flammes danser derrière la façade vitrée comme autant de marionnettes folles.

De là où je suis, je vois la porte de ma chambre, où la fumée tourbillonne comme maman. C'est peut-être le moment le plus dramatique de ma vie ! Je sors donc mon téléphone pour faire un *live* Instagram.

C'est là qu'une autre vitre de la façade se pulvérise. Maman plonge devant nous avec un cri. Je manque de protester : elle ne voit pas qu'elle me gâche la vue ?! Mais la pluie de verre qui s'abat sur l'allée me fait oublier mon téléphone. On court dans la rue alors que des sirènes retentissent déjà au loin.

– Comment c'est possible ?! gémit Luna.

Les mains dans les cheveux, je tente d'évaluer les dommages. Mon ordi est là-haut ! Mes livres, mes habits… mon uniforme scolaire (pas une grande perte). Oh, saperlipopette, MON BLOUSON DE CUIR ! Ma divine énergie féminine serait-elle déjà partie en fumée ? Non, minute ! J'ai laissé le blouson dans l'entrée.

Je pousse un soupir de soulagement, une mèche entortillée sur mon index.

C'est alors que ça me tombe dessus. Je fixe mon doigt. Puis mes cheveux.

Mes cheveux d'une raideur tout sauf naturelle.

C'est pas vrai…

13:50

Zanna Szczechowska

Dis, t'as pas oublié d'éteindre le fer à lisser j'espère ?

J'ai essayé de te demander ms t'as raccroché lol **12:39**

[pièce jointe : image] **13:25**

La vache. Pitié. Dis-moi que c'est une blague. **13:24**

:/ **13:47**

Non

Non

Mais noooooon **13:49**

L'affreuse cousine Lilas et son risotto prétentieux

– Formidable ! maugrée maman pour la sept centième fois depuis que nous avons pris la route. Pas de vêtements, pas d'affaires de toilette... Oh, bon sang, on n'a même plus de cadeaux ! Dire que j'avais trouvé un collier magnifique pour Rose...

Elle est survoltée comme un suricate depuis que le pompier lui a montré le fer à lisser, noirci et à moitié fondu, avec des bouts de couette calcinée encore accrochés dessus comme des Poissons en mal d'amour.

« Vous n'auriez pas oublié de l'éteindre ? » a-t-il demandé en brandissant aux yeux de tous l'objet du délit.

C'est là que Dorian est apparu avec ses parents, alors que nous étions en train de courir partout dans l'allée. Luna a dû annuler leur rendez-vous, et depuis, elle ne m'a pas adressé un seul regard. Et, comme si je n'étais pas assez punie comme ça, maman a appelé tante Rose qui (après plein d'hésitations et de cinéma) nous a dit de venir aussitôt à Londres. Mon cœur a sombré si loin qu'il doit à présent servir de ballon à des footballeurs australiens. Passer les vacances entières avec Lilas ?! Je préfère encore cramer avec la maison !

– Quand est-ce qu'on pourra rentrer ? maugrée Luna.

– Je ne sais pas, ma chérie, répond notre mère.

– Et comment je suis censée rafraîchir mon aura, moi ? J'ai laissé ma sauge dans ma chambre. Je n'ai plus rien à part mon téléphone !

– Pour l'amour du ciel, Luna, tu n'es pas la seule ! Au moins, nous avons un endroit où aller. Tu peux remercier ma sœur, sans elle, nous irions dormir dans le bureau de ton père !

La tête contre la vitre, je regarde la campagne laisser la place au smog grisâtre du sud de Londres. Ça pourrait être pire. On pourrait être en route pour Birmingham. La maison de ma tante est à deux pas des Kew Gardens, dans un quartier rempli d'allées gravillonnées, d'essences rares et de grandes baies vitrées. Oncle Hillary est P.-D.G. de je ne sais plus quoi et tante Rose travaille comme consultante. Autant dire qu'ils sont aussi riches qu'Elizabeth la Blindée.

Mais rien ne pourra jamais compenser le temps que je vais devoir passer avec Lilas Victoria West.

Nous avons pile le même âge, pour le plus grand plaisir de nos mères : nous avions tout pour être non seulement cousines MAIS AUSSI meilleures amies. Enfin, jusqu'à la fête des cinq ans de Lilas, avec pour thème « le Bal des princesses ». C'était la saison des Gémeaux. J'avais mis ma tenue de Raiponce, et Lilas, une robe en dentelle blanche faite à la main. Elle avait osé critiquer mon costume « crasseux et de mauvais goût ». Ce qui est plutôt avancé, en matière de vocabulaire, pour une gamine de cinq ans.

Alors, oui, ma robe était sans doute crasseuse. Je la portais depuis des semaines – maman avait dû m'appâter avec du chocolat pour obtenir que je l'enlève le temps d'un bain. N'empêche que c'était très mal élevé, comme remarque, alors j'ai « accidentellement » renversé du jus de cassis sur la robe immaculée de Lilas.

Depuis, c'est la guerre.

Nous nous garons dans l'allée en forme de croissant menant au manoir des West. Avant même que maman ait coupé le moteur, la porte d'entrée s'ouvre et tante Rose dévale le perron en poussant des hauts cris comme si c'était NOUS, et non notre maison, qui avions pris feu.

– Oh, Heather ! braille-t-elle en se jetant au cou de ma mère. Raconte-moi tout ! Quelle horreur ! Le dîner est prêt, entrez donc ! Quand arrive David ?

Alors que maman est mince et blonde, tante Rose, elle, a une silhouette de théière et des cheveux noirs et ondulés comme ceux de Luna. On dirait la reine Victoria... même si je n'ai plus le droit de le dire, depuis cette carte d'anniversaire « indélicate » que je lui ai dessinée un jour. Sans doute n'était-ce pas très flatteur de la croquer sous les traits d'une souveraine octogénaire.

Ma mère et ma tante continuent de se lamenter. Je me traîne à leur suite sous le porche – qui ressemble plus à un château médiéval avec sa taille équivalente à une salle de bal, ses lambris et sa tapisserie rouge de moquette rouge. Luna, elle, continue de m'ignorer.

– Bonsoir, Cathleen, lance une voix.

Je me fige aussitôt, parcourue d'un frisson.

Les yeux bleus et félins de Lilas brillent dans les ténèbres. Elle est blonde, comme le reste de la famille, mais ses cheveux sont lissés à la perfection, contrairement aux miens, et je doute qu'elle ait brûlé sa maison pour y arriver. Elle ne porte que des vêtements blancs, comme une espèce d'ange de la mort.

– Quelle joie de te revoir, ronronne-t-elle. Comment va la vie à… oh, où était-ce, déjà ? Lambley Common ? Quel dommage, vraiment, pour votre maison, mais si cela te donne enfin une excuse pour améliorer ta garde-robe…

ARGH ! Je serre les dents. Son accent à la Downton Abbey me donne envie de me passer la tête au mixeur. Mais ça lui ferait trop plaisir.

– Tu ne devrais pas être en train de mettre la table ? lui demandé-je d'un ton doucereux. Nous sommes tes invitées.

– Cat a raison, mon chou ! lance Rose depuis la cuisine. Viens aider maman !

J'adresse un rictus narquois à Lilas, dont le sourire s'estompe.

– Ne traîne pas, « mon chou », lui dis-je.

Elle détale. Luna apparaît à mes côtés.

– Ne me dis pas que vous commencez déjà à vous disputer ? Pour l'amour de Greta Thunberg, vous ne pourriez pas faire un effort, toutes les deux ? Je m'entends bien avec Harmony, moi !

– Harmony n'est pas un démon, elle, rétorqué-je. Et puis, pourquoi tu prends la défense de cette peste ? Je parie qu'elle aurait préféré qu'on rôtisse dans cet incendie ! Elle est Gémeaux, je te rappelle.

Luna renifle.

– Et toi, tu es du même signe que Rosa Parks, mais on ne peut pas dire que tu aies fait grand-chose pour l'avancement des droits civiques.

– J'ai quatorze ans ! protesté-je.

– Rosa Parks aussi, fait valoir Luna. À un moment donné.

Je commence à être très agacée. Mais le reflet de ma chevelure lisse dans le miroir plaqué or me rappelle notre situation pathétique et tout ce que Luna est en train de rater… à cause de moi. Je lui donne un petit coup de coude.

– Au fait… Je suis désolée pour ton rendez-vous manqué avec Dorian.

Luna me dévisage. Sans doute calcule-t-elle jusqu'où elle peut pousser l'agacement. Avant de soupirer et d'adopter son attitude la plus zen.

– T'inquiète. L'incendie aura au moins purifié la maison. Ça fait un moment que je soupçonne un fantôme de hanter ma chambre.

Je m'esclaffe, mais elle m'adresse un regard lourd de sens. Mince alors, elle ne plaisante pas.

*

La soirée s'étire, interminable. Saperlipopette, comment ai-je pu oublier d'éteindre ce stupide fer à lisser ? Pourquoi l'avoir allumé, d'ailleurs ? J'aime bien mes boucles, moi ! Je broie du noir face à mon bol.

Nous voilà emprisonnées dans la gigantesque salle à manger lambrissée de tante Rose. Lilas nous a préparé une espèce de risotto prétentieux à la truffe sur lequel maman est en train de s'extasier.

Le sourire aux lèvres, Lilas boit ses compliments, la tête auréolée d'un halo doré.

– Le secret, ce sont les aromates, dit-elle. Mon préféré est la marjolaine, même si j'apprécie également l'exotisme prononcé de l'*oregano* classique.

Oui, elle dit *oregano*, à l'italienne. Je commence à nourrir des envies de meurtre.

– Savoir cuisiner, c'est tellement important, minaude Lilas avant de poser sur moi ses petits yeux de Gémeaux maléfique. Autrement, on devient une adulte complètement démunie, comme certaines.

D'un geste précieux, elle picore quelques grains de riz sur sa fourchette, tel un lapin débile.

– Moi, je trouve ça tout bonnement merveilleux ! souffle maman. Il faut dire que Rose a toujours été un vrai cordon-bleu ! Alors que moi, je n'ai pas attrapé le gène… Ma pauvre Cat n'avait pas la moindre chance.

Je m'étouffe sur mon brocoli. Qu'est-ce qui lui prend de me charger ? Luna est assise à cette même (gigantesque) table, et personne ne la dénonce, elle ! Et puis, Harmony porte un haut-de-forme et un nœud pap', sans que personne ne fasse la moindre remarque. C'est moi, ou la planète entière s'est déconnectée de la réalité ?!

– Je sais cuisiner ! protesté-je en lâchant ma fourchette. Je sais faire… des sandwichs !

– Sans mettre le feu à la cuisine ? glousse Lilas.

– Maman ! m'écrié-je, excédée. Tu entends ça ?!

– Pas de plaisanterie à ce sujet, ma chérie, ricane tante Rose. Tes cousines ont eu une journée des plus stressantes ! Regarde, Cat n'a même pas pu se brosser les cheveux…

Contente d'elle-même, Lilas se tourne vers ma mère.

– Pardonne-moi, Heather, dit-elle (comme si le fait d'appeler sa tante par son prénom pouvait dissimuler sa personnalité de tueuse en série). Où sont mes manières ? Sache que si tu as besoin de maquillage ou autre produit de toilette, il te suffit de demander. Je me ferai un plaisir de partager mes affaires.

– Oh, Lilas, tu es adorable ! s'exclame ma mère sous mon regard incrédule. Grâce à toi, je n'aurai pas à aller faire les courses sans avoir pu me pomponner !

– Bien sûr, cela vaut également pour toi, Cathleen, roucoule Lilas. J'ai toute une collection d'ombres à paupières en édition limitée. Du fond de teint, aussi, pour couvrir ce vilain bouton sur ta joue.

Je suis prête à lui renverser mon risotto sur sa sale tête blonde et prétentieuse quand la porte s'ouvre pour laisser entrer papa et oncle Hillary, d'humeur virile et joviale.

– Bien le bonsoir ! claironne mon oncle en passant une main dans ses cheveux gris acier.

Je lui ai toujours trouvé un air de méchant de James Bond, ce qu'il pourrait bien être, vu qu'il a engendré Lilas. Et qu'il est Scorpion, aussi.

– Vous en avez mis, du temps, rouspète Rose avec un coup d'œil à l'horloge pompeuse qui trône dans le coin. Je commençais à me demander si vous nous aviez oubliées et étiez partis au pub !

Les deux hommes échangent un regard coupable.

– Bien sûr que non, ma chérie, répond oncle Hillary. David et moi avons dû barricader la façade à Lambley.

– Qu'ont dit les assureurs ? demande maman.

Papa se gratte la tête.

– Figure-toi que c'est drôle… dit-il. (Ça ne l'est pas, j'en mets ma main à couper.) L'alarme incendie ne s'est pas déclenchée. Apparemment, il n'y avait pas de piles ! Si elle avait fonctionné, on aurait pu éteindre le feu bien plus tôt. Je ne sais pas trop où on en est, côté assurance.

– Pas de piles ? Mais pourquoi ? s'étonne ma mère.

Mon estomac fait un saut périlleux. Oh, saperlipopette. Ça va mal.

– Tu as oublié de les remplacer ? David, franchement !

– Euh… c'est moi qui les ai prises, confessé-je. Pour ma lampe-torche.

Le silence s'abat sur la pièce. Un couinement étrange se fait alors entendre. Perplexe, je me tourne vers Harmony : elle a gonflé un ballon bleu, qu'elle est en train de nouer en forme de chien. Sérieux ? Là, maintenant ?!

– Oh, Cat, dit ma mère, aussi joviale qu'une statue de l'île de Pâques.

Sa lèvre se met à trembler, ses yeux à briller. Oh, par mon ascendant Cancer, elle PLEURE.

– Tu es une vraie calamité, Cat !

Puis elle fuit hors de la pièce, la main plaquée sur la bouche.

Je reste figée sur ma chaise. J'ai fait pleurer ma mère. C'est officiel : je suis la pire personne à avoir jamais vécu – après Lilas.

– Bien joué, dit-elle justement.

C'est la goutte d'eau qui fait déborder mon self-control. J'empoigne ma fourchette pour lui envoyer une grosse pile brûlante de son prétentieux risotto en plein dans sa sale face de blonde snobinarde.

Sauf que je rate ma cible. Le projectile atteint tante Rose en plein dans l'œil.

Saperlipopette.

*

Tante Rose se montre très magnanime après l'incident du risotto. Selon elle, il n'y a pas à s'en faire car sa vision à l'œil gauche, je cite, « a toujours été un peu brouillée, de toute façon ». Nul doute que Lilas prépare déjà sa vengeance, cependant, et pour ne rien arranger, Harmony nous a annoncé qu'elle s'était mise à l'opéra, pour la plus grande joie de Luna. Elles sont toutes les deux dans sa chambre, à « répéter » ensemble à tue-tête.

Ces vacances de Noël vont être encore plus longues que je ne le craignais.

Je suis étendue sur le vaste lit de la deuxième chambre d'amis, les yeux rivés au plafond (qui est à une centaine de kilomètres, vu la taille démesurée des lieux), quand mon téléphone sonne. Morgan, pensé-je tout d'abord, puisqu'elle n'a toujours pas répondu à mes textos lui racontant que ma maison a brûlé. Alors vous imaginez le choc quand je découvre le nom affiché sur l'écran : *Alison Bridgewater*.

« Cat ! s'exclame-t-elle quand je décroche (avec un peu trop d'empressement). C'est vrai que ta maison a pris feu ? Quand j'ai vu les photos sur Insta, je me suis dit qu'il fallait que je t'appelle pour vérifier que tu allais bien ! »

Je patauge un peu, parce que Alison… elle a une voix d'ange, il faut bien le dire.

– Oui, c'est vrai ! Mais faut pas s'inquiéter… Ce sont des choses qui arrivent ! À certains. Enfin, à moi, quoi.

« Tu loges où, du coup ? »

Je grimace.

– À Londres, chez mes cousines. Alison, si je te disais à quel point ma cousine est mauvaise…

Mais avant que j'aie pu lui décrire à quel point cette fille est un démon, Alison m'interrompt.

« À Londres ? Mais moi aussi ! Ma grand-mère habite à Ealing ! Tes cousines, elles ne sont pas à Hampstead ? »

Je tousse.

– Presque… À Kew. C'est pas loin !

« Oh, génial ! Ça te dit qu'on se retrouve demain ?! J'adorerais te voir. Je meurs d'ennui ! Ma mère et ma grand-mère passent leurs journées à se rappeler le Ghana et à parler akan… Pas top, vu que je ne connais que l'anglais ! »

Elle enchaîne sur cette exposition qu'elle a envie de voir et « est-ce que ça me dirait de l'accompagner », et je murmure des « oh, oui, euh, bien sûr ! » quand il faut, mais mon cœur, lui, tourbillonne déjà comme les pattes de Bip-Bip devant le coyote. Alison et moi. À Londres. Ensemble. Comme dans mes rêveries saphiques de l'ère pré-Morgan ! Mais pour de vrai.

POURQUOI C'EST UNE TRÈS MAUVAISE IDÉE DE TOMBER AMOUREUX D'UNE POISSONS :

- Ils passent leur temps à pleurer pour un rien
- Ils sont d'ailleurs sans doute en train de pleurer à cause du titre de cette liste !!!
- Ils sont irrécupérables mais s'en tirent toujours parce qu'ils sont « créatifs »
- Ils tombent amoureux au moindre sourire, alors on ne sera jamais spécial à leurs yeux
- Ils sont beaux à tomber… Minute… MAUVAISE LISTE !
- Apparemment, ils sont nombreux à trouver les pieds sexy. Faut vraiment être tordu, non ?
- Ils ont une âme sublime, telle une minuscule méduse luisante illuminant un bocal turquoise infusé d'or fait dans le plus délicat des verres soufflés vénitiens… MINUTE, ÇA NON PLUS C'EST PAS UN POINT NÉGATIF. AAARGH.

L'oie sacrée d'Aphrodite

Je suis en retard à mon rendez-vous avec Alison, et c'est entièrement la faute de Lilas. Prête pile à temps, j'étais descendue au rez-de-chaussée (ce qui prend environ deux heures dans cette baraque) pour y enfiler mes bottes. Mais quand j'ai glissé le pied dedans, un crissement horrible s'est fait entendre et j'ai senti quelque chose de froid et d'humide. J'ai jeté un coup d'œil à l'intérieur : elle était remplie d'escargots ! Et maintenant, j'en avais partout sur les orteils. C'est là que Lilas est apparue au sommet de l'escalier pour lâcher un craquètement démoniaque dans une attitude digne d'un génie du mal.

« Oh, Cathleen ! Dire que c'est ta seule paire… »

Bref, pour vous la faire courte, il m'a fallu une demi-heure pour attraper ma cousine et lui attacher les cheveux à la balustrade. Le temps de lui chiper ses bottines de créateur blanches tandis qu'elle me hurlait de la libérer, j'étais déjà ultra en retard, si bien que j'ai dû courir jusqu'au métro – situation désespérée !

Heureusement, je n'ai aucun mal à repérer Alison sur les marches du Victoria and Albert Museum, car elle porte un manteau moutarde, des gants crème, des bottes hautes jusqu'aux genoux et un béret blanc. Belle comme Lady Gaga… elle-même belle comme du Gucci !

– Ma belle ! roucoule-t-elle en se jetant à mon cou.

Je manque de perdre l'équilibre et me prends ses cheveux dans la figure. Mais je ne vais pas m'en plaindre.

– Tu m'as trop manqué ! Comment tu vas ?

– Oh, tu sais…

Je flanche. Elle m'agrippe les mains, ses yeux débordant d'inquiétude. J'ai du mal à formuler des phrases complètes.

– Ma maison a pris feu. Et ma mère m'en veut parce que j'ai plus ou moins provoqué l'incendie… en oubliant d'éteindre le fer à lisser.

Même s'il ne s'estompe pas tout à fait, le sourire d'Alison se fige un peu. Elle doit se dire que je suis la pire idiote qu'elle ait jamais rencontrée.

– Oh, bon sang, finit-elle par dire. C'est… pas bon, ça !

– Non, pas bon du tout.

On échange un rire gêné. Je m'attendais sans doute à une réaction un peu plus élaborée, mais elle en reste là. Nous entrons dans le musée. Alison a une carte de membre qui lui permet de visiter les expositions gratuitement, accompagnée de la personne de son choix.

– J'espère que ça va te plaire, dit-elle. Il y a des étoffes, du feutre tissé, ce genre de choses. Mais il ne faudra pas en parler à Siobhan, car il se peut qu'il y ait du velours côtelé, aussi…

Tandis qu'elle poursuit ses explications, je me laisse distraire par une statue de marbre luisant représentant trois femmes nues qui se tiennent collées-serrées. Au milieu de cette vaste galerie qui précède les salles d'exposition, et où la majorité des sculptures visibles sont aussi passionnantes que le gros orteil de Botticelli, ce trio féminin me cloue sur place.

Avec un peu trop de force d'ailleurs : même Alison s'en est rendu compte.

– Cat ? Qu'est-ce que tu regardes ?

Je m'empourpre.

– Moi ? Oh, euh, rien ! C'est juste cette statue... Elle est plutôt bien faite, non ? Belle utilisation du marbre...

Alison déchiffre le cartel.

– *Les Trois Grâces.* Ce sont les filles de Jupiter.

Je décolle mes yeux de la statue.

– Minute. Elles sont sœurs ?!

Alison me donne un petit coup de coude en gloussant.

– Ben oui ! Pourquoi ? Tu sembles presque déçue. Qu'est-ce que tu croyais qu'elles faisaient toutes les trois, blotties comme ça toutes nues ?

Je n'aime pas le tour que prend cette conversation, et encore moins le fait qu'Alison soit aux commandes, alors je m'empresse de tourner les talons pour rejoindre l'exposition. Enfin... Il se peut que je prenne une photo des Trois Grâces d'abord, discrétos. Je peux toujours leur inventer une autre histoire.

– Lui, il est plutôt canon, décrète Alison avec un coup de menton vers la statue d'un barbu musclé visiblement en train de trucider un angelot. Il me rappelle Winston Duke dans *Black Panther*. Il est trop beau dans ce film... Tu l'as vu ?

– Oui, bien sûr ! C'est, comment dire, un vrai beau gosse.

Alison n'a pas l'air très convaincue, mais avant qu'elle ait pu me cuisiner, heureusement, nous arrivons à l'exposition même, qui s'avère un peu bizarre. Dans une salle grise et ombragée sont disposés d'étranges monceaux de feutre coloré, avec des étiquettes portant des titres aussi extravagants que *Le poids de la charge mentale des femmes* ou *Traces de pneus à motif laissées par mon toutou.*

Alison me prend par le bras.

– C'est puissant, hein ?

J'acquiesce profusément.

– Oh, oui. Très, euh, émouvant. Ça fait réfléchir.

– À quoi tu penses ?

On s'arrête devant une pile d'un orange rougeâtre. Je ravale ma panique. Pour être honnête, je ne pense pas à grand-chose, l'esprit obnubilé par la main d'Alison sur mon bras.

– On dirait un saladier, laissé-je échapper. Avec… des oranges dedans.

– Ah, mais oui !

Alison acquiesce très sérieusement en nous regardant tour à tour, moi et la sculpture, mais je crois qu'elle est un peu perdue. D'autant que la pièce s'intitule *Les flammes du chagrin – enfer personnel d'un homme seul.* Saperlipopette, la journée va être compliquée…

Alison continue d'attiser ma panique et ma distraction tout du long. Pendant que la plupart des visiteurs apprécient les installations, je note que :

- en salle A, Alison effleure mon bras deux fois ;
- en salle B, Alison effleure mon bras deux autres fois ;
- en salle C, Alison n'effleure mon bras qu'une fois, mais elle me marche aussi sur le pied par mégarde, ce qui compte pour une demi-fois. Potentiellement.

Dans la salle C se trouve une sculpture chouette, en forme de brin d'ADN d'un blanc électrique, avec une trace de vert vif en plein milieu. Morgan trouverait ça génial. Je montre ma trouvaille à Alison, qui se contente de lever son joli nez et de froncer les sourcils.

– Mouais, pas mal, dit-elle. Allez, viens.

Tant pis. Je prends une photo pour Morgan avant de lui emboîter le pas.

L'expo terminée, nous errons au milieu de vitrines remplies de bols terreux et de vieux morceaux de faïence (des antiquités, quoi). Alison sort un carnet pour en croquer quelques-uns, dans une attitude merveilleusement artistique. Comme je m'ennuie un peu, je m'amuse à fredonner, jusqu'à ce que le vigile se gratte les oreilles, perplexe.

Je continue mon petit manège, de plus en plus fort, jusqu'à le déranger carrément. C'est que je suis aussi hilarante que brillante.

Alison tente de se retenir de rire. Peine perdue. Le vigile pose sur nous un regard noir avant de se mettre en marche. Nous courons nous réfugier dans la salle suivante.

– Tu es impossible ! souffle Alison. On va se faire mettre dehors si tu continues.

Nous échangeons une œillade, et mon cœur se remet à faire des siennes, tiraillé par la nervosité. Les doux yeux marron d'Alison sont si beaux… Je me détourne en hâte pour me concentrer sur la vitrine la plus proche.

Figurine d'Aphrodite. Voilà qui retient mon attention ! Aussi minuscule qu'une tasse, d'une teinte orange passée de terre cuite, elle est assise sur un grand oiseau, la tête enveloppée dans des écharpes et le torse nu, comme tous les Grecs de l'Antiquité, visiblement.

– Regarde ! dis-je. C'est Aphrodite, la déesse de l'Amour.

Alison se penche pour l'inspecter de plus près.

– D'après l'étiquette, elle est assise sur une oie ! explique-t-elle. Et ce serait un de ses emblèmes. C'est étrange, non ? Qu'est-ce que les oies ont à voir avec l'amour ?

– Plein de choses, je dirais. Puisque Aphrodite s'en sert comme marchepied.

On échange un regard avant d'éclater d'un rire qui n'a probablement rien à envier aux criaillements de l'oie sacrée d'Aphrodite. Le vigile s'approche en fulminant parce qu'on fait beaucoup trop de bruit, alors on s'échappe de nouveau en gloussant de plus belle.

Après le musée, on prend un chocolat chaud, puis Alison insiste pour grimper à bord d'un bus, au hasard, « rien que pour se laisser dériver et voir où ça nous mène ». Très bohémien. Installées à l'étage, nous contemplons les illuminations de Noël en sirotant nos boissons. Comme de vraies bohémiennistes.

Nos genoux se touchent. Ce qui ne m'alarme pas du tout, vu que j'ai une presque-copine et que je ne craque plus pour Alison. Pas vrai ?

J'avale une gorgée de chocolat beaucoup trop chaud, que je finis par recracher dans ma main ! Alison (qui heureusement était en train de consulter son téléphone) lève le nez.

– Ça va ?

– Oui, oui, toussoté-je en essuyant vite fait ma main sur mon jean.

Elle appuie la tête contre la vitre.

– C'est si romantique, je trouve, de regarder la ville défiler… Toute cette vie, tous ces gens ! Pourtant, ma grand-mère dit toujours que Londres est sans doute la ville la plus solitaire au monde. Elle renferme beaucoup de chagrin, d'après elle. C'est trop triste, tu ne trouves pas ?

Je sue à grosses gouttes, mais peut-être est-ce l'effet du chocolat qui me brûle la main. Supersaperlipopette. En quoi sont ces gobelets, en papier de soie ?!

– Euh… (Je m'efforce de penser poésie tandis que mes mains se mettent à fumer.) Je suppose que tout le monde n'a pas encore trouvé son oie ?

Ma remarque fait glousser Alison. C'est quand même dingue qu'elle ne soit pas amoureuse de moi, vu comme je la fais sourire.

– Tu as grave raison. Moi, en tout cas, j'ai hâte de trouver la mienne !

Puis elle brandit son gobelet pour le tapoter contre le mien. Je continue de transpirer horriblement.

– À la découverte de nos oies sacrées !

– Avec l'aide d'Aphrodite, acquiescé-je en lui rendant son toast.

Tu parles. Aphrodite est d'humeur taquine, à me précipiter dans ce genre de situations ! Alison continue de dérouler ses pensées sublimes qui me replongent dans mes rêveries Poissons-Verseau. J'essaie de garder mon calme et de me rappeler que j'ai Morgan, même si elle n'est pas là, ici et maintenant, contrairement à Alison.

Mais, saperlipopette, que c'est déroutant.

J'ai embrassé Morgan. Ça m'a énormément plu. Pourtant, me voilà avec Alison Bridgewater, la fille dont je n'ai cessé de rêver depuis deux ans, et tout me semble effroyablement romantique avec elle. Je suis coincée dans une boule à neige à la gloire d'Alison, qu'une main invisible n'arrête pas de secouer.

23:51

Morgan Delaney

Saluuut… Attends, j'ai rêvé ou t'as mis le feu à votre maison ?

Désolée pour le silence radio, au fait. Je suis dans une ferme et on capte QUE DALLE **22:21**

T'inquiète, ma petite oie aux cheveux verts !!!!

Ah, la maison, oui… Il se PEUT que j'aie causé une petite catastrophe **22:57**

Oh mon Dieuuuu

Tu veux qu'on s'appelle bientôt ? Pour rattraper le temps perdu
Tu me manques bcp, tu sais. Tu fais quoi de beau ? X **23:21**

Alison est à Londres, alors je traîne avec elle !!!
Oui, appelons-nous !!!! Tu me manques aussiiiiii xxx **23:28**

Au fait pq je suis une oie maintenant ??
Ça veut dire quoi ??? **23:29**

OH LOL DÉSOLÉE
C'est juste une BLAGUE liée à mes ACTIVITÉS du jour
Je t'expliquerai de vive voix !!!! **23:29**

23:51

Morgan Delaney

Cool… J'ai hâte xx
J'y go, les parents me tannent. À bientôt xx **23:40**

Oui !!! Bientôt :) xx **23:45**

La saison du Capricorne

Une boule à neige très dangereuse

Tante Rose et oncle Hillary organisent une soirée super snob pour le réveillon de Noël, à laquelle Lilas a invité ses amies pathétiques. On passe la journée à pendre des décorations tristes partout dans la maison. Luna se pavane avec du vrai gui dans les cheveux tandis qu'Harmony s'est déguisée en mime pour une raison qui m'échappe. J'ai envie d'appeler Morgan, vu qu'on est censées être *ensemble*, mais dès que je tente de m'échapper, tante Rose, en bon chien de garde, me ramène à mes obligations décoratives.

– Quel dommage que tu n'aies rien à te mettre ce soir, raille Lilas en serpentant vers moi.

Manœuvre risquée, étant donné que je suis perchée sur un escabeau, à essayer de jeter des guirlandes sur le chandelier du couloir. Elle pose un pied menaçant sur l'échelon le plus bas.

– Tout le monde sera sur son trente et un, alors que toi, tu seras obligée de porter ton jean de crevarde, comme d'habitude.

Tante Rose surgit de la cuisine. Lilas retire précipitamment son pied.

– Lilas, j'ai une idée ! claironne sa mère. Pourquoi ne lui donnerais-tu pas quelques vêtements ? Tu en as tellement que tu ne portes jamais, alors que ta pauvre cousine a tout perdu !

Lilas perd aussitôt son sourire maléfique.

– Maman ! geint-elle. C'est même pas vrai !

Mais je bondis sur l'occasion, rayonnante comme une boule à facettes.

– Oh, merci Lilas ! C'est tellement généreux de ta part !

De ses yeux de goule, l'intéressée nous regarde tour à tour, tante Rose et moi. Elle ne peut pas aller trop loin dans la méchanceté, elle le sait. Douce victoire !

– Peu importe, siffle-t-elle. Je devrais pouvoir trouver quelque chose qui ne te serre pas trop. J'ai un sac-poubelle rempli de fripes à donner, tu n'auras qu'à piocher dedans. C'était pour la boîte à dons, de toute façon.

Tante Rose ricane de bon cœur. Il faut vraiment que l'amour maternel soit inconditionnel… Moi, si je devais donner naissance à une Lilas, je crois que je me ferais blanchir l'utérus à la Javel.

– Oh, et Cat ? ajoute tante Rose en regagnant la cuisine. Pourquoi n'inviterais-tu pas ton amie, là, comment s'appelle-t-elle, déjà… Alison ? Ainsi, tu te sentiras moins seule !

– C'est beaucoup trop tard, proteste Lilas. Je doute qu'on ait la place de la recevoir.

– Voyons, Lilas, soupire sa mère. On s'arrangera ! C'est Noël !

Puis elle s'éloigne avec un rire joyeux tandis que Lilas part bouder à l'étage, en marmonnant à voix basse à la façon d'une banshee à la langue fourchue, comme elle s'y entraîne en secret. Elle va sans doute me jeter un sortilège, mais j'ai d'autres chouettes à chatouiller. Alison pourrait venir ce soir ! Soudain, la décoration prend une tout autre importance.

*

Les amies snobs de Lilas s'avèrent toutes aussi détestables que je l'avais prédit. Je passe une bonne partie de la soirée à leur trouver des surnoms appropriés : Bryony la Bécasse, Fiona la Folledingue et Sanjivani Soupe-au-lait. Mais je ne suis pas au bout de mes surprises : Lilas a un petit ami ! L'idée même est si horrible que j'aurais presque envie de me suicider avec une des fourchettes à salade plaquées or de tante Rose. J'ai tout juste le temps de le baptiser mentalement Henry l'Hypnotisé avant de courir au métro chercher Alison. Je n'ai pas eu besoin d'en faire beaucoup pour la convaincre de venir. Apparemment, sa grand-mère voulait l'emmener à l'église, une perspective bien triste pour un réveillon de Noël.

– Waouh, s'émerveille-t-elle. C'est magnifique, ici !

– Dommage que ma cousine y habite.

– Tu exagères, ma belle, glousse Alison. Elle ne peut pas être si mauvaise, puisqu'elle est de ta famille !

Arrivée dans l'allée en croissant de lune, Alison contemple les lieux avec des étoiles dans les yeux. Je suppose qu'il y a de quoi. Les luminaires qui entourent la porte nimbent la zone d'une lueur dorée qui se reflète sur les joues d'Alison. Je me laisse distraire par une langueur profondément poétique qui me fait patauger comme une oie. Puis Lilas ouvre la porte, et aussitôt, les fleurs épanouies dans mon cœur se fanent.

– Bonsoir, dit-elle en nous bloquant le passage, un regard glacial posé sur Alison. Joyeux Noël, *et cetera*. Je vois que tu es venue avec ton sac.

Je m'avance, les poings déjà armés.

– Répète un peu pour voir ?!

– Du calme, Kit-Kat, ronronne Lilas. Je faisais allusion à son sac à main. Mettez-le bien à l'étage, où il ne dérangera personne.

Alison acquiesce en silence. Ma cousine s'éloigne à pas feutrés.

– Si tu as des questions, pose-les à Cat, lance-t-elle par-dessus son épaule. Je n'ai pas que ça à faire.

Alison la regarde partir, ébahie.

– Eh bien. Pas gênant du tout, ironise-t-elle.

– Je t'avais prévenue…

Elle s'esclaffe.

À l'intérieur, la fête bat déjà son tagada tsoin tsoin. Les amis de mon oncle et de ma tante boivent tous du vin hors de prix en poussant de petits rires snobs, genre *hu hu hu*. Au milieu du salon trône le sapin, immense et pompeux, importé de Norvège sans raison valable (Luna a failli mourir en calculant son empreinte carbone) et inondé d'ornements extravagants choisis avec soin dans les boutiques de différents musées et autres monuments classés.

Alison ôte son manteau. *Gloups.* Elle porte une robe rouge à épaules dénudées révélant ses clavicules, qui me semblent soudain la chose la plus délicate au monde. Depuis quand les clavicules sont-elles si belles ?! Je range nos manteaux dans le placard. Il m'a fallu une éternité pour me choisir une tenue dans les sacs-poubelle de Lilas, mais j'ai fini par trouver une robe blanche cintrée de marque, qui m'a valu un regard particulièrement cinglant de ma cousine quand j'ai descendu l'escalier.

– Tu es ravissante ! m'a dit papa avec un sourire fier.

– Je suis étonnée que tu puisses rentrer dedans, a maugréé Lilas. Tu es plus large des hanches.

– C'est vrai. Et d'esprit, aussi !

La remarque a fait rire mon père. Depuis, Lilas l'ignore.

Je rejoins Alison qui promène partout un regard émerveillé, comme si elle se trouvait aux portes du paradis.

– Tu as vu ce type bizarre près du buffet à salade ? lui soufflé-je. C'est le petit ami de Lilas. Je le surnomme Henry l'Hypnotisé.

Voilà qui met Alison d'humeur gloussante. Plus encore après avoir chipé un peu de ce vin rouge servi par oncle Hillary. Nous nous mettons en tête de découvrir les noms de tous les invités pour leur inventer des sobriquets.

– Rita Rit-trop-fort, suggéré-je.

– Oh ! couine Alison. Et Hugo Poil-au-dos ?!

Elle plaque une main sur sa bouche, comme si elle venait de proférer la pire des insultes. Perso, je trouve ça assez sage…

– Regarde ce que tu me fais dire, Cat ! Quelle mauvaise influence !

– J'avoue. Sans moi, tu serais à l'église à l'heure qu'il est…

Nous échangeons un rire emprunté, ce qui ne fait que redoubler notre hilarité. Puis nous inventons des prières.

– Notre Père qui êtes aux cieux, dis-je. (Alison lève son verre.) Que votre nom soit Lady Gaga. King Kong a l'estomac plein de soda, et Bouddha vous trouve lambda !

Nous sommes sur le point de nous effondrer sous le poids de ma clownerie magistrale quand Harmony fait tinter un verre à coups de cuiller pour annoncer qu'elle et Luna vont interpréter un air d'opéra pour les invités. Ma mère se ressert aussitôt du vin.

– Vous êtes sûres que c'est une bonne idée ? marmonne mon père.

– Souris et tais-toi, David, lui répond ma mère, les dents serrées.

Harmony est toujours déguisée en mime, mais voilà que les rideaux du salon s'écartent pour laisser paraître Luna en smoking blanc. Je manque de recracher ma boisson. Son chignon haut lui fait une tête d'oignon. C'est à mourir de rire !

Dans un silence solennel, nous regardons Luna s'installer au piano à queue. Les bras en croix, Harmony prend une profonde inspiration. Le reste de la pièce aussi, d'ailleurs. Quel instant terrifiant ! Puis elle se met à chanter. Et à mon grand étonnement (et je suis loin d'être la seule), elle s'avère plutôt douée. Un vrai miracle de Noël.

*

Lassées de voir les amies harpies de Lilas agiter contre nous leurs langues fourchues, Alison et moi montons dans ma chambre. J'allume la lampe la plus douce, car je sais bien qu'Alison n'aime pas les plafonniers, et nous nous affalons sur le lit.

– Je me suis bien amusée, murmure-t-elle. Merci de m'avoir invitée.

Peut-être avons-nous pris un verre de trop ? Soudain, le reste du monde me semble loin, très loin. La planète entière s'est dépeuplée, à l'exception d'Alison et moi, étendues côte à côte sur le lit, comme dans mes rêves.

Sauf que ce n'est pas un rêve. C'est Aphrodite qui me met à l'épreuve.

J'étudie les traits d'Alison. Ses cheveux brumeux. Ses longs cils noirs. J'aimerais lui dire qu'elle est magnifique, mais je ne le devrais pas.

– Contente que tu sois là, lui dis-je d'une voix planante comme un haïku.

Elle roule sur le côté avec un sourire. On se fait face, si près que nos nez pourraient s'effleurer si je m'avançais rien qu'un peu.

– Cat, murmure-t-elle, un peu endormie. Quels sont tes rêves pour la nouvelle année ?

Gloups.

– Euh…

Superhypersaperlipopette. Ma poitrine gonfle comme le jabot d'une oie. Tout ce que je vois, c'est le visage d'Alison, ses yeux, ses cheveux.

– Je ne sais pas trop. Et toi ?

Son sourire me traverse l'âme pour ramener chaque fleur fanée à la vie.

– J'aimerais trouver l'amour, dit-elle d'un ton délicat comme un pétale de rose. Pas juste un petit copain pour tourner la page, comme dirait Siobhan… Ce que je veux, c'est le grand amour. Celui qui te fait tout remettre en question, qui te pousse à devenir la meilleure version de toi-même, la plus parfaite. Je veux trouver quelqu'un qui m'aime et que j'aime à en avoir le tournis. Tu trouves ça ridicule ?

Gloups.

– Au contraire, je trouve ça magnifique.

Comme ça, tout près, ses yeux ne sont pas tout à fait marron. Dans ses iris brillent de petits éclats d'or. C'est peut-être l'effet de la lampe. Alison est angélique, divine même. Saperlipopette. Je l'aime tellement ! C'est vrai, et je n'y peux rien. Je m'humecte les lèvres, sur lesquelles traîne un goût de vin et de fruits. Je hume son parfum : un mélange de cerises et de fraises.

– Alison… Je peux te faire une confidence ?

Je devrais avoir le cœur au bord des lèvres, mais ce n'est pas le cas. Soudain, je n'ai plus peur du tout. Je me trouve tout entière dans la boule à neige d'Alison, refuge onirique, chaleureux, plongé dans une lueur crépusculaire.

– Qu'est-ce qu'il y a ? me demande-t-elle.

Le regard posé sur ses lèvres, puis sur ses yeux, j'inspire un grand coup.

– En fait, je suis amoureuse de…

Une explosion déchire l'instant comme une rafale de mitraillette. QUOI ENCORE ?! Nous sautons du lit avant d'échanger un regard paniqué, soudain parfaitement réveillées, en proie à la plus grande confusion. Sappho me vienne en aide. Qu'allais-je faire ?!

Nouvelle détonation. Nous courons à la fenêtre. Des feux d'artifice ! Dehors, le ciel scintille d'or, de rouge et de rose. J'ouvre la fenêtre et prends Alison par la main pour l'entraîner sur le balcon.

Bien sûr, à peine avons-nous mis le pied dehors que le spectacle s'arrête. Nous contemplons le ciel noir.

– Regarde !

Alison suit mon doigt pointé.

– Les étoiles, murmure-t-elle en frissonnant un peu sous l'effet du froid.

– Magnifiques, tu ne trouves pas ?

– C'est ce qu'il y a de plus beau au monde, répond Alison.

Je la contemple. *Non,* ai-je envie de lui répondre. *C'est toi.* Mais la voilà qui sort son téléphone.

– On fait un selfie ? Avec un truc mignon, genre un bisou sur la joue.

Elle brandit l'appareil. Je ne l'ai encore jamais embrassée. Pas même sur la joue. Lentement, avec précaution, je pose les lèvres sur sa peau et inspire. Le *clic* de la caméra résonne comme à l'arrière-plan, distant.

– Parfait, dit-elle.

– Oui…

Sauf qu'elle parle de la photo, et moi, de ce moment : nous deux, sous cette voûte étoilée, au cœur de ce vaste univers.

Alison parcourt sa galerie avec un gloussement.

– Je t'aime fort, ma Cat.

J'esquisse un sourire timide, le menton posé sur son épaule.

– Je t'aime aussi.

Je dois être la plus grosse oie de toute la basse-cour d'Aphrodite. Une oie colossale.

11:04

La bande

Habiba
[*partage un post de @alisonbw.xox*] Vous êtes TROP CHOUPI les filles ! #JALOUSIE !!! **10:45**

Lizzie
Oh là là… Cette mignonceté !!!
Cat tu as des lèvres parfaites xx **10:55**

Zanna
Chou ! On dirait TROP un couple. **10:59**

Cat
HAHAHA TRÈS DRÔLE ZANNA **11:00**

Alison
LOL ! Trop gentilles les filles !!!
Cat je t'M !! J'ai encore la trace de ton rouge 😉 xo **11:01**

Zanna
Seigneur **11:02**

Cat
HAHA ELLE PLAISANTE ZANNA PTDRRR ALISON JE T'M AUSSI **11:02**

Alison
Non mais je suis sérieuse, c'est quelle marque ?? **11:02**

L'Albatros dans la pièce

Le lendemain matin, je descends ni vu ni connu pour piquer un peu de charbon dans la cheminée du salon et le glisser dans la chaussette de Noël de Lilas. Puis j'enlève les étiquettes de tous les cadeaux disposés sous le sapin, comme ça elle ne saura pas lesquels ouvrir. Un plan machiavélique !

Hélas, Lilas parvient quand même à deviner quels paquets lui sont destinés. Pire encore, elle me donne une carte dans une enveloppe remplie de paillettes, si bien que je me retrouve couverte de minuscules confettis dorés de la tête aux pieds. Me voilà obligée de me changer !

Un partout, balle au centre.

Oncle Hillary offre à sa fille aînée un MacBook assorti d'une housse de couleur lilas. C'est censé être drôle. Sauf qu'elle me semble plutôt lavande, ce que je ne me prive pas de faire savoir.

– Heureusement que ce n'est pas toi qui l'as conçue ! rétorque sèchement ma mère.

Pas marrante. Mais il faut rappeler qu'elle est banquière. Et puis, je crois qu'elle m'en veut encore d'avoir brûlé la maison. La preuve :

elle m'offre des chaussettes. Je manque de tomber dans le coma ! Non mais où va le monde ? Des chaussettes ? Même à Satan, je ne ferais pas un cadeau pareil.

Même pas à sa fille Lilas.

Oh, bien sûr, un albatros plane dans la pièce : je n'ai pas pu parler à Morgan de toute la semaine, ou presque ! Elle a promis de m'appeler cette après-midi, ce qui me ferait un beau cadeau de Noël (parce qu'elle me manque beaucoup), et romantique avec ça.

Mais comme elle se trouve vraiment au fin fond de la cambrousse (dans l'Irlande rurale) et que son téléphone ne capte pas, on doit remettre ça au lendemain. J'attends son appel, affalée au creux d'un hamac dans la véranda grande comme une maison, quand Luna met à profit ses poumons nouvellement formés à l'opéra pour m'interpeller depuis l'étage :

– CAT, RAPPLIQUE TOUT DE SUITE ! J'AI TROUVÉ UNE PHOTO DE LILAS DÉGUISÉE EN BROCOLI !

Je cours la rejoindre, abandonnant mon téléphone. Dans le salon, Lilas laisse échapper un petit cri horrifié avant d'apparaître au pied de l'escalier.

– JE T'INTERDIS ! hurle-t-elle comme une harpie qui se serait pris du jus de citron dans les yeux.

Je grimpe les marches quatre à quatre, ma cousine sur les talons, avant de plonger façon ninja dans la chambre d'Harmony et de claquer la porte derrière moi. Lilas martèle le battant comme une tour de siège, mais j'ai déjà tourné la clef. Assise au milieu des albums de famille étalés par terre, Luna brandit le cliché en question avec un sourire triomphal. À peine ai-je vu la photo que je m'étouffe, hilare.

– OUVRE CETTE PORTE ! exige Lilas.

– La vache ! m'exclamé-je pendant qu'elle tambourine. J'adore ton costume ! J'irais même jusqu'à dire que j'en suis verte de jalousie…

On se roule par terre de rire, Luna, Harmony et moi.

Mais aussi savoureuse que soit cette victoire, lorsque je récupère mon téléphone dans le hamac, je m'aperçois que j'ai manqué l'appel de Morgan. Tragique comme un Taureau… Par texto, elle me dit qu'on va devoir remettre encore à plus tard, car elle ne capte toujours pas à la ferme.

J'ai aussi un texto d'Alison (*soupir*). Elle veut savoir si je peux lui faire visiter les Kew Gardens avant son départ. J'accepte, bien sûr.

Je ressens comme une pointe de culpabilité, pourtant. Plus qu'une pointe, même, car Morgan est coincée dans une triste ferme irlandaise, et moi je suis là, à Londres, à me pavaner avec Alison ! Mais je n'ai rien fait de mal… pas vrai ? Même si je dois admettre que ce n'était pas top de manquer l'appel de Morgan.

C'est là que je me rappelle mon horoscope. Et si c'était ça, cette fameuse romance qui m'attendait au tournant ? Alison Bridgewater, l'épreuve ULTIME. Le comble de l'inattendu ! Réaliser mes aspirations astrales alisonesques le temps d'une semaine, le rêve… Mais ce n'est pas du concret, contrairement à la planète Morgan. Je dois encore mener ma navette à bon port. Ma décision prise, je m'empiffre de tourtes à la viande. Tant que je mange, au moins, je ne risque pas de me laisser distraire par Alison.

Mais si mon existence de Verseau m'a appris une chose (ce qui est tout sauf le cas, d'après Zanna), c'est qu'il est épouvantablement difficile de ne pas se laisser distraire par Alison.

*

Me voilà de nouveau devant mon miroir, à me maquiller comme un clown pour Alison. Enfin, non, bien sûr, si je me fais belle, c'est avant tout pour moi… Vraiment ? Peut-être n'est-ce qu'un mensonge Insta-féministe dont je me berce pour éviter de me cogner la tête contre les murs de désespoir.

En réalité, si je me fais belle, c'est uniquement parce que, dans une heure, je retrouve Alison.

Supersaperlipopette. Est-ce que je sais ce que je fais, au moins, ou suis-je comme une Bélier qui tente de se montrer vulnérable ? (Autrement dit : perdue.) J'ai bien failli lui faire une déclaration d'amour l'autre soir – ce qui aurait allègrement tronçonné tous mes projets. Le feu d'artifice devait être une intervention d'Aphrodite pour me sauver les fesses. La déesse aura-t-elle la bonté de me secourir deux fois ?

Prise de bougeotte, je me lève et quitte ma chambre pour rejoindre la salle de jeux, où se nichait autrefois un véritable château fort miniature. Je m'en souviens parce qu'une fois, Lilas m'a poussée du haut d'une tourelle. Maintenant, cette pièce lui sert de bureau, ou de chambre de torture, allez savoir. Je m'affale sur son fauteuil et mets le bazar dans les papiers étalés sur la table, des fois que Lilas en ait besoin.

C'est là que mon téléphone sonne, et – Oh Ma Gargouille – c'est Morgan ! Le XXIe siècle aurait-il enfin gagné l'Irlande rurale ?! Je m'empresse de répondre, des fourmillements dans les mains.

– Morgan ?

« Cat. (Même pas un bonjour. Et le vent rugit en fond sonore, comme si elle se trouvait au sommet d'une colline.) Comment ça va ? »

– Très bien ! (Même si je suis assez nerveuse.) Et toi ?

Une pause, comme si elle hésitait. Je presse l'appareil contre mon oreille.

« Oui, tu as l'air de bien t'amuser, dit-elle. En tout cas d'après l'Insta d'Alison. »

– Ah… tu as vu ses photos ?

« La connexion ici est mauvaise, pas inexistante. »

Morgan n'a pas l'air amusée. Je pivote nerveusement dans mon fauteuil.

– Oui… Je suis vraiment désolée d'avoir manqué ton appel. Je me suis laissé distraire par ce costume de brocoli et…

Nouvelle bourrasque.

« J'étais en retard, de toute façon. J'ai dû traverser trois champs pour capter le réseau, puis je suis tombée sur une vache folle… »

– Mme Warren t'a suivie en Irlande ?!

La blague, pourtant hilarante, ne fait pas rire Morgan. Il faut dire que ce n'est peut-être pas très élégant, de plaisanter comme ça, quand votre interlocutrice a dû crapahuter et échapper à une vache folle rien que pour vous appeler – et que vous n'avez pas répondu.

– Mais, euh, ça va, du coup ? Comment ça s'est passé, avec la vache ?

Morgan renifle.

« Je vais bien. Enfin, j'ai dû me faire vacciner, mais… Enfin, peu importe. Écoute, Cat, j'ai l'impression que tu n'as pas vraiment tourné la page d'Alison. »

– Quoi ? (Je me redresse.) Morgan, non ! Je ne suis pas amoureuse d'elle ! C'est n'importe quoi !

Ça crachote au bout de la ligne.

« Qui a parlé d'être amoureuse ? » demande Morgan.

Je m'empresse de rire. La conversation a pris un tour hyper intense, d'un coup.

– Tu ne comprends pas… (Je m'efforce de rester aussi chill qu'un chili.) Si j'ai Alison dans la tête, c'est parce que je dois la voir cette après-midi, c'est tout. (Oh la vache.) Non, attends… ce n'est pas ce que j'ai voulu dire !

Morgan se contente de soupirer.

« Tu l'as embrassée sur la joue pour cette photo postée… quand, déjà ? Au réveillon ? Et visiblement, vous passez pas mal de temps ensemble. Si tu n'es pas amoureuse, tu fais drôlement bien semblant. »

– C'est normal, de se faire des bisous, entre amies ! protesté-je. C'est, genre, ma meilleure amie, je te signale ! Qu'est-ce que tu veux que je fasse ? Que je reste à six mètres d'elle en permanence ?! Tu dis n'importe quoi !

« C'est toi qui racontes n'importe quoi », me coupe Morgan.

Je m'apprête à lui répondre que… Non, rien ne vient à part un silence de salamandres. Je n'entends plus que son souffle régulier à l'autre bout du fil. Le timbre de sa voix me rappelle tout le reste : nos baisers, ses taches de rousseur, mon incapacité à exister de façon normale en sa présence.

Mais je crois qu'il est trop tard pour ça. Morgan, elle, a l'air en colère.

« Écoute, je ne t'accuse pas de me tromper, dit-elle sèchement. Après tout, on n'est même pas vraiment ensemble. Mais je refuse d'être un bouche-trou, d'être juste là pour te consoler de ton crush sur une hétéro, OK ? Je ne suis peut-être pas aussi extraordinaire qu'Alison Bridgewater, mais je pense que je mérite mieux que ça. »

– Morgan, attends. (Je serre désespérément mon téléphone.) Tu ne comprends pas…

« Au contraire, je comprends parfaitement ! J'ai déjà vécu ça, moi aussi, et c'est nul. Tu te berces d'illusions. Alison et toi, ça n'arrivera jamais. »

J'essuie une larme.

– Je n'ai jamais dit qu'il allait se passer un truc !

« Mais tu l'espères, rétorque Morgan. Je t'aime bien, Cat. Pour de vrai. Et je pensais que c'était réciproque, parce que je ne suis pas un personnage issu de tes rêveries, moi, je suis une personne, en chair et en os. Et je sais que tu l'aimes bien, mais je pensais avoir le dessus, parce que je suis là pour toi, moi, tu vois ? Sauf que rien ne peut rivaliser avec ta romance de conte de fées avec Alison, apparemment. Bref, on se verra au collège, mais je pense qu'on ferait mieux de laisser tomber cette relation… si c'en était une. Je te souhaite de trouver le bonheur, vraiment. »

Et là, juste comme ça, elle raccroche.

Le silence enfle dans mon oreille comme un trou noir. Est-ce que je viens de me faire larguer ? C'est affreux, comme sentiment. Pas poétique pour deux sous, non, juste l'horreur absolue. Je ne le souhaiterais même pas à Lilas, à qui j'ai pourtant conseillé un jour de se mettre de la pâte à tartiner dans les cheveux pour qu'ils poussent plus vite.

Je reste assise là, les yeux dans vide, jusqu'à ce que ma mère passe la tête par la porte pour me dire qu'elle et Lilas viennent de partager « un merveilleux moment mère-fille » à préparer des pancakes au fenouil. Et là, quand elle me demande si je veux les goûter, c'est la goutte d'eau qui fait déborder le vase.

Je verse mes tristes larmes de clown, sans même vraiment savoir pour qui : pour Alison, pour Morgan ou pour MOI, de nouveau bien partie pour écrire *Ma Vie de Verseau solo*. Adieu bienheureuse saison de la Balance, adieu Morgan Delaney. Comme d'habitude, j'ai tout foutu en l'air.

14:52

Habiba Qadir

Dis ma belle, tu me fais mon horoscope ? J'ai un rencard cette aprèm !! Pour rappel, je suis Vierge, pas Capricorne. Ça c'est juste pour faire plaisir à Siobhan qui tient à être l'aînée… MERKI ! xx **13:57**

C'EST LA MISÈRE POUR TOUS LES SIGNES. PAS LA PEINE DE SORTIR, LE MONDE ENTIER EST MAUDIT, T VIERGE BIEN JOUÉ AU MOINS TU SAIS CONTENIR TES ÉMOTIONS, TU VAS EN AVOIR BESOIN AUJOURD'HUI. **14:45**

OK… Je vais plutôt demander à Lizzie ! Merci qd mm ma belle !! xx

#OnPositive !!! **14:49**

Ce nez qu'un au revoir

Se faire plaquer au petit déj, c'est vraiment nul, et pas du tout en accord avec l'ambiance festive de la saison du Sagittaire. Les ruptures, ça devrait être à la saison du Cancer, ce signe de pleurnichard ! Ma *Bible des étoiles* ne serait-elle qu'un tissu de mensonges ?! Je la feuillette, en quête de conseils, et c'est là que je me rends compte que la saison du Capricorne a déjà commencé. Non mais j'hallucine ! J'étais si distraite par la boule à neige d'Alison que j'ai complètement zappé le solstice d'hiver ! Tu m'étonnes que tout part à contresens.

D'un autre côté… il se peut que ce soit ma faute. Rien qu'un petit peu.

Je dois encore emmener Alison aux Kew Gardens, ce qui ne m'enchante guère, vu que j'ai de nouveau subi commotion et lourd traumatisme (émotionnellement parlant). À notre arrivée, il pleut, si bien qu'on se réfugie dans les serres. Alison n'a même pas l'air de remarquer mon air morose. Comme toujours, elle est parée de couleurs pimpantes, en manteau rose duveteux et béret blanc, et se pavane avec son carnet d'esquisses dans lequel elle croque des fleurs.

– Cat, regarde ! s'exclame-t-elle, scintillante. Tu as vu cette orchidée ? Magnifique, non ?

Je me retourne et me prends une grosse feuille en pleine face. Une feuille humide, en plus, avec des gouttes qui me remontent dans les narines ! Je recule, éternue un coup, puis c'est un des humidificateurs qui se déclenche juste au-dessus de moi pour envelopper mes cheveux d'une brume tropicale.

C'est le moment précis que choisit Alison pour lever les yeux. Elle s'esclaffe.

– Mince alors, t'es toute décoiffée ! Regarde.

Avant que j'aie pu réagir, elle me prend en photo et me montre le résultat. On dirait Selma Bouvier dans *Les Simpson*.

Sans se douter des conséquences, Alison poste le cliché, qui nous vaut une série de commentaires joyeux de la part de Siobhan, Habiba, Lizzie du Gloss, et même Zanna, cette gar…gouille de Sagi-TRAÎTRESSE. On continue de se promener, et moi, de broyer du noir, jusqu'à ce que je me prenne une nouvelle feuille géante trempée.

Alison m'esquive, les yeux toujours sur son téléphone.

– Au fait, il faut que je te parle d'un truc, dit-elle, captant momentanément mon attention. Ou plutôt d'un mec !

– Quel mec ?

Ne me dites pas qu'elle s'est remise avec Oscar du Privé ! Si c'est le cas, je vais devoir me noyer à coups d'humidificateur, ce que je préférerais éviter, vu que ça prendrait une éternité. Mais la voilà qui me montre la photo d'un autre blondinet à la Hemsworth, différent mais tout aussi insignifiant. BEURK.

– Il s'appelle Casper, susurre-t-elle pendant que je résiste à la tentation de m'étrangler à l'aide d'une liane tropicale d'une espèce menacée. Il va au lycée à Sevenoaks, mais il n'est pas très assidu parce qu'il préfère se consacrer à sa musique. C'est pas dingue ?

– Jamie serait certainement de cet avis, marmonné-je en shootant dans une feuille morte.

Sauf que la feuille s'avère être un papillon, lequel s'envole aussitôt, visiblement blessé, ce qui me vaut un regard assassin de la part d'un des jardiniers.

– Il est en train d'écrire une dizaine de chansons, poursuit Alison, sur dix musiciens, tous morts prématurément. C'est passionnant, comme concept !

– Trop l'éclate, le mec, dis-je avant de me prendre une énième feuille humide.

C'est vraiment pas mon jour.

Après avoir affronté la pluie pour rejoindre la serre aux cactus, Alison m'assure que Casper « est grave sensible, artistiquement parlant, un peu comme Shakespeare – oh, bien sûr, ce n'est pas Shakespeare, mais il pourrait en être l'équivalent moderne, tu ne crois pas ? » Je sors mon téléphone pour envoyer un texto à Morgan, bien que j'aie les pouces engourdis comme des gourdins.

Ne sois pas fâchée s'il te plaît. Tu me manques xx **13:51**

Je passe le reste de la journée à vérifier toutes les heures, mais elle n'ouvre même pas le message. Après m'être relue, je me dis que c'était un peu pathétique, de toute façon.

– C'était charmant, décrète Alison après avoir fait le tour des serres.

Nous nous attardons dans la boutique des souvenirs, où elle achète un paquet de graines – inintéressant au possible. Dehors, il y a toujours de la bruine, et comme mademoiselle porte ses nouvelles Converse à la gloire de Taylor Swift, elle ne veut pas s'aventurer dehors.

– J'adorerais revenir un jour où il fera meilleur !

– Oui, bonne idée, lui réponds-je sans même la regarder.

– Tu es bien silencieuse aujourd'hui, fait-elle soudain remarquer.

L'espace d'un instant, je me dis qu'elle va peut-être enfin me demander ce qui ne va pas. C'est là qu'elle ajoute :

– Tu me diras ce que tu penses de Casper quand tu auras retrouvé ta langue. Toi aussi, tu le trouves mignon, pas vrai ?

Sérieux ?! À croire qu'elle s'en fiche complètement, en fait.

– Oh, oui, il est merveilleux. (Je croise les bras.) Bon, on y va ?

Elle hoche la tête, et on s'apprête à repartir… quand elle m'attrape par le bras. Je la regarde dans les yeux. Étrangement, je ne ressens pas le moindre vertige. J'ai les pupilles plongées dans celles d'Alison Bridgewater, et j'ai la tête fermement sur les épaules.

– Dis, ma belle… dit-elle en jetant un coup d'œil à la pluie. Tu me prêtes ton parapluie ?

C'est donc trempée comme une soupe que je dis au revoir à Alison devant la gare. À peine son béret a-t-il disparu de l'autre côté des tourniquets que je consulte mon téléphone. Mon écran reste désespérément vide. Quelle solitude… Au moins, ça colle à cette ambiance pluvieuse ! Je devrais peut-être en profiter pour écrire quelques poèmes bien tristes… ?

C'est alors qu'une fourgonnette passe en trombe dans une flaque pour m'éclabousser d'eau brune. Parfois, me dis-je, la pluie n'a rien de poétique. Parfois, la pluie, ça mouille et puis c'est tout.

*

Alison rentre à Lambley Common le lendemain, ce qui met fin à nos petites sorties. Je me réveille au dernier jour de cette année décidément pathétique avec le nez bouché et la gorge irritée. Comme si ce n'était pas assez d'avoir le cœur brisé… Aphrodite a décidé de me donner la peste, aussi !

Bon, ce n'est sans doute pas la peste. Juste un rhume. Mais c'est quand même très inconfortable.

À quelque chose, malheur est bon, cependant : je refile ma crève à toute la famille, y compris Lilas ! C'est assez drôle, de la voir se trimballer toute morveuse avec une boîte de mouchoirs sous le bras. Avec son teint de Blanche-Neige, son nez rouge se voit comme… le nez au milieu de la figure. Je ne manque pas d'entonner *Rudolph le petit renne au nez rouge* chaque fois que je la croise.

Au réveillon de la Saint-Sylvestre, tout le monde est trop bouché pour chanter *Ce n'est qu'un au revoir*, ce dont je me réjouis, car Luna et Harmony avaient prévu d'en donner une version opéra. On traîne tous sur les canapés, à regarder le feu d'artifice barbant au-dessus du London Eye. Luna se fait infuser un remède maison composé de plein de feuilles écrasées dans une casserole, à même la cheminée. D'après l'odeur, je dirais qu'il risque plus de la précipiter dans la tombe que de la guérir. Lilas, elle, s'est endormie, alors j'en profite pour lui jeter un de mes mouchoirs usagés roulé en boule.

– Beurk ! s'écrie-t-elle en sursaut. Maman ! Regarde ce que Cat m'a fait !

Tante Rose, qui somnolait aussi, la repousse comme un moustique. Ce qu'est sa fille, d'ailleurs.

– Arrête tes simagrées, ma chérie, maman est très malade.

– Cat, maugrée ma mère sans même ouvrir les yeux. Arrête d'embêter…

Je crois qu'elle s'est rendormie. Lilas me foudroie du regard avant de s'emmitoufler dans son kimono de soie blanche. GENRE, elle trouve ça confortable. N'importe quoi.

Puis la porte s'ouvre à la volée et oncle Hillary, qui ronflait dans son rocking-chair, sursaute dans une quinte de toux. Mon père entre d'un pas vif, vision plus effrayante que toute l'intrigue de *Shining*, vu qu'il ne porte même pas de pyjama sous sa robe de chambre.

– Papa ! protesté-je en me couvrant les yeux. Tu veux me traumatiser à vie ?!

– J'ai une bonne nouvelle à vous annoncer, les gens ! proclame-t-il en agitant un mouchoir tout dégoûtant.

– Quoi, que tu ne vas plus jamais dire « les gens » ? demandé-je en fermant les yeux. Parce que ça, pour le coup, ce serait une excellente nouvelle.

– Non, Cat, ce n'est pas ça.

– Vous n'allez quand même pas renouveler vos vœux avec maman ? s'inquiète Luna.

– Non, Luna, répond notre père, perplexe. Ce n'est pas ça non plus. C'est au sujet de la maison.

Là, j'ouvre les yeux. Même notre mère revient d'entre les morts et repousse sa frange trempée de sueur pour le regarder. La porte du placard à journaux de tante Rose s'ouvre et Harmony en sort dans une roulade. Par l'harmonica de Mumrik, qu'est-ce qu'elle fichait là-dedans ?!

– Je répétais mon numéro d'évasion de la boîte magique, explique-t-elle à voix basse sous nos regards effarés. Désolée.

Papa se racle la gorge.

– Figurez-vous que Matt Szczechowska nous a sauvé la mise. Il a rassemblé une belle équipe d'ouvriers pour remettre la maison en état, mais il va leur falloir un bon mois, car ils doivent reconstruire le sol de la chambre de Cat, ainsi que la salle de bains en dessous.

Pendant que je me félicite que le père décorateur de ma sœur spirituelle Sagittaire ait su se montrer si utile, Lilas écarquille les yeux, horrifiée.

– Vous n'allez quand même pas rester ici un mois entier ?!

– Bien sûr que non, s'amuse mon père, au grand soulagement de ma cousine. Nous allons louer une petite maison à Lambley pour un mois ou deux, afin que les filles puissent retourner en classe. L'agent immobilier nous a trouvé un logement tout à fait raisonnable à deux pas du collège.

L'idée me semble désastreuse. Comment pourrai-je justifier mes retards quotidiens si on habite juste à côté ?! Avant que j'aie pu faire valoir ce détail de la plus haute importance, ma mère commence déjà à s'extasier au sujet de la nouvelle salle de bains. C'est tout elle, ça, de s'enthousiasmer pour de la plomberie. La vie doit vraiment être barbante passé trente-cinq ans.

– On déménage ?! demande Luna, ébahie. Où ça ?

– Dans une ravissante petite impasse.

Notre père marque une pause, le temps de se moucher façon trompette.

– Marylebone Close, ajoute-t-il.

QUOI ?! Je pourrais bondir jusqu'au plafond, mais comme la peste m'a traînée aux portes de la mort, je me contente de renifler avec horreur. On ne va pas s'installer dans la rue de Morgan ! Elle va croire que je la harcèle !

Les parents continuent de radoter au sujet de la plomberie et de la chance qu'on a d'avoir trouvé un point de chute. Le regard perdu dans le vide, je rêve qu'un trou noir vienne m'engloutir. Je n'ai même pas la force de rire quand Lilas éternue assez fort pour saigner du nez. Et ça, c'est vraiment tragique.

17:30

Zanna Szczechowska

Joyeux anniversaire Zanna !!!!
Tu es la pire des amies ! **17:15**

Euh, pardon, mais c'est TOI la pire. J'ai fêté mon anniversaire il y a plus d'une semaine, je te signale. **17:18**

BON OK TU L'AVAIS REMARQUÉ
MAIS ZANNA
Moi je retiens les anniv en fonction de la saison zodiacale et j'avais MANQUÉ que c'était déjà celle du Capricorne !!!
Ton anniv tombe le DERNIER jour de la saison du Sagittaire, évidemment que je l'ai raté… Tu aurais pu mieux choisir ta date, sérieux. **17:19**

Je crois bien que c'est la PIRE excuse que tu m'aies jamais sortie. Et ça inclut la fois où tu as prétendu avoir été distraite par une photo de Jodie Comer alors que tu allais me faire une story d'anniversaire sur Insta **17:22**

Faut dire qu'elle est TRÈS jolie
Mais toi aussiiii !! JE T'AIME ZANNA !!!!! **17:24**

Chaque année mon père parie un billet de dix que tu vas oublier, et chaque année je perds. Franchement, de quoi j'ai l'air, moi, à cause de toi… **17:25**

À se taper la tête contre les murs de désespoir

Jamais je n'aurais cru dire ça un jour, mais la Boîte d'iPhone me manque. Notre maison à Marylebone Close est sombre et exiguë, avec une porte d'entrée d'un vert passé et des rideaux de dentelle poussiéreuse aux fenêtres. Quant au jardin, ce n'est qu'un carré de pelouse déprimant.

– Charmant, dit ma mère, les lèvres pincées, en découvrant l'endroit.

Gênée, je gratte le sol à coups de talon, un peu en retrait. Elle ne fait plus de commentaires sur la maison après ça.

La majorité des pièces sont vides. Ma chambre, aux murs jaune pâle comme un verre de lait abandonné en plein soleil, est équipée d'un lit, d'un bureau, d'une armoire et d'une chaise bancale, sur laquelle je dépose ma *Bible des étoiles*. Voilà pour la déco. Maman nous traîne en ville dès le premier jour pour m'acheter une nouvelle garde-robe, pour remplacer toutes mes affaires irrécupérables. Dans le sens « carbonisées », hein, pas de mauvais goût, comme l'a suggéré Lilas.

– Je devrais te faire payer tout ce bazar, maugrée ma mère à la caisse.

– Je te rembourse, si tu veux ! répliqué-je avec l'hostilité d'une Scorpion. Il paraît que le jardinier de Siobhan démissionne, je n'aurai qu'à le remplacer pour gagner de quoi tout payer.

Muette, ma mère regarde la caissière ôter tous les antivols avant de poser la main sur mon épaule – un geste hautement perturbant. Je la regarde, surprise : elle esquisse un étrange sourire plein de larmes.

– Ma chérie, tout le monde fait des erreurs, dit-elle. Ça n'empêche pas la planète de tourner.

Puis elle m'attire à elle pour me serrer dans ses bras. La dame à la caisse me lance un regard, comme pour me demander si je suis victime d'un enlèvement, s'il faut prévenir quelqu'un. Je secoue lentement la tête, même si je dois admettre que tout ceci est très déstabilisant. Je finis par m'écarter la première.

– Ça ne va pas ? Je ne suis pas obligée de faire du jardinage, hein…

– Oh, non, ce n'est pas ça, voyons ! (Elle sèche ses larmes.) C'est juste que je mesure ma chance, chaque fois que je me dis que j'aurais pu avoir Siobhan comme fille.

*

De retour à la maison, nous découvrons trois cartons sur la table de la cuisine, sur lesquels mon père a inscrit nos noms et dessiné des smileys au marqueur noir. Il doit trouver ça marrant, mais personnellement, je me demande s'il ne s'est pas reconverti en tueur en série. Ce serait toujours mieux que banquier, cela dit.

Je m'approche de ma boîte avec méfiance.

– C'est quoi ?

– Quelques affaires ! répond-il fièrement. Le reste est dans le garde-meuble.

Luna pousse un cri de joie : il lui a ramené son collier en améthyste et son tapis navajo (création d'un authentique artisan navajo installé en Arizona, bien sûr). Avec précaution, j'ouvre mon carton pour y trouver mon blouson de cuir. Je le serre aussitôt contre mon cœur. Il sent un peu le moisi, mais au moins, il n'a pas cramé !

– Contente ? demande mon père.

Je lâche mon trésor pour me jeter à son cou. Il me tapote le dos avec un petit rire.

– Merci !

Puis je me ressaisis et le repousse. D'accord, on traverse une période difficile, mais ça ne veut pas dire qu'il faut se montrer affectueux avec ses parents.

De retour dans ma toute petite chambre, je berce mon blouson comme un bébé. Quelque chose me dit que si je l'avais eu avec moi à Londres, rien ne serait arrivé… Avec un soupir, je me laisse tomber sur le lit, la veste toujours contre moi, comme si je craignais de la voir s'enfuir. Hélas, ce lit est plus étroit que l'ancien, si bien que je me cogne la tête contre le mur.

La maison tout entière semble vibrer, mais ce n'est peut-être qu'une impression. Je porte la main à mon crâne douloureux. Supersaperlipopette ! Si la commotion cérébrale était une discipline olympique, j'aurais déjà décroché la médaille d'or.

Luna passe la tête par la porte.

– Ça va ? C'était quoi, ce bruit ?

– Ça va, ça va ! Je me suis cognée au mur, c'est tout.

– Exprès ? demande Luna.

Je me frotte la tête tout en lui faisant les gros yeux.

– Bien sûr que non ! Tu me prends pour une idiote, ou quoi ?

– C'est-à-dire que…

Je la fais taire d'un regard mauvais. J'attends qu'elle s'en aille, mais elle s'attarde un peu avant de carrément venir s'asseoir à côté de moi.

– Dis… Morgan Delaney, c'était ta copine ?

Je manque de m'étouffer. Par la broigne de Brunehilde, comment est-elle au courant ? Le choc me guérit aussitôt de ma commotion.

– Qu'est-ce qui te fait croire ça ?!

Luna évite mon regard. Elle a même l'air gênée, en fait.

– Ben, je ne voulais pas te le dire, mais il se peut qu'Harmony et moi, on se soit entraînées à la contorsion dans le coffre à jouets de la salle de jeux… Et qu'on ait entendu toute votre conversation.

Je la dévisage, perplexe. Ma sœur est vraiment trop bizarre. Puis je me laisse retomber sur le lit avec un grognement (et avec plus de précaution, cette fois, car ma tête ne supporterait pas un énième choc).

– Dans ce cas, tu sais déjà tout. Pas la peine de me demander.

Décidément pas douée pour saisir les messages subliminaux, Luna s'allonge à son tour.

– Alors comme ça, vous étiez… ensemble, toutes les deux ?

– Je ne sais pas. (Soupir.) On a regardé des films, on s'est embrassées, on a discuté… Et on est allées à un concert trop cool, à Londres, aussi. Ce genre de trucs.

Luna hésite.

– Donc… vous êtes sorties ensemble ?

Je cligne des paupières, les yeux rivés sur le plafond blanc cassé. Maintenant qu'elle le dit, c'était exactement ça. Sauf que j'étais trop stupide pour m'en rendre compte. Vie de mer…lan frit.

– Qu'est-ce qui s'est passé, alors ? veut savoir Luna.

Je me tourne vers elle avec un soupir.

– J'ai fait mon oie.

Elle fronce les sourcils.

– Tu as fait quoi ?

– J'ai fait mon oie. Tu sais… J'ai tout gâché, quoi.

– Personne ne dit ça, fait remarquer Luna.

– Ben moi, si ! (Je me tourne de nouveau vers le plafond.) C'est la faute à Vénus. Elle est censée représenter mon côté romantique. Tu savais que dans mon profil astral, Vénus était en Verseau, elle aussi ? Ça fait beaucoup de Verseau pour une seule personne ! Ça voudrait dire que j'ai tendance à me perdre dans mes fantasmes. Mais je n'aurais jamais cru que ça pourrait se retourner contre moi.

Luna claque la langue.

– C'est vrai que les Verseau sont, de base, très superficiels.

Je fronce les sourcils.

– C'est pas ce que j'ai dit… Enfin, je ne crois pas ?

– Et que vous êtes tous d'un égoïsme cataclysmique, poursuit-elle sans se soucier de ma réaction. Non mais sérieux, est-ce que c'est du détachement, ou est-ce juste que vous vous fichez du monde qui vous entoure ?

Je toussote.

– Attends une minute, Luna…

– Mais, Cat, tu ne t'es jamais dit que tout n'était pas forcément écrit dans les étoiles ? Parfois, tu ferais peut-être mieux de suivre ton cœur.

Je la fixe, à deux doigts de lui jeter un bouquin de Jane Austen à la figure.

– T'es pas sérieuse ?! bredouillé-je en me redressant sur mes coudes, agacée. C'est toi qui m'as poussée à chercher l'amour !

– Quoi ? Mais n'importe quoi !

Je gesticule dans tous les sens. (Pas facile, quand on est allongée. Je dois avoir l'air de m'étouffer toute seule.)

– Tu m'as dit que si je ne trouvais pas quelqu'un avant la fin de la saison de la Balance, je devrais attendre une année entière pour connaître l'amour ! Et depuis, ma vie est un désastre !

– Ta vie était DÉJÀ un désastre, fait valoir Luna. Plus sérieusement, tu m'as mal comprise. Ce que je te disais, c'était l'interprétation que les autres font de la saison de la Balance. Mais ils se trompent ! Pas étonnant, vu qu'ils ont tous grandi dans le capitalisme…

– Est-ce qu'on peut rester concentrées deux minutes ?!

Luna fait la grimace.

– Le but de la saison de la Balance n'est pas de trouver l'amour, explique-t-elle avec patience, c'est de trouver l'équilibre. Ça peut être plein de choses ! Pour moi, c'était quand j'ai lancé mon club de patchwork avec Niamh. Ça m'a vraiment éclairci les idées.

Je suis tentée de lui demander si elle est bien sûre de ça. S'était-elle vue, avec ses boucles d'oreilles en trombone ? Mais ce n'est pas le moment. Alors je continue de fixer le plafond. Est-ce que je faisais fausse route depuis le début ? Ce ne serait pas la première fois… Bon, c'était sans doute moins grave de rêver brièvement de faire carrière en tant qu'imitatrice de Taylor Swift. Supersaperlipopette ! Ne serais-je qu'une clown zodiacale ?!

– Qu'est-ce que je vais faire ?! me lamenté-je.

Luna ricane d'un air supérieur.

– Tu peux encore arranger les choses, bien sûr. Et tu devrais. Comme je l'ai fait avec Dorian, après notre désaccord au sujet d'une clause dans la loi de 2004 sur la reconnaissance du genre.

Je cligne des yeux.

– Tu t'es disputée avec Dorian ?

Deux semaines, à peine, qu'ils sortent ensemble. Ça me fait tout drôle de me dire qu'ils ont déjà eu le temps de se fâcher et de se réconcilier.

– Il est Lion, il a un tempérament de feu, explique Luna. Mais j'ai tout arrangé ! Et tu devrais faire pareil, si tu aimes Morgan. Sans vouloir te vexer, tu as l'air vraiment mordue.

– Elle est Gémeaux, fais-je valoir.

Luna hausse un sourcil.

– Dans la vie, Cat, il faut savoir prendre des risques, dit-elle sur son ton le plus zen. Parfois, cela implique de faire confiance à des Gémeaux. On ne sait jamais. Peut-être que ses autres signes neutralisent les tendances corruptrices des Gémeaux ! Il n'y a pas que le soleil qui compte. Elle a peut-être une lune en Poissons.

Nous échangeons un soupir rêveur à cette idée.

Puis je lui donne un petit coup de coude.

– Tu sais, t'es drôlement sage, en fait. (Une pause.) Pour une Scorpion, je veux dire.

Luna me saute sur le ventre. J'en ai le souffle coupé ! On essaie de s'écraser mutuellement jusqu'à ce que notre mère fasse irruption dans la chambre parce que, je cite, on fait « trembler toute la maison ». Typique d'une Vierge, de s'inquiéter pour un détail pareil.

*

Bon, c'est bien joli de me dire d'arranger les choses, mais comment ? Les cours reprennent demain. Et j'ai beau ne pas être experte, je doute d'avoir le temps de dénicher un perroquet pour lui apprendre à dire « Morgan, je suis désolée » (ce qui est ma seule idée pour l'instant, aussi pathétique que ça puisse paraître).

Et puis, qu'est-ce que je fais pour Alison ? Elle aussi, je la verrai au collège. Depuis ce coup de fil de Morgan, je ne sais plus quoi penser. Et si Morgan avait raison et que j'étais prisonnière à jamais de mon amour désespéré pour Alison ? Je devrais peut-être tenter l'hypnothérapie. Comme ça, je pourrais me faire effacer Alison de la tête, et – pouf ! – guérie. Mais combien ça coûte, ce bazar… ?

Je reste éveillée, tard dans la nuit, à envisager des solutions. Enfin, jusqu'à 23 h 35, quoi.

C'est là que j'entends un crissement de gravier. Vu qu'on est dans une impasse, soit c'est un camion rempli de clowns tueurs venus nous rendre visite (si seulement !), soit c'est quelqu'un qui revient de ses vacances en Irlande.

Je me glisse à la fenêtre comme une ninja pour jeter un coup d'œil dans la rue. Bingo ! La mère de Morgan vient de garer sa petite voiture dans l'allée juste en face. Je regarde les portières s'ouvrir… et la voilà : Morgan Delaney, qui sort sa valise du coffre.

Elle porte une queue-de-cheval, et ce détail suffit à me faire fondre le cœur (je dois drôlement manquer de sommeil). Je la regarde rentrer chez elle, avec sa queue-de-cheval qui se balance, bientôt suivie de sa mère. La porte bleue se referme aussitôt derrière elles.

Je consulte l'horloge : 23 h 37. Et si je notais les déplacements de Morgan ? Ça me donnerait une bonne idée de son emploi du temps. De ses passions. Du meilleur moyen de reconquérir son cœur de Gémeaux irlandaise. J'aperçois le reflet de mes yeux exorbités dans le miroir. J'ai vraiment une tête à me prendre une injonction d'éloignement. Je ferais peut-être mieux d'aller dormir.

EXTRAIT DE
«LES BAD BOYS PLEURENT»
DE JAMIE OWUSU
(librement inspiré de «Big Girls Cry», de Sia)

Assis là, à ressasser notre rupture
Conséquence de mon sale comportement
J'en reviens pas d'avoir renforcé le patriarcat!
Les bad boys pleurent quand ils blessent leurs nanas
Les bad boys pleurent quand ils blessent leurs nanas...
J'me rachèterai, j'me rachèterai, j'me rachèterai... (x3)
POUR TOIIIIIIIIIIIIIIIIIIII...!

Universellement, spirituellement déséquilibrée

8 h 55. J'aperçois du mouvement derrière le rideau de Morgan. Enfin, si c'est bien le sien : je ne sais même pas où se trouve sa chambre. En tout cas, je note tout ça dans ce fameux journal de déplacement que je ne tiens pas. Luna passe une tête chez moi, je manque de faire tomber mes jumelles.

– Qu'est-ce que tu fabriques ? s'impatiente-t-elle. Il faut y aller, là, il est presque l'heure.

– On ne peut pas partir maintenant ! protesté-je. Je dois m'assurer qu'on ne va pas tomber sur Morgan. Ce serait très gênant pour moi.

– Tout est gênant avec toi. C'est ta façon d'être, c'est tout. C'est bon, on peut y aller ? Niamh m'attend avec un grand sac de cristaux. Les miens sont toujours dans la Boîte d'iPhone, mais j'en ai besoin pour restaurer l'équilibre de mon univers spirituel intérieur.

Si quelqu'un pouvait restaurer mon équilibre, à moi… Hélas, je trébuche deux fois en voulant mettre mes chaussures. J'ouvre la porte et vérifie que la voie est libre avant de m'aventurer dehors.

Pas de trace de Morgan : rien que des bennes noires qui tournicotent comme des pingouins. J'attrape Luna par le poignet pour lui dire de se dépêcher, avant de l'entraîner dans la rue telle une mère en retard pour la garderie. Arrivée au coin, Luna se dégage d'un coup sec.

– T'as pas bientôt fini de me tirer par le bras ? Tu vas me luxer l'épaule !

Je m'apprête à lui dire que je pourrais bien le faire si elle ne met pas le turbo, et tant pis si elle n'aime pas le résultat, quand la porte des Delaney s'ouvre. Morgan est là, les yeux sur son téléphone, à quelques mètres à peine. C'est à hurler !

– AAAARGH, fais-je, ce qui revient à hurler, justement.

Morgan lève le nez. Alors j'ai la seule réaction possible : je me cache derrière la benne la plus proche, sous le regard médusé de Luna.

– Cat, qu'est-ce qui te prend ?! Lève-toi !

– Fais quelque chose, pousse la poubelle, je ne sais pas, moi !

On échange des gestes vagues, puis Luna attrape la poubelle pour la pousser. Les roues se mettent à grincer – leur bruit devrait se confondre avec mon cri, quelle idée de génie ! –, et je suis le mouvement vers la rue principale en dansant pratiquement le kazatchok.

– Cat, souffle Luna, les lèvres serrées. Elle nous regarde. Je ne vais pas pouvoir garder cette poubelle jusqu'au collège ! Lève-toi !

– Tais-toi et pousse !

Elle accélère. Impossible pour moi de tenir le rythme ; à deux doigts de tomber, j'attrape le couvercle de la benne pour me stabiliser, ce qui, évidemment, fausse complètement la trajectoire de Luna.

– Cat, fais gaffe, y en a une autre par là ! s'exclame-t-elle.

C'est la collision ; les deux bennes se renversent, éparpillant tout leur contenu dans un fracas de tous les diables. Pire, me voilà exposée, accroupie comme un canard au milieu du trottoir.

Je me risque à ouvrir un œil. Debout sur la chaussée, Morgan me regarde, les bras croisés. Saperlipopette.

– Bonjour, bredouillé-je.

Elle lève les yeux au ciel, visiblement pas contente de me voir.

– Quel temps affreux, pas vrai ? (Ne le dis pas tout haut…) C'est vraiment une journée… (Par pitié, NON.) À jeter à la poubelle.

Pas pu résister.

Luna prend un air traumatisé. Morgan, elle, hoche la tête.

– T'es vraiment pas capable de rester sérieuse deux secondes, avoue ? Qu'est-ce que tu fais là ? Je dois aller en cours.

– Sacrée coïncidence ! bredouillé-je en me relevant d'un bond. Figure-toi que j'habite juste là… (Je désigne la porte verte.) C'est temporaire. En attendant que notre maison soit remise en état. À cause de l'incendie, tu sais, celui que j'ai plus ou moins… provoqué.

Elle me dévisage.

– Tu déconnes.

Bon, ce n'est pas la réaction la plus encourageante. Je secoue la tête. Morgan nous regarde tour à tour, Luna, la maison et moi, avant de marmonner un juron et de s'éloigner en direction du collège.

– Je crois que c'était le moment le plus gênant de toute ma vie, déclare Luna.

Je la fusille du regard.

– Sérieux ?! De TA vie ?!

On passe le reste du chemin à se chamailler comme au poulailler.

*

C'est en état de stress que j'arrive en classe, où je m'assieds à côté de Zanna. J'essaie de me relaxer en dessinant Raiponce qui tient la main de Pocahontas.

– Non mais je rêve. Pour l'amour de Michelle Obama, qu'est-ce qu'elle fait avec ce machin ? dit soudain Zanna.

J'inspecte mon dessin, perplexe.

– C'est une pagaie, voyons. Elles sont dans un canoë. T'as vraiment l'esprit mal tourné, Zanna ! Franchement, depuis que tu as regardé *Shakespeare in Love*…

– Je te parle pas de ça, m'interrompt-elle. Cat, regarde.

Je la dévisage. Agacée. Avant de voir que Siobhan a fait son entrée, en mode starlette, comme toujours à la rentrée. Sauf que cette fois, elle tient le ballon doré le plus scintillant et le plus énorme que j'aie jamais vu. On dirait une petite planète au bout d'une laisse. En forme de licorne.

– Nom d'un petit poney, murmuré-je. C'est quoi, ça ?!

– Une atrocité, voilà ce que c'est, répond Zanna.

Tous posent des yeux ronds sur le ballon tandis que Siobhan traverse la pièce en direction de Millie. C'est la seule personne à ne pas la regarder fixement. Elle est trop occupée à se faire toute petite, le nez enfoui aussi profondément qu'un trésor de pirate dans les

Mémoires de Claudia Winkleman, sa présentatrice préférée. Toute la classe retient son souffle – ça fait beaucoup d'air.

– Euh, Millie ? tente Siobhan.

L'intéressée se fige, les doigts serrés sur son livre.

– Oui ? marmonne-t-elle sans lever la tête.

– C'est pour toi.

Millie se tourne enfin vers l'offrande. Je vous dirais bien qu'elle a l'air horrifiée, mais le mot serait trop faible. Je crois qu'elle préférerait encore regarder sept grand-mères tricoteuses se faire bétonner à mort que d'être là, en ce moment. Au bout de sa ficelle, le ballon est lesté par un fer à cheval en plastique, que Siobhan dépose sur la table de Millie. La licorne éclipse le soleil, plongeant sa destinataire dans les ténèbres. Elle est plus grande que Millie ! Bon, d'accord, ce n'est pas difficile, mais quand même.

– Qu'est-ce que tu veux dire ? demande Millie en toisant le cadeau d'un œil méfiant.

– Faut te l'expliquer en quelle langue ? En espéranto ?! s'agace Siobhan avant de se radoucir. Je l'ai acheté pour toi, OK ? Pour m'excuser d'avoir cassé ton téléphone. Et d'avoir dit que ta frange était pathétique. Et d'autres trucs encore qui auraient pu te blesser.

Millie la fixe, en état de choc.

– Pour faire… quoi ?

Siobhan se hérisse comme un porc-épic de mauvais poil.

– Pour m'excuser, répète-t-elle. Je suis désolée, OK ?! Et je t'offre ce ballon en témoignage de ma désolation ou je sais pas quoi.

J'échange un regard avec Alison. Elle hausse les épaules, incrédule. Derrière moi, j'entends Zanna qui étouffe un rire. Habiba, elle, brandit son téléphone pour prendre une photo.

– T'étais pas obligée… dit Millie, hésitante. Genre, vraiment, c'était pas la peine.

– J'y tenais, insiste Siobhan avec un jeté de cheveux. Je me sentais, comment dire, coupable. Ce qui est très désagréable, tu sais ! J'ai dû écrire dans mon journal, comme une espèce de folle à la Brontë. Je regrette d'avoir été un peu barbare avec toi et de ne pas t'avoir incluse dans nos activités. Enfin bref… si tu veux manger avec nous, tu peux.

Zanna n'y tient plus. Je suis obligée de lui écraser le pied pour la faire taire, sauf que je rate ma cible et écrase le mien à la place ! Millie s'éclaircit la gorge pendant que je frotte mon orteil endolori.

– Merci, Siobhan… Pour le déjeuner, je passe mon tour, mais j'apprécie tes excuses, ainsi que ce… ballon.

– C'est ça, dit Siobhan. Très bien.

Puis elle va s'asseoir à sa place, à côté d'Alison. Toute la classe contemple le ballon en silence, comme s'il venait de la part de l'empereur aztèque Cuauhtémoc en personne. Puis la cloche sonne et Mme Warren fait son entrée.

– Bonjour tout le monde, dit-elle.

Puis elle s'arrête, le front plissé. Ce qui est peut-être sa tête normale, en fait. Elle se tourne lentement vers Millie.

– Mademoiselle Butcher, dit-elle. Puis-je vous demander ce que vous faites avec cette monstruosité dorée ?

– Euh… (Millie se met à rougir, paniquée.) C'est-à-dire que…

– C'est moi qui le lui ai offert, madame, annonce Siobhan en se levant fièrement.

Zanna toussote. Tout ce spectacle l'amuse beaucoup trop.

– C'est pour me faire pardonner mon comportement de ces dernières semaines.

Mme Warren semble de plus en plus perplexe.

– Rien que ça ! Eh bien. Millie doit se sentir bien chanceuse. Asseyez-vous, mademoiselle Collingdale. Et veuillez rentrer votre chemise, je vous prie.

Pour une fois, Siobhan ne répond pas. Décidément, c'est le monde à l'envers.

*

– Je n'en reviens pas qu'elle ait refusé notre invitation ! s'offusque Siobhan dans la cour. Après tout ce que M. Drew nous a dit comme quoi elle ne se sentait pas la bienvenue dans la classe… Je fais le maximum, OK ? Regardez la taille de ce ballon ! Avec ça, tout le monde va faire attention à elle ! Que demande le peuple ?!

– C'est très généreux de ta part, lui assure Kenna.

Zanna, elle, se racle la gorge.

– Siobhan, dit-elle en ajustant ses lunettes. Ne le prends pas mal, mais… peut-être que Millie ne t'aime pas, tout simplement ? Dans son histoire, à elle, tu es sans doute la grande méchante. D'ailleurs, dans la mienne non plus, tu n'es pas exactement une héroïne…

Siobhan se tourne vers elle, visiblement prête à lui arracher le scalp pour en faire un cache-pot. Je m'interpose précipitamment.

– Ce que veut dire Zanna, c'est que Millie ne tient peut-être pas à se faire remarquer. Elle préfère sans doute que tu la laisses tranquille…

Perplexe, Siobhan observe Millie qui se rend tant bien que mal à son cours de maths avec son énorme ballon qui flotte derrière elle comme un OVNI. J'ai presque peur qu'elle ne s'envole ! Ce qui ne serait sans doute pas pour lui déplaire, d'ailleurs, vu comme elle a l'air gênée. Elle tente même de cacher la licorne sous son blazer. Peine perdue : elle doit être visible depuis Mars.

– Tu as probablement raison, finit par admettre Siobhan.

Zanna m'adresse un sourire narquois, auquel je réponds en dressant les pouces. Puis Jasmine la Grande Gueule rapplique en hululant que Siobhan a marqué contre son camp au basket, et les deux rivales se jettent leurs manuels à la tête comme des frisbees.

Je parviens à m'enfuir avec Zanna avant d'être pulvérisée direction Tombouctou.

Objet : Cheval échappé
De : Dr Woodhouse woodhouse@queens.kent.sch.uk
À : Élèves & enseignants

Bonjour à toutes et tous,

J'ai pris connaissance de la présence d'un ballon dans l'enceinte de l'établissement. À la suite de témoignages extravagants selon lesquels un cheval échappé s'était « déchaîné au sein du collège, n'épargnant personne sur son passage », j'ai alerté le conseil d'administration, que je tiendrai au courant à mesure que la situation évolue. En cas de difficulté à contenir excitation ou hystérie, sachez que l'équipe en charge de la santé et du bien-être des élèves saura vous conseiller. Merci de garder votre calme.

Cordialement,

Dr Woodhouse, MBE, PhD
Principale du collège Queen, Kent

Ça s'en va et ça revient

Tout le monde ne parle que du ballon de Millie. Surtout après la pause déjeuner, où il a manqué d'être emporté par le vent, avec sa propriétaire au bout ! Heureusement, Elizabeth la Blindée a enfin mis à profit ses bras de pieuvre, si bien que Millie n'a « que brièvement quitté la terre ferme », d'après les témoignages. Sauf qu'après, tout le monde s'est levé pour lui chanter *Joyeux anniversaire* dans la cantine !

Quand vient l'heure de la réunion générale, la situation prend des proportions grotesques. Millie lâche par erreur la ficelle, et le concierge, Patrick la Poussière, doit grimper sur une échelle pour aller récupérer le ballon qui flotte devant le projecteur, plongeant la salle tout entière dans une lumière dorée.

– Je ne comprends pas pourquoi on en fait toute une histoire, s'impatiente Siobhan tandis que nous gagnons la sortie à la fin de cette journée gonflée à l'hélium. Personne n'écoutait le discours de M. Drew, de toute façon ! « Les bus rouges de la chance » ?! C'est censé vouloir dire quelque chose ? Et puis, c'est manquer de respect à Cat, dont le trauma a été causé par un bus.

– Oh, euh… dis-je, effarée. Je n'avais même pas fait attention !

– Qu'est-ce que je disais ! triomphe Siobhan. Elle est encore totalement dans le déni ! Qui sait comment son traumatisme pourrait se manifester par la suite ? Elle pourrait se mettre à faire du cosplay !

– Siobhan, laisse-la tranquille, voyons ! s'esclaffe Alison en me prenant par le bras. Ne t'en fais pas, ma belle, murmure-t-elle. N'oublie pas que…

Elle ne va pas au bout de sa phrase, son attention captée par autre chose. Je me penche vers elle.

– Que je n'oublie pas quoi ? Alison ?

– Regarde ! s'exclame-t-elle. C'est Casper !

Elle se précipite vers le portail, devant lequel est garée une voiture rouge qui bloque complètement la rue. Les chauffeurs de bus ont beau klaxonner comme des fous, le type adossé à la carrosserie s'en fiche pas mal derrière ses grosses lunettes de soleil. Les bras écartés, Alison se jette à son cou en poussant des cris de dauphin.

– C'est quoi ce micmac ?! s'écrie Siobhan. Elle le connaît ?

– Tu as vu la caisse ? s'étrangle Kenna. Une décapotable !

– Bon sang de bonsoir, Kenna, combien de fois il faut te le dire ? postillonne Siobhan, excédée. Un toit ouvrant, ça ne fait pas une décapotable !

Pendant que Kenna sort son téléphone pour vérifier l'info, Alison revient vers nous en sautillant, son Casper pratiquement collé à elle. Elle glousse, aussi ridicule qu'un nuage de bulles de savon.

– Je rêve, marmonne Zanna à côté de moi.

– Les filles, je vous présente Casper ! Cat, tu te souviens ? Je t'ai tout raconté à Londres ! (Soudain, Alison sursaute et nous regarde l'un et l'autre.) Oh la vache, Cat et Cass… Il va falloir que je fasse attention à ne pas vous confondre !

– HAHAHA, fais-je.

L'hypothèse semble peu probable, à moins que je ne ressemble plus à Thor que je n'en avais conscience. De son côté, Casper salue Siobhan, Kenna et Zanna, aussi viril que le dieu du tonnerre avec ses cheveux blond sale et son chapeau prétentieux à bord large.

Il se tourne vers moi.

– Salut, la blondinette, dit-il. Appelle-moi Cass.

Il me décoche un sourire éblouissant avant de passer le bras autour des épaules d'Alison. Je le déteste. Il est tellement canon. Parce que oui, évidemment, que j'en ai conscience. Je suis lesbienne, pas aveugle.

Siobhan fait la moue, visiblement décontenancée. Les yeux rivés sur la voiture d'Appelle-moi-Cass, elle se lèche les babines telle une lionne avec des faux cils.

– C'est la tienne ? demande-t-elle. Genre, tu sais conduire ?

Appelle-moi-Cass confirme d'un hochement de tête.

– J'ai eu le permis il y a un mois, pour mes dix-sept ans… Pour l'instant, je n'ai eu que deux contraventions. Pour excès de vitesse, précise-t-il, ce qui a le don de rendre les filles (à l'exception de Zanna et moi) tout chose.

Même sa voix ronflante rappelle Thor.

– Je me suis dit que j'allais offrir une balade à ma chérie.

Il secoue l'épaule d'Alison, qui glousse et sourit si fort que je crains de la voir exploser dans un geyser de guimauve couleur pastel.

– On en profitera pour écouter mon album, ajoute-t-il.

– Ton album ?! manque de s'étouffer Kenna, avant de signer une messe basse à Siobhan.

– Elle dit que c'est incroyable et que tu dois être riche, répète Siobhan à voix haute tandis que Kenna tente de la faire taire. Elle n'a pas tout à fait tort, je suppose…

– Son album est sur iTunes ! s'extasie Alison. Pas vrai, chéri ?

– *Tombeau superficiel*, précise Appelle-moi-Cass. Inspiré par des génies musicaux disparus avant l'heure. Jetez-y une oreille.

Puis, avec un clin d'œil qui me donne surtout envie de me jeter dans un volcan en éruption, il entraîne une Alison quasi comateuse vers sa voiture.

– À plus tard, les filles !

Ils démarrent en trombe, libérant enfin le passage, sous le regard médusé de Siobhan. Bientôt, elle se retourne vers moi, cramoisie de fureur.

– T'étais au courant ?! Et tu m'as pas textotée ?!

– Tu étais privée de téléphone, je te rappelle.

– Quelle importance ?!

Elle est à deux doigts de la rupture d'anévrisme. Par chance, c'est le moment que Lizzie du Gloss et ses copines lippues choisissent pour rappliquer. Siobhan leur saute dessus.

– Lizzie ! Elizabeth ! Eliza ! Vous n'allez JAMAIS croire sur qui Alison a mis le grappin !

Pendant que Siobhan et Lizzie du Gloss entretiennent leur hypertension, je reste plantée là, hébétée, le regard perdu sur la route où vient de disparaître Alison. Zanna apparaît à mes côtés, comme une espèce de génie slave sorti de sa bouteille.

– Trop bizarre, le mec, dit-elle.

J'acquiesce lentement.

– Zanna… Je peux te faire un aveu ?

– C’est obligé ?

– Je crois que j’ai tiré un trait sur Alison. Je ne l’aime plus, en tout cas plus comme ça. Je la trouve même un peu superficielle et égocentrique, par moments.

– Elle te ressemble trop, c’est ça ? se moque Zanna.

– Et j’ai vraiment été stupide, poursuis-je sans l’écouter (parce que franchement, elle ne peut pas me laisser le premier rôle, rien qu’une fois ?). J’ai tout foutu en l’air avec Morgan, et tout ça pour quoi ?

Elle va me répondre que bien sûr que j’ai été stupide parce que c’est ce que je suis de base… Après un instant de réflexion, cependant, elle me prend par le bras.

– Ça te dit qu’on se prenne un chocolat avant de rentrer ? me propose-t-elle.

Et, en bonne Verseau blonde et pathétique, je sens une boule se former dans ma gorge.

– On peut ? lui demandé-je.

Elle lève les yeux au ciel.

– Évidemment, répond-elle. Il faut fêter ça.

Laissant Siobhan et Lizzie du Gloss cancaner comme des oies, nous prenons la direction de Lambley Common Green. C’est très étrange, mais maintenant que je l’ai admis à voix haute, je me rends compte que j’ai bel et bien tiré un trait définitif sur Alison Bridgewater. Sa boule à neige a disparu. Et je comprends enfin ce que voulait dire Morgan quand elle me reprochait de vivre dans un monde imaginaire.

Sauf que j’ai un autre problème, maintenant. Je suis totalement, indéniablement, éperdument sous le charme de Morgan Delaney. Et pas dans le bon sens, hélas.

HOROSCOPE POUR MOI-MÊME

Si j'en crois ma Bible des étoiles, pour une Verseau, la saison du Capricorne est le moment de faire le vide dans sa vie et de se débarrasser de ses fardeaux…

Quels fardeaux ?! J'ai littéralement cramé toutes mes affaires ! Encore un peu et on avait un paradis à la Marie Kondo comme en rêve Luna. Cela dit… J'ai quand même jeté tous mes mouchoirs en papier usagés et un élastique cassé, juste au cas où. Oh, et ces vieilles chaussures dégueu que maman porte parfois à la maison. Je ne sais pas pourquoi papa les a ramenées ici ! Il a dû inhaler des fumées toxiques. Enfin bref, je doute qu'elles lui manquent.

Mais tout ça ne suffit pas à attirer Morgan Delaney sur le pas de ma porte ! La vie est bien injuste. Quelle que soit la saison, je dois éprouver une peine écrasante, celle d'être passionnément amoureuse d'une fille qui ne m'aime pas.

« Quelqu'un a vu mes pantoufles ? » crie maman.

Argh ! Comment voulez-vous que j'arrive à établir correctement mon horoscope avec tout ce vacarme ?!

Poème d'amour anesthésique

À quoi bon se languir d'amour pour une personne qui refuse de vous adresser la parole ?! Deux jours tragiques ont passé et je ne sais toujours pas comment reconquérir le cœur de Morgan. Tout ce que me dit mon horoscope, c'est de « prendre mes distances avec toute toxicité »…

Convaincue que je devrais éviter tous mes problèmes jusqu'à ce qu'ils se règlent d'eux-mêmes, je plonge dans une haie pour esquiver Morgan en rentrant du collège. Ce qui ne serait pas si terrible si un pigeon n'y avait pas fait son nid. Picorée à mort (ou presque), je traverse l'allée avec Luna sur les talons. J'ôte une brindille de mes cheveux pendant qu'elle se racle la gorge.

– Tu ne peux pas la fuir éternellement, tu sais. Vous devez mettre les choses au clair. Essaie de penser positif, avec la technique du TASER : prendre le Temps de s'Améliorer et de trouver des Solutions Efficaces et Relaxantes. C'est Willow, une amie que je me suis faite en ligne, qui l'a inventée, et…

– Luna.

– Oui ?

– La ferme.

J'ôte mes chaussures dans l'entrée. Ma sœur est aussi folle que trois chimpanzés avec des nez de clown. Quand j'entre dans la cuisine en quête de nourriture, je manque de quitter mon enveloppe corporelle : la mère de Morgan est assise à notre table. Le choc !

– Bonjour, ma chérie ! me lance maman avec un sourire radieux au-dessus de son mug de thé fumant. Ça a été, à l'école ? Voici Caroline, qui habite en face. Nous nous sommes croisées cette après-midi et nous n'avons pas arrêté de bavarder depuis !

Elle rit d'un air nostalgique avant de tapoter le bras de Caroline comme si elles étaient déjà de vieilles amies toutes moisies. Que Sappho me vienne en aide.

– Et tu ne devineras jamais… Caroline fait de la couture !

Caroline est stylée, comme sa fille. Elle porte un débardeur qui laisse voir une ancre tatouée sur son épaule.

– Ta maman a eu la gentillesse de m'inviter à son club de couture samedi, dit celle-ci avec un sourire. Je vais me faire un plaisir de ressortir les aiguilles !

Super. Comme ça, je vais pouvoir m'en servir pour me poignarder à mort ! Je les regarde tour à tour, muette d'horreur, puis mon père entre d'un pas vif, déguisé en plombier minable, avec un jean, un tee-shirt blanc et une boîte à outils. Quel spectacle glaçant. J'entends Luna sursauter derrière moi.

– Nom d'une Zendaya, qu'est-ce que tu fabriques ? lui demande-t-elle.

– J'ai monté des étagères pour Caroline ! répond-il en roulant des mécaniques. Elle avait besoin d'un coup de main un peu musclé, alors j'ai ressorti mon jean de bricoleur.

– Vite, la Javel, pour me désinfecter les yeux, marmonne Luna.

Je suis de tout cœur avec elle.

Je suis aussi dans la mouise. Pourquoi faut-il que mes parents fassent ami-ami avec tout le monde ?! Je n'ai jamais vu de Vierge aussi idiots. Je n'ai plus qu'à espérer que Caroline ne ramène pas Morgan comme dans le pire comité d'accueil des Sims 3. Autrement, je serai obligée de m'exiler en Ouzbékistan.

*

Samedi, 12 h 07 : Caroline quitte sa maison. Seule, Aphrodite soit louée. Ce serait vraiment trop gênant que Morgan vienne aussi, d'autant que je ne sais toujours pas comment obtenir son pardon. J'ai bien tenté de lui faire un gâteau, mais je l'ai un peu raté. Il se trouve qu'il fallait casser les œufs avant de les mixer… Très complexe, tout ça.

Au rez-de-chaussée, le club de dégustation de café – euh, pardon, de « couture » – composé de maman, Fran et Caroline, papote. J'en suis à me demander si je pourrais tricoter un plaid à motif astrologique pour Morgan quand ma mère passe la tête par la porte.

– Cat, ma chérie, tu as de la visite !

QUOI ?! Aurais-je mal ajusté mes jumelles ? Morgan serait-elle bel et bien venue ? Je referme précipitamment mon ordinateur. Ou plutôt, l'ordi de secours de papa, vu que le mien a fondu dans l'incendie. Puis je me recoiffe vite fait. Je n'ai même pas mis de mascara… On dirait une taupe toute nue !

– C'est qui ?! C'est que, vois-tu, je suis assez occupée…

Jamie Owusu fait son entrée, vêtu d'un gilet différent mais tout aussi tragique et d'un pantalon Chino d'un violet épouvantable. Je le fixe comme un poisson rouge ahuri.

Je ne l'avais pas revu depuis notre rupture. Au collège, pour m'éviter, il a rejoint la société féministe – c'est le seul club de Queen's qui a bien voulu de lui. Sauf que le voilà, dans ma minuscule chambre. Armé d'une guitare.

Il m'adresse un signe de tête, un sourire nerveux et optimiste sur les lèvres. PAR PITIÉ NE ME LAISSE PAS SEULE AVEC LUI, tenté-je de hurler du regard à ma mère.

– N'hésitez pas à me dire si vous voulez un petit goûter, dit-elle avant de s'éclipser en gloussant.

Définitivement irrécupérable, celle-là.

– Cat, dit Jamie. Je peux entrer ?

– C'est déjà fait, remarqué-je.

Quelles seraient mes chances de survie si je me jetais par la fenêtre pour lui échapper ?

– Ah, c'est vrai, répond Jamie en ajustant son fardeau sur son épaule.

Je prie toutes les divinités existantes pour qu'il n'ait pas rajouté de nouveaux couplets à *Cathleen*.

– Cat, je sais que notre relation appartient au passé. Mais s'il te plaît, écoute-moi. Je suis venu te demander pardon.

Alors ça, pour une surprise… Je serais parfaitement en droit de lui dire de dégager avec sa gratte. Après tout, ce n'est pas lui qui s'est fait traiter de « tigresse » ! Mais c'est de Jamie qu'on parle, je le connais depuis des années, sa mère est la meilleure amie de la mienne… Je laisse échapper un soupir.

– Vas-y, je t'écoute.

Il s'assied sur mon lit en se tournant nerveusement les pouces.

– Bon. Cette nuit-là, chez Siobhan… Kieran m'a demandé où on en était, toi et moi, et, comment dire… comme je ne savais pas trop quels étaient les différents degrés, j'ai répondu qu'on avait « passé la cinquième ». C'est là que les mecs m'ont fait la fête, et… la situation m'a échappé. Je regrette, vraiment. Je n'aurais pas dû te manquer de respect comme ça. Depuis, je suis devenu féministe, et maintenant, je sais que j'ai mal agi.

– Oh, fais-je, un peu hébétée. Ce n'est pas grave. Tout est bien qui finit…

Jamie croque avec enthousiasme dans un biscuit au chocolat. D'où l'a-t-il sorti, celui-là ?! Aurait-il développé le pouvoir de transformer les particules en petits gâteaux ?!

– Ça t'ennuie si je mange ? demande-t-il. C'est pour m'échauffer les cordes vocales.

Je lui ferais bien remarquer qu'il l'a déjà gobé en entier, mais un autre détail m'inquiète.

– Pardon… Tes cordes vocales ?

Il déglutit.

– Oui. Je t'ai écrit une chanson. Pour te demander pardon.

Je transpire, nerveuse.

– Jamie, tu n'es vraiment pas obligé de…

– Je t'en supplie, dit-il, les larmes aux yeux.

Une fois de plus, ma sainte générosité l'emporte, et je hoche la tête, résignée. Il déballe sa guitare. Il a même pensé à prendre un médiator, ce qui serait assez classe s'il n'était pas à l'effigie de Bob l'Éponge. Il gratte un accord. Pensant qu'il en est encore à s'accorder, je sursaute quand il se met à chanter.

Comme si ça ne lui suffisait pas d'avoir massacré Dolly Parton, voilà qu'il pompe sur *Don't You Want Me* de The Human League. Heureusement que Morgan n'est pas là pour entendre ça.

J'ai craqué dès l'instant où t'as dit que j'étais pas mal,
Oui je l'avoue
Mais mentir et dire qu'on avait passé la cinquième,
C'était pas bien du tout
J'aurais pas dû piquer tes chaussettes pour les sentir
C'était relou
Si on pouvait rester amis, ça me plairait beaucoup,
Mais pas autant que tes deux… beaux yeux doux…

Il ferme les paupières d'un air dramatique. J'applaudis lentement. Je crois que c'était encore pire que *Cathleen*.

– C'était… (Je me creuse la cervelle.) Très gentil de ta part.

– Merci. (Il porte la main à son cœur.) Je me contente de retranscrire ce qui est écrit ici, tu vois ce que je veux dire ?

J'acquiesce vigoureusement. À mon grand soulagement, il range sa guitare, se lève, et me tend la main. Je le regarde, hébétée.

– Merci pour cette expérience, Cat, dit-il d'une voix rauque, comme s'il essayait de se la jouer sage et mystérieux. J'espère que nos routes se croiseront de nouveau un jour.

Je serre sa main moite.

– On se verra au collège lundi, Jamie.

– Oui, bien sûr, c'est ce que je voulais dire. Faut que j'y aille. J'ai un cours de skate. Merci de m'avoir écouté, Cat. Et de ne pas avoir rapporté ce que j'ai fait à ma mère. Elle m'aurait tué.

– T'inquiète.

Il s'apprête à sortir.

– Jamie, attends.

Il pose sur moi un regard plein d'espoir.

– Oui ?

– Ce n'est pas complètement ta faute si ça n'a pas marché entre nous. En fait, je ne peux pas t'aimer, parce que je suis lesbienne. Surtout ne le dis à personne ! Mais… ne culpabilise pas trop, OK ?

Je guette sa réaction avec une grimace.

Il me dévisage un moment, puis ses traits s'illuminent, et il brandit un poing triomphant.

– YES ! s'exclame-t-il. Je le savais, que j'étais pas moche !

Minute. C'est tout ce qu'il trouve à dire ?! Je laisse échapper un rire.

– C'est vrai, tu es même plutôt pas mal.

Il tapote sa guitare avec un grand sourire.

– J'ai intérêt à me trouver une nouvelle muse, alors.

J'acquiesce le plus solennellement du monde.

– Elle aura bien de la chance.

– Merci. Et n'oublie pas, comme l'écrit Janet Mock dans *Redéfinir la réalité* : « Raconter nos histoires – d'abord à nous-mêmes, puis les uns aux autres, et enfin au monde – est un acte révolutionnaire », récite-t-il, la main sur le cœur, avant de me saluer. Au revoir, Cat.

Et le voilà parti.

Ce n'est qu'après avoir entendu claquer la porte d'entrée que je remarque son médiator Bob l'Éponge oublié sur mon lit. Je le ramasse. Je devrais peut-être courir le lui rendre… ? Avec un sourire, je décide finalement de le poser sur le rebord de la fenêtre. Ça me fera un souvenir de ce mois un peu fou où j'ai expérimenté une relation avec un garçon.

*

Plus tard, j'appelle Zanna pour lui raconter la visite de Jamie. On en rit comme des mouettes.

– Tu ne crains pas d'avoir commis une terrible erreur ? ricane Zanna. Il écrit des chansons affreuses et toi des poèmes épouvantables. Vous êtes faits l'un pour l'autre !

Je sais qu'elle dit ça pour me taquiner le gardon, et je manque de mordre à l'hameçon… quand, soudain, une idée ! Non, pire qu'une idée : une révélation !

– Zanna, tu es un génie !

– Oui, bien sûr. (Une pause.) Attends, pourquoi ?

– Un poème ! m'exclamé-je en me levant d'un bond. Quelle idée brillante ! Je devrais écrire un poème ! Là, je suis sûre de reconquérir Morgan ! Qui pourrait résister à un poème d'amour anesthésique ?

– Authentique, tu veux dire, répond Zanna. Et ce n'est pas du tout ce que j'ai dit. Tu as déjà oublié ce qui t'est arrivé la dernière fois que tu as fait ça ? Tu t'es pris un bus en pleine face ! Tu as vraiment la mémoire courte… Franchement, Cat, c'est une très mauvaise idée.

– Mais non. C'est une idée brillante.

– Tu sais au moins ce que « brillante » veut dire ? s'inquiète Zanna. Cat, je crois que…

Je raccroche au nez de ma sœur de cœur Sagittaire et bondis sur mon lit avec plume et parchemin. Enfin, avec un Bic et une serviette en papier, quoi. Je ne suis pas millionnaire ! Mais une poétesse n'a que faire de l'argent : tout ce dont elle a besoin, c'est de talent…

JOURNAL TOTALEMENT FICTIF DES DÉPLACEMENTS DE MORGAN

15:45 Morgan rentre du collège.

15:51 Morgan ferme ses rideaux. Pour se changer, peut-être ??

16:20 Rideaux toujours tirés. Qu'est-ce qu'elle fabrique ???

17:11 Révélation : Morgan est peut-être une vampiresse. Chambre plongée dans l'obscurité, amis gothiques, teint pâle, porte beaucoup de noir... Est-ce que je l'ai déjà vue dehors en plein jour ?!

18:06 Évidemment. Que je suis bête. L'influence de maman, sans doute.

19:35 Mais si Morgan est bel et bien une vampiresse... elle doit faire des suçons EXTRAORDINAIRES !!!

Un cadeau venu des égouts de mon âme

Je suis vraiment une artiste monumentale ! Minute – est-ce que ça veut bien dire ce que je pense ? En entendant le commentaire de Luna (« Un mètre soixante-deux, c'est pile dans la moyenne pour ta tranche d'âge, Cat. »), je me dis que non, ce n'est pas ce que je voulais dire.

Bon, c'était au moins l'occasion pour moi de taquiner Luna, cette encyclopédie sur pattes.

Enfin bref, je suis vraiment géante, artistiquement parlant. Je suis restée debout toute la nuit, à sacrifier mon sommeil au profit de ma passion. Le matin venu, j'ai l'air d'un lémurien qui se serait bagarré avec un koala, tellement j'ai les yeux noirs et bouffis. Et j'ai sur la face une tache d'encre qui ne veut pas partir ! Je me frotte la joue jusqu'à ne plus sentir mon visage, mais c'est encore pire. Heureusement que l'amour est aveugle…

Je pourrais peut-être m'arranger pour faire tomber les lunettes de Morgan avant de lui donner mon poème ?

J'ai fait un brouillon sur une serviette en papier avant de mettre mon opus au propre. Faut dire que je n'avais plus qu'une feuille A3, rapport à l'incendie, tout ça. Mais le résultat est époustouflant : chaque coin du papier est peuplé de princesses qui dansent la valse et de piratesses en plein duel. Tout autour du poème, dont j'ai tracé les lettres une à une avec soin, en copiant des caractères façon bible allemande médiévale, j'ai ajouté des lunes et des étoiles découpées dans du papier alu.

C'est un véritable chef-d'œuvre, un cadeau tout droit sorti des égouts de mon âme ! Quand elle verra tout le mal que je me suis donné, Morgan ne pourra que me pardonner ! Jamais je n'avais fait de tels efforts pour qui que ce soit. Pas même pour Alison.

Je range ledit chef-d'œuvre dans une enveloppe puis glisse le brouillon dans ma poche afin de le montrer à Zanna. Et je prends le chemin du collège, la tête haute – tellement haute que je me prends une branche en pleine face.

Une mission m'attend ! Aujourd'hui, je vais reconquérir le cœur de Morgan Delaney.

*

– La vache, souffle Zanna quand j'arrive en classe. Tu es malade ?

– Oh, que oui, annoncé-je. Malade d'amour, Zanna. J'ai suivi ton conseil : je passe à l'action. Même si ce n'est pas la saison de la Balance !

– C'était ça, mon conseil ? demande Zanna en me regardant par-dessus ses lunettes. Tu es sûre de ne pas avoir fait une erreur de traduction quelque part ? Comme la fois où je t'ai dit d'arrêter de broyer du noir et que tu t'es teint les cheveux d'un orange affreux.

– C'était en sixième ! protesté-je avant de brandir mon énorme enveloppe. Tu sais ce qu'il y a là-dedans ?

– Ben non. J'ai pas des yeux laser.

– C'est un poème calligraphié à la main, expliqué-je avec fierté. Pour Morgan ! Je l'ai illustré, décoré… je me suis endormie dessus, aussi, mais ça ne se voit pas… Enfin, j'espère. Je vais le lui donner à la pause déj ! Elle sera obligée de me pardonner.

Zanna n'a pas l'air convaincue. Siobhan arrive à son tour et manque de tomber dans les pommes. Apparemment, j'ai l'air tellement mal que j'ai « provoqué chez elle un reflux d'acide ». J'aurais dû dormir un peu. Jamais Morgan ne voudra sortir avec « une banane trop mûre » (comme me décrit Lizzie du Gloss après avoir vu la photo que lui a envoyée Siobhan).

Heureusement, j'ai littérature toute la matinée – et on étudie MacRasoir. J'en profite pour dormir un bon coup pendant que Mme Jamison régurgite son cours.

*

C'est enfin l'heure de la pause ! Dehors, le soleil m'aveugle, même si d'après Zanna, le temps est couvert. Le manque de sommeil doit encore me jouer des tours… Mais ce n'est pas le moment de m'en inquiéter. Je n'ai que vingt minutes pour trouver Morgan !

Avec Zanna, on court partout, mais Morgan reste aussi introuvable que la conscience d'un Scorpion. On déboule sur le terrain de sport, cheveux au vent telle Kate Bush sur le Kilimandjaro, et c'est là que je la repère, de l'autre côté du terrain de foot.

– Tu vas devoir courir, me dit Zanna. Il te reste exactement cinq minutes.

– C'est tout ce dont j'ai besoin, murmuré-je en serrant mon enveloppe.

Puis j'inspire un grand coup et je me tourne vers Zanna.

– De quoi j'ai l'air ?

– D'une tranche de roquefort. D'un blanc cireux, avec des taches bleuâtres un peu partout. Au fait, Morgan est au courant pour ta mycose ?

Je n'ai vraiment pas le temps pour ces sottises, alors je m'élance au galop. Ou plutôt au trot. Enfin, je marche vite, quoi. Je me rapproche discrètement de Morgan, qui traîne avec le reste des Quadruple M. Elle a l'air tellement cool, avec ses chaussettes montantes et sa chevelure noire qui volette, lui donnant un charme sauvage tout irlandais. Le petit groupe est assis dans l'herbe, face à la rivière, si bien qu'ils ne me voient pas venir. Je retiens mon souffle. Saperlipopette. Impossible de parler !

Je m'apprête à rebrousser chemin quand Morgan jette un regard derrière elle, comme guidée par un sixième sens, et m'aperçoit. (Ou comme si elle avait une deuxième paire d'yeux derrière la tête, typiquement Gémeaux...) Je me fige, bouche bée, et prie Aphrodite pour que ce qui en sort ne soit pas une série de mots stupides et humiliants.

– Euh, salut !

Bon, ça peut aller, pour un début.

Morgan, elle, n'a pas l'air impressionnée. Sa mine perplexe suffit à me liquéfier les jambes.

– Tu vas bien ? me demande-t-elle sur un ton impliquant qu'elle espère le contraire.

– J'ai quelque chose à te dire, bredouillé-je (ce qui n'est pas faux). Si ça ne te dérange pas... Je suis vraiment désolée d'avoir manqué tes appels à Noël et de m'être laissé emprisonner dans la boule à neige d'Alison.

– La boule à quoi ? répète Morgan, un peu déroutée.

– Peu importe ! (Je brandis l'enveloppe.) Je t'ai fait ça, pour te demander pardon et, euh… j'espère que ça te plaira.

Morgan et Maja échangent un regard.

– Qu'est-ce que c'est ? demande Morgan.

Gloups.

– Oh ! Tu veux que je l'ouvre ? Je pourrais, oui…

Je m'empresse de décacheter l'enveloppe pour en sortir ma création, mon *magnum opus*, mon tout dernier espoir…

Qu'une bourrasque m'arrache aussitôt des mains.

Je suis aussi horrifiée qu'une Lion à qui personne ne ferait attention. À peine Morgan a-t-elle cligné des yeux que mon chef-d'œuvre lui plane au-dessus de la tête pour aller retomber dans la rivière, où le courant l'emporte à toute vitesse. C'est comme s'il n'avait jamais existé.

On se regarde, Morgan et moi.

– Euh… fais-je.

Elle lève les yeux au ciel. Je suis en train de la perdre ! Paniquée, je plonge la main dans la poche de mon blazer.

– Bon, OK, on a comme un petit imprévu. Mais j'ai une copie ! (J'accours vers elle.) Regarde ! Tout y est, c'est presque aussi bien que la version finale…

– Une vieille serviette ? demande Morgan.

Je baisse les yeux sur mon offrande.

– Ben… oui. Mais elle est propre, hein. Et puis, ce qui compte, c'est ce qu'il y a dessus.

Avant que j'aie pu lui expliquer, des cris emplissent l'air, et les Quadruple M se relèvent précipitamment. Quoi encore ?! Quand je me retourne, je manque d'être renversée par Jasmine la Grande

Gueule, poursuivie par une Siobhan armée de l'énorme rouleau de Scotch ! Kenna, Alison, Habiba et Lizzie du Gloss l'accompagnent. Derrière elles, Zanna affiche une mine horrifiée.

– C'est fini, Jasmine ! triomphe Siobhan en déchirant un bout de Scotch. Tu croyais vraiment pouvoir enfermer Kenna dans un placard et t'en tirer comme ça ?! Hululera bien qui hululera la dernière…

Elle pose sur moi un regard médusé.

– Cat ?!

– Siobhan ! Quelle coïncidence !

Ses yeux s'arrêtent sur Morgan. Elle s'emporte aussitôt.

– Qu'est-ce qu'elle fout là, celle-là ?! Tu te prends pour qui, à embêter mes copines ?! Dégage, et plus vite que ça !

– Dégage toi-même ! réplique Morgan, les mains sur les hanches.

Quant à moi, j'ai dû avaler ma langue.

– Qui dit que c'est pas ta copine qui m'embête, moi ? ajoute-t-elle.

Confiant son rouleau de Scotch à Kenna, Siobhan fait craquer ses doigts avant de défier Morgan comme une cow-girl texane.

– Qu'est-ce que Cat pourrait vouloir dire à une tarée baveuse comme toi ?! aboie-t-elle. Prends ton crush lesbien et CASSE-TOI. Elle a rien à te dire.

– Mon quoi ?! rétorque Morgan.

Et là…

– Siobhan, arrête ! C'est *moi* qui ai un crush lesbien !

Oh, supersaperlipopette. J'ai dit ça tout haut ?!

Habiba pousse un cri de surprise. Même Lizzie du Gloss s'arrête en pleine retouche maquillage. « OMG », signe Kenna. Jasmine

McGregor écarquille les mirettes tandis que je me surprends à fixer les traits parfaits d'Alison, qui me regarde avec les yeux de Pluto.

– Enfin, je suis lesbienne, quoi, couiné-je, les joues en proie au changement climatique. Désolée de ne pas vous l'avoir dit plus tôt. J'espère que ça ne vous pose pas de problème ? Merci… de votre attention.

Morgan a l'air abasourdie. Je crois bien que j'ai choisi le pire moment possible dans toute l'histoire des pires moments possible. Mais ce qui est fait est fait, on ne va pas revenir dessus.

Bizarrement, c'est Lizzie du Gloss qui brise cette avalanche de silence.

– On t'aime, Cat, lâche-t-elle avant de me prendre dans ses bras, et tout le monde se met à acquiescer, comme réveillé en sursaut. Tu es fabuleuse, j'ai trop hâte de l'annoncer sur Instagram.

– On t'adore, minaude Alison. Tu es trop chou.

– T'es une star ! proclame Habiba avant de m'agripper d'une poigne de fer comme seule une capitaine d'équipe de basket en est capable. Quel courage !

Je ne partage pas son avis. Même sauter à la corde, ça me fiche la trouille, Habiba est bien placée pour le savoir ! Mais j'apprécie le compliment.

– Je suis très heureuse pour toi, dit Kenna.

Zanna, elle, lève les deux pouces. Je pourrais pleurer comme une Poissons. Après tout, la pauvre s'est tapé tous les allers-retours d'ascenseur émotionnel depuis le début.

Lentement, tout le monde se tourne vers Siobhan, qui est restée aussi figée et muette qu'un mannequin hors d'usage.

– Je regrette, dit-elle avec un jeté de cheveux précautionneux. D'avoir fait toutes ces blagues sur les lesbiennes, je veux dire. Bien sûr, si j'avais su, je me serais abstenue. Mais ne me dis quand même pas que tu veux sortir avec CETTE FILLE-LÀ ?

Je me tourne vers Morgan, qui plisse les yeux, avant de m'adresser à Siobhan.

– Ben si, l'informé-je en roulant des mécaniques. Et si ça te dérange, Siobhan, je te remercie de ton amitié, mais c'est fini entre nous. Au fait, toutes tes blagues, là, elles n'étaient pas drôles. Enfin, celle sur les salopettes était pas mal, mais... tu devrais réfléchir un peu avant de parler. Je sais que tu te prends pour Marie-Antoinette, mais même elle, comment dire...

– Elle a fini guillotinée ? suggère Zanna.

– C'est ça, acquiescé-je. Merci, Zanna. Alors, voilà, quoi.

Siobhan me dévisage mais, aussi incroyable que ça puisse paraître, elle n'explose pas. Au moment où la cloche sonne, Siobhan attrape simplement la main tremblante de Kenna pour s'éloigner à grands pas. Elle n'a vraiment rien à dire ? Je m'apprête à l'interpeller quand quelqu'un se racle la gorge derrière moi.

Quand je me retourne vers Morgan, je suis frappée par tous les détails que j'avais mémorisés : ses taches de rousseur, ses yeux bleu lagon, ces mèches blondes dans sa chevelure noire. Elle penche la tête, curieuse comme un cacatoès, mais comme toujours, son expression est indéchiffrable.

– Décidément, tu es pleine de surprises, dit-elle. J'admets que je ne l'avais pas vue venir, celle-là.

– Oh ! euh, merci... ? (Je me tapote le talon de la pointe du pied.) Alors comme ça... on n'est plus fâchées ?

Morgan inspecte la serviette, puis lâche un soupir.

– Je ne sais pas, Cat. Mais garde ton téléphone allumé. Je t'enverrai peut-être un texto ou autre. On se voit plus tard, d'accord ?

Puis elle m'adresse un petit sourire amusé avant de faire signe au reste des Quadruple M et de repartir en cours. Je souris jusqu'aux oreilles. Elle ne m'a pas rejetée ! Elle a accepté mon poème ! Je suis aux anges, comme emportée par un millier de chérubins taquins. Le comble du bonheur.

17:07

La bande

Habiba
Cat ma chérie, tu préfères quoi : « lesbienne », « saphique » ou « queer » ? Réponds avant 18h stp !!! **16:58**

Cat
Pourquoi ? Il y a quoi à 18h ?? **17:01**

Habiba
Je fais un live questions-réponses sur TikTok !!! xx **17:01**

Cat
EUH LES FILLES JE PRÉFÈRE QU'ON EN FASSE PAS TOUTE UNE HISTOIRE **17:02**

Kenna
Cat tu as les félicitations de l'ami.e non binaire de ma sœur à l'école des sourds <3 **17:03**

Lizzie
Waouh donc on peut être sourd *et* lgbt ?
Laisse tomber, je suivrai le live de Bibi pour avoir la réponse !!! **17:03**

Cat
Pitié **17:05**

Catwoman et son pull épouvantable

Je passe trois heures au téléphone à discuter avec Zanna de ce « je t'enverrai un texto ou autre ». Ce qui a le don d'énerver mon vieux père. Depuis qu'il a assemblé les étagères de Caroline, on ne l'arrête plus. Le voilà qui cloue et visse des trucs partout dans la maison ! Il a déjà monté trois tables inutiles, et apparemment, mes « jacasseries constantes » le dérangent.

Je lui rétorque qu'on aurait peut-être dû louer plus grand, pourquoi pas même un magasin de meubles, au point où on en est, avant de claquer la porte de ma chambre.

« Qu'est-ce que tu comptes faire quand tu recevras son texto ? » me demande Zanna.

– Je ne sais pas trop. Discuter avec elle, je suppose.

« Hmm… Tu es sûre que c'est une bonne idée ? »

– Qu'est-ce que tu veux je fasse d'autre ?!

« Le problème, c'est qu'une fois que tu ouvres la bouche, il peut se passer n'importe quoi, m'explique Zanna. Tu es capable de provoquer des désastres avec tes âneries. Comme la fois où tu as fini jeune ambassadrice du Croissant Rouge juste pour éviter de leur faire un don d'une livre devant la gare. »

– Ça n'a rien à voir, protesté-je. Là, Morgan, je lui ai offert un poème, tu as déjà oublié ?

« Bien vu. (Une pause.) Dans ce cas, tu es foutue. »

Je lui réplique qu'elle est une très mauvaise amie, puis je lui raccroche au nez. Sauf que je vais devoir m'excuser plus tard, car j'ai oublié de lui demander quel était le devoir à faire en littérature... Un essai quelconque, je suppose. Comment pourrais-je survivre sans ma Sagittaire slave ?

Toujours étalée sur mon lit, j'essaie d'imaginer ce que pourrait m'écrire Morgan quand ma mère déboule avec un panier en osier.

– Mon linge sale est juste là, dis-je en pointant mon legging roulé en boule sur la chaise. Merci, mère.

– Je ne suis pas ta bonne ! ronchonne-t-elle. Et ce n'est pas une corbeille à linge. Quelqu'un a laissé ça pour toi. Ça fait cinq minutes que je t'appelle.

– Je croyais que c'était pour annoncer le dîner !

Ma mère se lance dans une tirade comme quoi je n'ai pas conscience de ma chance, que je pourrais être en train de traire mes propres vaches, ce genre de bêtises. Puis elle abandonne le panier sur mon bureau et repart aussi sec.

Elle devrait se mettre au yoga, tiens.

Je soulève ma carcasse épuisée pour inspecter le panier, un vrai de vrai, en osier ! Très impressionnant. Ce n'est pas ce que m'avait promis Morgan, mais peut-être s'agit-il d'une sorte de message d'amour lesbien secret ? Tiens, il y a un Post-it collé sur l'anse. Minute... c'est l'écriture de Siobhan ?! J'arrache le papier de soie qui dissimule le contenu. Chaque élément est étiqueté – pour éviter toute confusion, dit-elle.

Il y a là un chouchou arc-en-ciel, un exemplaire de *Devenir* de Michelle Obama (car « les paroles puissantes des femmes puissantes sont particulièrement précieuses pour les lesbiennes »), des boucles d'oreilles en forme de chat (car « les lesbiennes ADORENT les chats, les recherches le prouvent – EXCELLENTE nouvelle pour toi, CAT ! »), des aiguilles à tricoter pour faire des écharpes arc-en-ciel, et un Polaroid – l'appareil, hein, pas une photo. Les yeux me sortent des orbites ! Le tout est emballé dans une chemise à carreaux – « au cas où j'aurais envie d'adopter un look butch ».

Supersaperlipopette. Siobhan est beaucoup trop bizarre. Et riche. Un Polaroid… non mais sérieux ?! C'est là que je remarque une enveloppe rose bonbon. Je l'ouvre, abasourdie. Je ne rêve pas : Siobhan Deidre Collingdale, selon qui les cartes postales « c'est pour les vieilles tantes sans famille », m'a écrit une lettre.

Chère Cat,

Je suis vraiment désolée d'avoir fait toutes ces blagues sur les lesbiennes. Les mecs c'est moche et ça sert à rien, alors franchement, j'ai beaucoup d'admiration pour les lesbiennes. Tu es ma meilleure amie. Ou au moins ma troisième meilleure amie, en tout cas. Je te soutiendrai toujours, même si tu décides de porter du velours côtelé. Je ferai même un effort pour être sympa avec Morgan Delaney. Ce qui ne devrait pas être impossible, vu qu'elle a vraiment un très joli nez. Je ne peux pas imaginer ma vie sans que tu viennes la bousculer 24 heures sur 24 avec ton énergie chaotique. J'espère qu'on est toujours amies.

Siobhan

P.S. : Si jamais tu as besoin que je M'OCCUPE de qui que ce soit, en particulier Jasmine McGregor, fais-moi signe. Je suis très douée pour régler leur compte aux gens, sans citer de noms.

Bon, ce n'est pas exactement ce qu'on pourrait attendre d'une lettre d'excuses, mais venant de Siobhan – qui, faut-il le rappeler, est Scorpion –, c'est presque un miracle ! Elle commence à saisir. Et puis, elle n'était pas la seule à faire ces blagues. Mais elle est la seule à demander pardon. Je lui envoie un texto pour lui dire que je ne porterai jamais de velours côtelé mais que j'apprécie cette attention. Elle m'appelle aussitôt, et on se réconcilie avec plein d'effusions et de larmes. Même si je dois la dissuader d'organiser une fête de coming out en mon nom.

*

Bref, la bande s'est reformée, mais deux jours passent et toujours pas de texto de Morgan. Je garde mon téléphone en attendant. Résultat, mon soutien-gorge se met à vibrer en plein cours de maths le jeudi. Moi qui faisais la sieste !

Je sors discrètement mon téléphone, les yeux encore embrumés. Enfin, un texto ! J'aurais dû savoir qu'elle m'écrirait pendant les cours. Toujours aussi délicieusement rebelle, la demoiselle… Mais avant que j'aie pu lire son message, M. Tucker se racle la gorge, ce malotru.

– Puis-je savoir ce que vous regardez, mademoiselle Phillips ?

Je glisse mon téléphone sous ma jupe, ni vu ni connu. Kenna esquisse une grimace.

– Rien, monsieur.

– Levez-vous, je vous prie.

Je m'exécute, les cuisses étroitement serrées. À entendre les rires qui résonnent dans la salle, je dois avoir l'air de me retenir. Et là, bien sûr, mon téléphone vibre de plus belle avant de glisser de sa cachette pour tomber par terre comme un œuf.

– Cathleen, attendez-moi dehors.

M. Tucker retourne au tableau. Je ne me le fais pas dire deux fois. Kieran et ses copains Tombeurs ricanent comme des hyènes.

Dans le couloir, au moins, je suis libre de consulter mon téléphone. Je retiens mon souffle. J'espère que ça vaut une retenue. Si ce n'est pas Morgan, je hurle !

Coucou. Rdv au parc, vers 19 heures? J'ai lu ton poème x **14:50**

YES ! Je pourrais jeter mon téléphone tellement je suis heureuse ! Mais ce serait d'une bêtise monumentale, alors je le range simplement dans mon blazer. Toutes mes prières à Aphrodite ont fini par payer ! C'est plus fort que moi : je lève un poing triomphant…

… et frappe M. Tucker, qui a le malheur de sortir à cet instant. Je lui mets un coup dans le pif, précisément, et le pauvre homme tombe à genoux avec un cri de douleur.

Oh, supersaperlipopette. C'est pas bon, ça.

Dans la classe, c'est la consternation. M. Tucker laisse échapper un mot qu'aucun prof n'est censé prononcer, je crois. Je ne sais pas quoi répondre. S'il existe un juron pire que « saperlipopette », c'est le moment.

– Euh… chou-fleur à raclette ?

Mais je doute que ça veuille dire grand-chose. M. Tucker se contente de grogner.

*

Ce qui aurait dû n'être qu'une heure de retenue à la place du déjeuner pour « utilisation d'un téléphone en classe » se transforme en retenue du samedi matin pour « utilisation d'un téléphone en classe et agression sur un membre de l'équipe pédagogique ». M. Tucker semble avoir compris que mon coup de poing n'était pas volontaire. À l'entendre, je « me pavanais dans le couloir de façon bien ridicule ». Sauf qu'aucune mention dans le système ne correspond à ça.

– TU AS FAIT QUOI ?! hurle maman.

– Je crois qu'elle a frappé un de ses professeurs, explique papa.

– J'avais entendu, merci David ! Bonté gracieuse ! Tu ne pourrais pas prendre exemple sur cette chère Lilas ?

Elle fait les cent pas dans ma chambre minuscule en radotant des histoires de responsabilité et de réputation. Deux sujets dont je me fiche pas mal alors que je dois retrouver Morgan ce soir même. Rien ne peut entamer ma bonne humeur !

– Tu vas passer le reste de la soirée dans ta chambre, à méditer tes actes, décrète ma mère.

Je la regarde, horrifiée.

– Mais maman, c'est pas possible ! Je dois aller au parc !

– Alors ça, tu peux oublier ! éructe-t-elle.

Puis elle descend avec fracas. Mon père m'adresse un haussement d'épaules contrit avant de la suivre. Quelques minutes plus tard, je l'entends visser bruyamment quelque chose.

Voilà qui n'arrange pas mes petites affaires.

Je passe l'heure suivante à faire les cent pas. Que ferait Sappho, la grande poétesse lesbienne, en pareille situation ? Pleurer beaucoup et broyer du noir dans une robe de soie, sans doute. Pas sûre qu'elle me soit d'une grande aide.

Je ne peux pas poser un lapin à Morgan. Là, elle ne me parlerait plus jamais de la vie ! Mais maman n'a pas l'air prête à négocier… Je me laisse glisser contre le mur pour m'asseoir par terre, désespérée.

Soudain, on frappe doucement à la porte.

– Cat ?

J'entrouvre pour voir. C'est Luna, qui tient mon manteau noir, un gros pull et des bottes de randonnée. Par l'oie sacrée d'Aphrodite, à quoi elle joue ?! Je la fais entrer.

– Luna ? C'est quoi, tout ça ?

– Je suis venue t'aider à t'évader ! murmure-t-elle, une étincelle dans le regard. Mais comme il fait froid, je t'ai pris un pull. Tu n'as plus qu'à sortir par la fenêtre pour aller rejoindre Morgan !

J'avais oublié qu'elle était au courant. Supersaperlipopette ! Les techniques de guérilla de ma sœur servent enfin à quelque chose. Mais ce pull qu'elle tient, là… Il est d'une laideur écœurante, avec ces chatons sérigraphiés qui me regardent de leurs grands yeux bleus stupides.

– Luna ! C'est pas à moi, cette horreur, c'est à maman !

Elle baisse les yeux.

– Ah… Écoute, j'ai dû faire vite, OK ? Je ne suis pas Catwoman, et heureusement, d'ailleurs, vu que c'est un parfait exemple de l'hypersexualisation des femmes telle que la pratique l'industrie des comics. Personne n'a besoin d'une tenue aussi moulante ! Enfin, ça pourrait être pire : Poison Ivy, par exemple, est à mon avis…

– Tu vas la fermer, oui ?! Je n'ai pas le temps pour ces conneries !

J'enfile le pull sous son regard renfrogné.

– Excuse-moi, soupiré-je en la poussant doucement du pied. Je te suis vraiment reconnaissante, je t'assure. Si ça te dit, on regardera un truc ensemble demain, ce que tu veux. Pour te remercier.

Son visage s'illumine.

– Même le documentaire sur la représentation des personnes trans à Hollywood ?

Je ferme les paupières. Que Sappho me vienne en aide.

– Oui, Luna. Même ça.

J'enfile mes bottes, puis mon manteau, qui a l'avantage de dissimuler l'affreux pull à chatons de maman. Luna ouvre déjà la fenêtre pour jeter un coup d'œil dehors.

– Bon, dit-elle. J'ai disposé la benne à recyclables juste en dessous, pour amortir ta chute. Je dirai aux parents que tu t'es couchée plus tôt.

Je la dévisage avec admiration. Elle a vraiment pensé à tout. Cela dit…

– Tu es sûre que c'est une bonne idée de sauter par la fenêtre ? Je pourrais prendre l'escalier…

– Tu es Catwoman, oui ou non ?! réplique-t-elle.

– Bien sûr que non, lui réponds-je, perplexe.

En bas, maman hurle sur papa. Luna a raison : je vais devoir passer par la fenêtre. Heureusement, nous ne sommes pas dans la Boîte d'iPhone, dont la façade offre très exactement zéro prise. Ça ne m'empêche pas de pousser un couinement tandis que je me laisse pendre par-dessus le rebord, les jambes ballantes, avant de lâcher prise pour atterrir pile dans la benne à journaux.

Peut-être que Luna n'est pas si irrécupérable que ça, après tout.

CHOSES QUE LUNA M'A DITES QUI M'ONT POUSSÉE Á LUI JETER ORGUEIL ET PRÉJUGÉS Á LA FIGURE MAIS PEUT-ÊTRE QUE LA PROCHAINE FOIS JE FERAIS MIEUX DE L'ÉCOUTER ?!

« Tu ne devrais pas manger toute cette viande transformée, Cat. Ça revient quasiment à digérer du plastique. Si tu devenais végane, comme moi, tu te porterais comme un charme ! Quoique pas comme ceux du quartier, qui vont tous finir rongés par des parasites tropicaux si on ne change pas nos… » VLAN !

« Tu ne t'es jamais demandé si ces représentations classiques d'Aphrodite sur lesquelles tu fais toutes ces fixettes ne perpétuaient pas des stéréotypes néfastes selon lesquels les femmes seraient des êtres intrinsèquement sexuels alors qu'en réalité… » VLAN !

« Tu savais qu'une centaine d'entreprises seulement sont responsables de 71 % des émissions globales de gaz à effet de serre ? Ça en fait, des émissions, ça. Plus que tu n'as de cellules dans ton cerveau, comme dirait papa… » VLAN !

« J'ai vu que tu avais liké un post Instagram déclarant que c'était chouette de voir de plus en plus de mannequins de couleur, mais est-ce vraiment un signe de progrès alors que les marques de fast fashion qui emploient ces modèles paient leurs ouvriers pakistanais vingt-neuf centimes de l'heure ? Franchement, Cat, ton ignorance est… » VLAN !

« Dégueu ! Je viens de retrouver un de tes cheveux dans mon… » EEEEET VLAN !

Une fin aussi romantique que poétique

Si quelqu'un devait m'assassiner, le moment serait parfaitement choisi. Le parc de Lambley Common est plongé dans une noirceur sinistre, digne d'un cimetière. Pas une étoile visible dans le ciel couvert… Pas idéal, sachant que je suis censée trouver là mon *happy end* romantique et poétique !

Après avoir envoyé un texto à Morgan, je l'attends près du portail comme un petit pain esseulé. Dix minutes passent. Qu'est-ce qu'elle fabrique, enfin ?! Et si, en génie Gémeaux du mal, elle avait envoyé les Quadruple M m'attendre, tapis dans les ténèbres, pour me trancher la gorge ?! Et si…

– Salut, Cat, dit une voix.

Je bondis, les mains pointées devant moi façon karaté.

Ce n'est que Morgan, bien sûr. Pas le moindre assassin à l'horizon. Elle porte une doudoune noire et un béret assorti, qui lui va à ravir. Son eye-liner est parfait, aussi. Et elle a comme toujours ses lunettes à monture verte.

– Morgan ! (Je baisse aussitôt les mains.) Salut. Tu es très jolie.

– Merci. Toi aussi.

Elle hoche la tête en direction du parc.

– Je n'y avais pas vraiment réfléchi, mais c'est pas très gai, comme ambiance. Tu veux qu'on aille sur la place ?

Je m'empresse d'acquiescer, et on se met en marche. Le silence s'installe quelques instants.

– Sans vouloir forcer, mon poème était si mauvais que ça ? Zanna n'arrête pas de m'appeler Carol Ann Du Fail (rapport à la grande poétesse écossaise), ce qui est un peu méchant, si tu veux mon avis, mais…

– Cat, m'interrompt Morgan. Relax. J'ai bien aimé ton poème.

– C'est vrai ?

Elle hoche la tête avec le sourire. C'est alors que je remarque son rouge à lèvres, d'une magnifique teinte sombre comme de la confiture de griottes. Une troupe d'anguilles s'agite dans mon estomac.

– Je l'ai même adoré. C'était très mignon. Personne ne m'avait encore écrit de poème… même si j'aurais préféré que tu me le donnes sur un autre support.

– Oui… Je regrette vraiment d'avoir perdu la version finale. Mais j'ai pris une photo avec mon téléphone ! Que j'ai effacée par erreur, mais Zanna m'a assuré qu'elle pourrait la restaurer.

Morgan étouffe un rire.

– Pour ce qui est de Noël… dit-elle.

On s'arrête sous un réverbère.

– Je regrette de m'être fâchée. Mais j'étais coincée sur cette ferme pendant toutes les vacances, et quand je t'ai appelée, tu n'as même pas décroché, tu comprends ?

– Je suis vraiment désolée, dis-je, toute penaude. Je me suis laissé emporter et j'ai oublié… J'ai oublié combien je tenais à toi. Or je tiens beaucoup à toi, Morgan. Tu me plais énormément !

– Toi aussi, répond-elle.

Soudain, l'hiver ne me semble plus si froid… Enfin, si. Je me sens grisée, pourtant.

– Et pour Alison Bridgewater ? s'enquiert Morgan.

J'inspire un grand coup.

– Alison est mon amie. J'ai de l'affection pour elle… mais je ne l'aime pas, plus comme ça. Toute merveilleuse qu'elle est, je pense qu'elle ne me comprend pas au niveau intergalactique comme je le croyais, et même si elle pouvait m'aimer en retour, Morgan, je suis bien plus heureuse avec toi… Sauf qu'elle était juste là, et que c'était comme avoir de la neige dans les yeux ! Enfin, je me frottais à la mauvaise porte.

Je crois que je ne m'en sors pas trop mal, dans la catégorie discours passionnés. Même si j'ai du mal à savoir si ça a marché, vu que Morgan fronce les sourcils. À moins qu'elle ne sourie ? Comme toujours, elle reste aussi neutre que la saison du Capricorne.

– Tu as dit quoi ? s'esclaffe-t-elle finalement. Tu voulais plutôt dire frapper, non ? Se frotter, ça fait sale…

Avant que j'aie pu rétorquer que bien sûr que je connais l'expression exacte et que c'était clairement une blague (oups), elle se calme et ajoute :

– Écoute. Tu m'as plu dès l'instant où je suis arrivée à Queen's et que je t'ai vue à une des tables de pique-nique, mais Maja et Marcus m'ont prévenue que ça ne marcherait jamais parce que tu faisais partie de la Brigade des Barbie. Alors, je n'arrivais pas à y croire quand… tu sais. Quand ça a commencé à marcher entre nous.

C'est tellement chou que je pourrais me pâmer, mais…

– Minute, lui dis-je. La « Brigade des Barbie » ?

Elle prend un air paniqué.

– Enfin… c'est comme ça qu'ils vous surnomment, pas moi… (Elle a encore le plus grand mal à se retenir de rire.) Bon, d'accord. Ne le répète à personne, surtout, mais certains, au collège, vous surnomment Beuglante, Minus, Bouclettes, Planante, Luisante, Sportive et Binocles. Ne me demande pas qui est qui. J'ai juré de garder le silence.

J'essaie de garder mon sérieux, même s'il faut bien admettre que je trouve ces surnoms assez formidables.

– Eh bien, Votre Altesse McTarée, admettez que je ne suis pas aussi stupide et superficielle que vous le pensiez. Peut-être que tes amis ont tort, et que tu as toutes tes chances avec moi, en réalité.

– Au contraire, je crois que tu es plus stupide encore que je ne croyais, ricane Morgan. Même si je dois dire que faire ton coming out et prendre ma défense comme tu l'as fait contre Siobhan… c'était courageux. Et romantique.

Oh, cette tension ! Je pourrais exploser ! Je crois qu'on est à deux doigts de s'embrasser, mais voilà que Morgan plisse les yeux et tend la main pour attraper quelque chose dans mes cheveux.

– Ça alors… murmure-t-elle. Il neige ?

Je lève la tête. Elle a raison : tout autour de nous, la neige tombe. Plus cliché, tu meurs ! Autrement dit, c'est parfait. J'essaie de capturer un flocon, puis Morgan me prend par la main et nous courons au centre de la place. La neige tombe de plus en plus fort et s'accumule sur les buissons pour habiller le monde entier d'un manteau blanc, frais et immaculé. J'admire le spectacle, éblouie.

Morgan s'esclaffe de plus belle.

– Tu es drôle. On dirait une gamine !

Je rougis.

– La neige, c'est ce que je préfère, l'informé-je. À cause de *La Reine des neiges*, surtout. Tu sais… avec Elsa ?

Elle plisse le front.

– *La Reine des neiges* ? T'es sérieuse ?

– C'est un chef-d'œuvre du cinéma d'animation !

– C'est un film pour enfants, tu veux dire.

Je croise les bras.

– Tu l'as vu, au moins ?

– Non, parce qu'il s'adresse aux petits de sept ans.

– Eh bien tu devras le regarder quand tu seras ma petite amie.

Minute. QUOI ?! Je la dévisage, paniquée.

– Enfin, si tu veux être ma petite amie ! Je n'ai pas dit que…

Morgan pose l'index sur mes lèvres.

– Cat, je peux te donner un conseil ?

– Hm, réponds-je, le bec cloué par son geste.

– Parfois, il faut savoir te taire.

Puis elle ôte son doigt, se penche, et m'embrasse.

Je crois bien que c'est le baiser le plus magique de toute ma vie. Qui eût cru qu'une Gémeaux embrasserait si bien ? On continue jusqu'à en avoir les lèvres engourdies. C'est juste à cause du froid, prétend Morgan. Mais si vous voulez mon avis, c'est bien trop poétiquement parfait pour être « juste » quoi que ce soit. C'est le moment où j'écoute enfin mon cœur, sans horoscope pour me guider.

Nous rentrons à Marylebone la main dans la main. Comme dans un rêve éveillé, ou même dans une boule à neige… mais en vrai.

*

Transiesde froid et de bonheur, nous arrivons devant chez moi. Luna a glissé la clef dans la poche de mon manteau, heureusement, si bien que je n'aurai pas à coucher dehors, même si ce ne serait pas si terrible tant que Morgan est avec moi. On s'attarde sur le seuil comme des libellules nerveuses.

– Bon, ben… je ferais mieux de rentrer, dit-elle.

Je n'ai pas envie que cette soirée parfaite prenne fin. D'ailleurs, je refuse de lâcher la main de Morgan, même quand elle essaie de s'éloigner. Elle hausse un sourcil perplexe. Il est presque 23 heures. Mais qu'est-ce que ça peut faire ?! On n'est pas des grand-mères ! La nuit est encore loin de se terminer.

– Tu pourrais entrer, m'empressé-je de lui suggérer. Je pourrais te montrer ma chambre ? Enfin, si tu veux.

Morgan jette un regard à la porte de sa maison.

– Je ne sais pas… C'est peut-être pas une bonne idée.

Deux minutes plus tard, nous grimpons à l'étage. J'entends mon père ronfler. À moins qu'il ne soit encore en train de bricoler avec sa perceuse. Arrivée dans ma chambre, j'ouvre mon manteau, soulagée, avant de me tourner vers Morgan dans un moment qui s'annonce intense et dramatique. Nous sommes quasiment en train de nous déshabiller ! Ses yeux parcourent ma silhouette. Sent-elle le désir monter ? C'est là que je baisse le regard… et que je me rappelle les chatons. Ah, oui.

– Seigneur, marmonne-t-elle.

– Il n'est pas à moi, m'empressé-je de préciser.

– Je crois bien que c'est le vêtement le plus affreux que j'aie jamais vu, déclare Morgan avec un haussement de sourcil. Et si tu l'enlevais ?

Mon cœur fait *poum, poum, poum*, comme une boule de bowling dévalant des escaliers. Morgan, elle, a ôté manteau et pull, si bien qu'elle ne porte plus qu'un débardeur noir et chic dont l'encolure laisse voir ses clavicules. Dans mon ventre, les anguilles s'agitent.

Je retire l'épouvantable pull maternel. Plus facile à dire qu'à faire : le col, trop serré, se prend dans mes cheveux. Morgan m'aide à me dégager, et nous retombons ensemble sur mon lit.

Puis nous nous embrassons de nouveau, encore et encore. Ses mains serpentent autour de ma taille et s'approchent dangereusement de mes fesses.

Je crois que tous ces baisers vont me rendre ivre ! C'est ultralicieusement sexy.

Je lui embrasse le cou. Les clavicules. Ronronne de bonheur quand elle fait de même sur mes joues. Ma lampe à lave baigne la pièce d'une lueur rose pour en faire une bulle d'amour chaleureuse. Finalement, après que nous nous sommes embrassées jusqu'à plus soif, Morgan s'écroule à mes côtés, un bras paresseusement drapé autour de moi. Je sens son souffle me caresser le cou.

C'est parfait.

– Morgan ? chuchoté-je, gagnée par le sommeil. Tu es la plus sacrée des oies d'Aphrodite.

Elle inspire. J'espère que je sens bon. Morgan, elle, a une odeur délicieuse. Lorsqu'elle me répond, c'est d'une voix aussi endormie que sentimentale.

– Chérie… murmure-t-elle. Tu es magnifique. Mais je n'ai pas la moindre idée de ce que tu racontes.

Magnifique. Morgan me trouve magnifique ! Voilà qui suffirait à plonger n'importe quelle clown blonde dans le coma. Mentalement, j'adresse une dernière prière à Aphrodite. Avant de songer à ce monde enneigé, scintillant et immaculé, qui se déploie de l'autre côté de la fenêtre. Comme un nouveau départ.

POUR UNE GÉMEAUX
Par Cat Phillips

J'ai ouï dire que nous venions des étoiles,
Mais qui peut l'affirmer ?
Tout ce que je sais, c'est que tu m'aimes,
Et que tu es ma bien-aimée.

Vénus est bien puissante,
Mais je n'en ai cure.
Tout ce que je veux, c'est rester sur Terre
Et jouer avec ta chevelure.

Le soleil ne vivra pas éternellement ;
La lune contrôle les vagues.
Mais je puis dire la vérité, même si
Mon coeur est en rétrograde.

J'ai ouï dire que c'était écrit dans les étoiles,
Calligraphié au plus haut.
Mais je ne peux lire que mon coeur,
Qui aime une Gémeaux.

Chat-medi matin

Lorsque j'ouvre les yeux, il me semble tout d'abord entendre le souffle du vent ou le murmure de l'eau, mais ce doit être les dernières bribes d'un rêve. Notez que je ne rêvais pas d'Alison. Je suis avec Morgan, et tout est merveilleux ! Même si j'ai des fourmis dans le bras. Car Morgan est allongée dessus ! Je me mords la lèvre, tire doucement sur mon bras, et – victoire ! – j'arrive enfin à me dégager. Sauf que j'envoie Morgan au sol dans un bruit mat.

La poisse ! Réveillée en sursaut, Morgan parcourt la pièce du regard, déboussolée, avant de remarquer que je la dévisage comme un lémurien.

– Cat ? Qu'est-ce qui s'est passé ?

– Euh…

Je me précipite pour l'aider à se relever.

– Je ne sais pas trop ! Tu as dû tomber du lit. Je dormais, je n'ai rien vu…

– Quelle heure est-il ?

Je consulte mon téléphone sur le bureau. Sept heures et demie. Dehors, le monde scintille de blanc en cette matinée de janvier magique et enneigée.

– Je n'en reviens pas qu'on se soit endormies, dit Morgan, le visage tourné vers sa maison. J'espère que ma mère n'a rien remarqué. Elle serait capable d'appeler la police.

Elle est si belle, avec ses cheveux en bataille qui cascadent d'un côté de son visage et son eye-liner barbouillé, un détail qui me laisse tellement rêveuse que je pourrais prendre la place de la Belle au bois dormant pour trois siècles au moins !

Je bondis sur le lit avec un sourire.

– Alors, ça valait le coup ?

Elle me rend mon sourire.

– Totalement.

On s'embrasse de nouveau avant de retomber dans la couette en gloussant comme des arcs-en-ciel extatiques, puis Morgan s'écarte.

– Cat… On est quel jour ?

– Je ne sais pas. Samedi ?

– Non, répond-elle en clignant des yeux. On est vendredi.

Autour de nous, l'atmosphère tranquille se fige avant de s'effondrer comme un glacier. Luna en pleurerait. Supersaperlipopette. On a cours ! C'est là que je comprends : ce bruit d'eau qui m'a réveillée n'était pas un rêve. C'ÉTAIT LE BRUIT DE LA BOUILLOIRE AU REZ-DE-CHAUSSÉE !

Je sursaute, toujours suspendue au-dessus de Morgan et de ses magnifiques yeux bleus. Au même instant, la porte s'ouvre à la volée pour laisser apparaître ma mère armée d'une tasse de thé fumante et de son plus beau sourire matinal.

On la dévisage comme des pingouins pris en flagrant délit. Sur le seuil, ma mère se fige.

Je les regarde tour à tour, elle et Morgan. OK.

Ça pourrait être pire : au moins, on n'est pas nues. Je pourrais dire qu'on a fait une soirée pyjama ! Ou que Morgan n'a pas pu rentrer chez elle à cause du blizzard ?! Sauf que nos jeans et nos chaussettes sont éparpillés par terre et que Morgan habite à trois mètres de là. Cette fois, je doute de pouvoir m'en sortir par des histoires à dormir debout.

Je n'ai pas le choix : je vais devoir refaire mon coming out. Ça n'en finit donc jamais ?!

Je me relève avec un raclement de gorge. Ma mère nous contemple, bouche bée, dans sa robe de chambre rose pelucheuse et ses pantoufles lapin. Elle a vraiment l'air pathétique, mais ce n'est pas le moment de se moquer.

– Bien le bonjour, mère ! dis-je, en espérant qu'une attitude positive réussisse à l'amadouer.

Je lui adresse mon sourire le plus encourageant, mais ses yeux s'écarquillent de plus en plus.

– Alors voilà, figure-toi que j'ai quelque chose à te dire…

L'AUTRICE

Les textes de Freja Nicole Woolf n'ont absolument rien d'autobiographique. (À l'exception des éléments qui le sont.) Elle écrit depuis l'école primaire, et c'est à l'âge ultra-avancé de vingt-quatre ans qu'elle rédige enfin son premier roman, *Méfiez-vous des Gémeaux*, conçu comme une alternative joyeuse et romantique aux récits LGBTQ+ « à sujet » avec lesquels elle a grandi. Elle vit à Londres et aspire à être Capricorne. Hélas, elle n'est que Poissons.

Cet ouvrage a été composé par IGS-CP
à L'Isle-d'Espagnac (16)

Ce livre est imprimé sur du papier
issu de forêts gérées durablement.

N° éditeur : 35523/10282990
Achevé d'imprimer en mars 2024
par Normandie Roto s.a.s. (61 Alençon)
N° d'impression : 2400832

Imprimé en France